读客®

读客三个圈经典文库

经典就读三个圈　导读解读样样全

Gulliver's Travels

格列佛游记

[英] 乔纳森·斯威夫特 著
(1667—1745)
白马、歌沐 译

J. Swift.

读客三个圈经典文库

经典就读三个圈　导读解读样样全

江苏凤凰文艺出版社
JIANGSU PHOENIX LITERATURE AND ART PUBLISHING

Gulliver's Travels

Jonathan Swift

J: Swift.

我又来到东北海岸，脱去外衣、鞋子和袜子，

穿着皮背心，在高水位到来前的半个小时走入海里。

我蹚着水疾走，中间游了约三十码，直到脚能够着海底。

不到半个小时，我就到达了敌舰所在地。

敌人一见我都吓坏了，从船上跳下来，

游向海岸，人数不少于三万。

——《格列佛游记》第一卷

“利立普特（小人国）航行记”，P35

为了尽可能躲他们远点，我得不时向别处躲藏，

可是我移动起来非常艰难，因为麦秆之间的距离有时还不到一英尺，几乎挤不过去。

然而，我尽力往前方逃跑，直到来到一片田地，就走投无路了。

这片地里的大麦，遭遇过暴风骤雨，全部倒伏，

麦秆杂乱地缠结在一起，我根本爬不过去。

从植株叶耳剥落处，下垂的麦芒又尖又硬，还能刺透衣服，戳进肉里去。

此时此刻，从声音分辨，收割庄稼的巨人离我已经不到一百码了。

——《格列佛游记》第二卷

“布罗卜丁奈格（大人国）游记”，P69

因为我还从未见过人类中如此反常的种族，

这些人从外形、服装到面貌，都那么古怪。

他们的头不是右偏，就是左歪；

他们的眼睛一只向眼眶内翻，另一只却总是仰望天顶。

他们的外衣上满是太阳、月亮和星星的图案，

还有许多诸如提琴、长笛、竖琴、军号、六弦琴、羽管键琴及众多欧洲人见都没见过的乐器的装饰图案。

我发现到处都有不少仆从打扮的人，手里拿着短棍，

短棍的一端缚着一个吹得鼓气的气囊，形同一把裢枷。

每一个气囊里都装有少量的干豌豆或者小石子儿（这是我后来才得知的）。

他们时不时地用这些气囊拍打站在跟前之人的嘴巴和耳朵。

————《格列佛游记》第三卷

“勒皮他、巴尔尼巴比、拉格奈格、

格勒大锥、日本游记”，P146

一切准备就绪，行期将至，

我告别主人和它的夫人以及其他家人的时候不禁热泪盈眶，心情沉痛。

我敬爱的主人一方面出于好奇，一方面为了表示对我的关怀（我这样说并不是因为夸张），

决定在他的几个邻居和朋友的陪同下送我到小船上。

我不得不花上一个小时等待涨潮，然后幸运地赶上了去小岛方向的顺风，

于是我再次向主人告别。

当我正要俯身去亲吻它的蹄子时，

他格外开恩地将自己的蹄子轻举抬到我的嘴边。

————《格列佛游记》第四卷

“慧骃国游记”，P279

最匪夷所思的游历，从这里开始

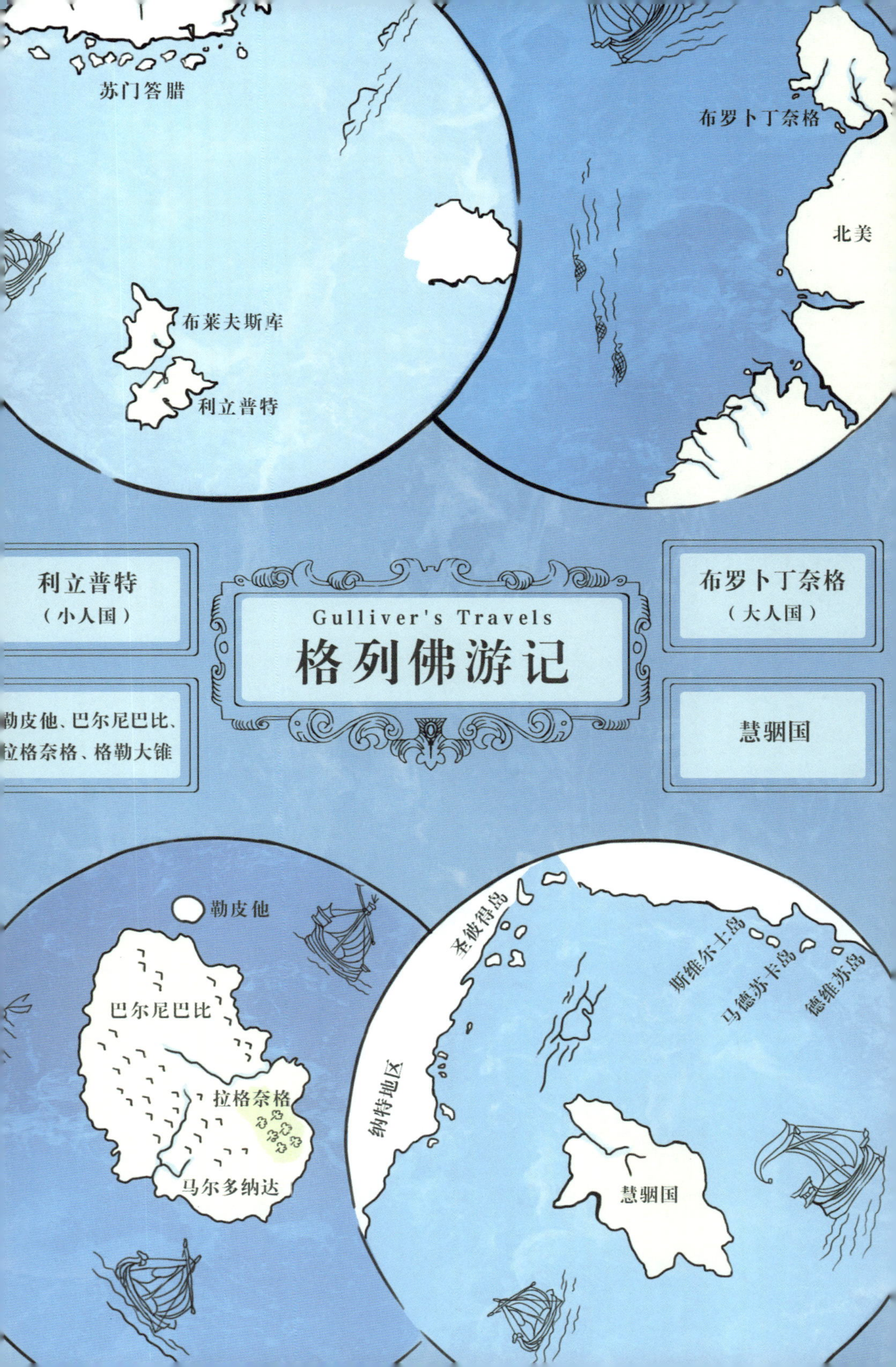
苏门答腊
布罗卜丁奈格
北美
布莱夫斯库
利立普特
利立普特
（小人国）
Gulliver's Travels
格列佛游记
布罗卜丁奈格
（大人国）
勒皮他、巴尔尼巴比、
拉格奈格、格勒大锥
慧骃国
勒皮他
巴尔尼巴比
拉格奈格
马尔多纳达
圣彼得岛
斯维尔士岛
马德苏卡岛
德维苏岛
纳特地区
慧骃国

目录

格列佛船长给他的亲戚辛普森的一封信 / I

出版者致读者的声明 / VII

第一卷

利立普特（小人国）航行记

第一章 / 003

作者简略介绍了自己及家庭情况和最初的旅行动机——海上船只遇难，泅水逃生——在利立普特境内安全踏上陆地——被利立普特人俘虏，押解到内地。

第二章 / 013

利立普特国王在几位贵族的陪同下来看望被关押的作者——国王的仪容和服饰描写——学者们奉命教授作者当地语言——性格温顺的作者博得了国王喜爱——作者的口袋被搜查，刀、手枪被没收。

第三章 / 022

作者给国王和男女贵族们介绍一种极不寻常的游戏——描写利立普特宫廷的各种娱乐活动——作者答应某些条件，被释放获得了自由。

第四章 / 029

描绘利立普特首都密尔敦多和皇宫——作者与一位大臣谈到国家大事——作者表示愿意为国王效劳对敌作战。

第五章 / 034

作者用特殊计谋，阻止了敌人入侵，因此被授予崇高荣誉——布莱夫斯库国王派遣大使求和——王后寝宫意外失火，作者帮忙抢救了王宫的其余部分。

第六章 / 040

介绍利立普特的居民、学术、法律、风俗还有他们教育孩子的方式——作者在利立普特的生活方式——他为一位贵妇人辩护。

第七章 / 049

作者得到消息，有人蓄意指控他犯有严重的叛国罪——决定逃往布莱夫斯库避难，在那里受到庇护。

第八章 / 057

作者侥幸找到了离开布莱夫斯库的方法——经历一番周折，安全回到自己的祖国。

第二卷
布罗卜丁奈格（大人国）游记

第一章 / 065

关于一场海上风暴的记述——作者被独自留在了岸上，然后被当地农夫捉住，带回家中——这位农夫一家人招待了他，在这里他经历了几件大事——关于当地民情的描述。

第二章 / 078

描写农夫的女儿——作者被带去市镇，接着又到了首都——记述旅途的详情。

第三章 / 084

作者被农夫带入宫中——王后从农夫的手里把他买下来，献给国王——他和朝中大学者辩论——作者有了新的住所，还赢得王后的宠幸——作者为自己祖国的荣誉辩护。作者与曾经受王后宠爱侏儒的一次争吵。

第四章 / 094

国家概述——有关修改现代地图的建议——介绍了王宫和首都的概况以及作者的旅行方式——主要庙宇的描述。

第五章 / 099

作者的几次冒险经历——罪犯被执行死刑的情形——作者演示航海技术。

第六章 / 109

作者讨好国王和王后的几种方法——展示自己的音乐才能——国王询问有关英国的情况——作者描述，国王发表意见。

第七章 / 117

作者很热爱祖国，因此提出一项对国王非常有利的建议却遭到拒绝——国王对政治一无所知——这个国家的学术很不完善，而且范围狭窄——该国法律、军事和国内政党的情况。

第八章 / 123

国王和王后巡行边境，作者随侍——他详述离开这个国家的情形——回到英国。

第三卷

勒皮他、巴尔尼巴比、拉格奈格、格勒大锥、日本游记

第一章 / 137

作者开始第三次航海，被海盗劫走——记述了一个心肠毒辣的荷兰人——作者抵达一座小岛，被人带去了勒皮他。

第二章 / 143

勒皮他人可笑的性情和他们的学术、国王及朝廷——勒皮他人接待了作者——当地居民遭受着恐惧和焦虑的折磨——关于勒皮他妇女的描述。

第三章 / 152

在现代哲学和天文学中已经解决了的一种现象——勒皮他人在天文学上的极大进展——国王镇压动乱的手段。

第四章 / 160

作者离开勒皮他，被送往巴尔尼巴比——作者到达巴尔尼巴比首都，描写首都及其近郊——作者受到一位贵族的殷勤接待。作者与贵族的谈话。

第五章 / 166

作者得到许可去参观拉格多大科学院——科学院概况及教授们的学术研究。

第六章 / 174

科学院概况（续）——作者提出几项改进的意见，都被荣幸地采纳了。

第七章 / 180

作者离开拉格多，到达马尔多纳达——没有便船可坐的作者通过短途航行到达格勒大锥——作者受到当地行政长官的接待。

第八章 / 185

格勒大锥概况（续）——古今历史修正。

第九章 / 192

作者回到马尔多纳达，乘船航行至拉格奈格王国——作者被捕，被押解到朝廷——作者被接见的情形。国王对臣民十分宽大。

第十章 / 196

拉格奈格人受到作者的赞扬——关于“斯特鲁德布鲁格”的详细描写——作者与一些著名人士谈论此事。

第十一章 / 205

作者离开拉格奈格，乘船前往日本——再乘一艘荷兰船到阿姆斯特丹——回到英国

第四卷

慧骃国游记

第一章 / 211

作者出海航行，当了船长——手下图谋不轨，将他长时间紧闭在船舱里，后来又把他扔在某不知名陆地上——他来到了一个国家——作者描写一种奇怪的动物“野胡”，他还撞见了两只“慧骃”。

第二章 / 218

作者被一匹“慧骃”领回家——介绍了这里的房屋情形、受到的招待和“慧骃”的食物——作者没有肉吃，备受煎熬，最终找到了解决办法——他在这个国家吃饭的方式。

第三章 / 224

在“慧骃”主人的帮助和教导下，作者学习他们的语言——关于这种语言的描写——几个“慧骃”贵族出于好奇前来看望作者——作者向主人简要汇报他的航海经历。

第四章 / 230

“慧骃”关于真和假的概念——主人不赞成作者的说法——作者更为详尽地叙述自己的一切以及旅途中的经历。

第五章 / 235

作者奉命向主人报告关于英国的情况——欧洲君主之间爆发战争的原因——作者开始解释英国宪法。

第六章 / 242

再谈安女王统治下的英国（续）——欧洲宫廷中一位首相大臣的性格。

第七章 / 249

作者热爱祖国——慧骃主人根据作者的描述，批评了英国的宪法和行政制度——结合类似案例作比较——慧骃主人对人性的洞悉。

第八章 / 257

作者叙述“野胡”的各种特点——“慧骃”的优秀品质——青年“慧骃”的教育和运动——他们的全国代表大会。

第九章 / 264

“慧骃”全国代表大会进行大辩论，辩论结果是如何决定的——“慧骃”的学术、建筑、葬礼——他们的语言缺陷。

第十章 / 270

与“慧骃”在一起，作者日常生活得很快乐——与“慧骃”交谈也使他在品德修养方面进步很大——作者接到主人的通知，让他离开祖国——悲痛至极的作者还是顺从了主人的意思——在一个仆马的帮助下制造了一艘小船，开始冒险航海。

第十一章 / 277

作者的危险航程——他到达了新荷兰，希望能定居在那儿——被当地土著人用箭射伤，又被葡萄牙人俘获，并被强行押上船——船长热情地招待他——回到英国。

第十二章 / 285

作者说的都是实话——他出版这本书的目的就是要谴责那些背离事实的旅行家——作者清楚地表明他的写作并无任何险恶的用心——他将对任何异议提出答辩——开拓殖民地的方法——他对祖国的赞美——他承认国王凭他的权力可以去占领他所描述过的国家——他指出征服这些国家的困难之处——作者向读者做最后的告别——提出他对未来的生活方式的建议——他向读者提出一些忠告——结束全书。

译者后记：坎坷与矛盾催生出的天才 / 293

格列佛船长给他的亲戚辛普森的一封信[1]

假如有人要你出来对出版此书给予说明，我希望你能立即公开坦陈，我是在你五次三番的竭力催促下才被说服出版这么一部非常不严谨的、错漏丛生的游记的。我曾嘱托你请几位大学里的年轻先生把游记整理一下，文字上也润色润色。我的亲戚丹皮尔[2]在发表他的《环球航行记》时，就是听从我的劝告那么做的。但是，我不记得我曾给你什么权力可以删除任何内容，更不用说去增添些什么了。因此，我要在此郑重声明，添上去的每样东西我都决不会承认，尤其是有关流芳百世的已故安女王陛下[3]的那一段，尽管我对她的敬重诚然要超过其他任何人。可是，你或者你聘来的那位篡改文章的人都应该考虑到，我是不会在我的“慧

1 所谓“亲戚辛普森”是作者虚构的一个人物，作者写这封信的目的是使格列佛的游记更真实可信，并且以此塑造了格列佛人物品质的一部分。同时，因为本书辛辣地影射和嘲讽了英国现实的方方面面，所以在出版上遇到了麻烦。书的第一版在大量增删后出版，斯威夫特大为不满，因此这封信也是他对出版时横遭篡改一事的抗议。——译注（如无特别说明，本书中注释均为译注）

2 1652—1715，英国探险家、游记作家。他的《环球航行记》出版于1697年。

3 1702—1710年之间的英国女王。

驷”[1]主人面前称颂我们这种动物中的任何一位的，那样做很丢脸；再说，那一段也纯属捏造，因为据我所知，在女王治下的英国，她一度确曾任用过一位首相掌朝执政，不，不是一位，甚至是连续两位：第一位是哥多尔芬伯爵[2]，第二位是牛津伯爵[3]。因此，是你让我“说了乌有之事”。另外，在关于设计家科学院的那一段叙述中，还有关于我和我的“慧骃”主人的几段谈话，你们不是减删了其中的一些重要情节，就是把它们改得一团糟，弄得我都差点儿认不出那是我自己的作品。我曾在一封信里向你暗示过，要避免发生此类事情，你却回信说你怕触犯忌讳，说是掌权者对出版业非常在意，他们不单会曲解内容，而且会对任何看上去像是“影射”（我想你当时是这样说的）的东西加以处罚。可是请问：我那么多年前在五千多里格[4]以外的另一个国家说过的话，和现在正在做着统治者的任何“野胡”[5]有什么牵扯呢？何况那个时候我几乎就没有想到，更谈不上害怕，会有一天要在他们“野胡”的统治下过这不幸的生活。当我看到，这些“野胡”反倒坐在由“慧骃”拉着的车上，似乎“慧骃”是畜生，而“野胡”却是理性的动物，难道这还不能让我抱怨几声吗？说老实话，我之所以退隐在此，一个主要的原因也就是为了避免看到如此荒谬的情景。

由于我信任你，也因为事情与你本人相关，我才觉得还是应该把这些话都告诉你。

---

1 作者在本书中描写的一种有理智和人性的马。

2 1702—1710年之间的英国首相。

3 1710—1714年之间的英国首相。

4 长度名，一里格约为三英里。

5 慧骃国语言中对人类的称呼。

其次，我也只怪自己太没有见识，听信了你和别的几个人的恳求和错误的论证，大大违背了我自己的本意，同意将游记发表出来。请你想想，当你以公众利益为借口坚持要发表我的游记时，我曾一再请你再思量一下。“野胡”这种动物是完全不能指望依靠教训或者榜样的力量就能改好的，现在这一点已经得到了证明。本来我指望看到一切弊端以及腐化堕落的行为都烟消云散，至少在这个小岛上可以做到；可是你看，六个多月过去了，我却看不出来我在书中提出的警告产生了哪怕一丁点儿我所期盼的效果。我原本指望你给我写封信，告诉我：党派纷争已经销声匿迹；法官开始变成有学问而正直的人；辩护律师已经变得诚实、谦逊，并且也懂了点常识；成堆的法律书籍正在史密斯费尔德[1]化作熊熊烈火；年轻贵族们的教育彻底变了样；医生们已被放逐[2]；女“野胡”们已经有了德行、贞操、忠实和理性；大臣们的庭院已经铲除了杂草，打扫得干干净净；有才能、有功勋、有学问的人受到了奖励；一切无耻文人，不论是弄散文的还是搞韵文的，全都判了罪，只允许他们吃自己身上穿的棉花充饥，喝墨水解渴。所有这一切，还有上千件别的改革，因为有你的鼓励，我本来都坚定地指望它们能够实现；事实上，有我在书里面给出的那些训示，也实在是很容易就可以推断出它们是能够实现的。只要“野胡”的本性中还有一点点趋于善良和趋于理性之心，应该承认，改掉他们身上的每一点罪恶和愚蠢，七个月的时间就已经足够了。然而，与我的期望相反，你每星期总是让邮差给我送来大批的诽谤性文章，大批的指南、随想、回忆录和续篇，我在其

1 伦敦旧城垣外的一个广场，四周书肆林立。

2 此处特指内科医生，格列佛是外科医生。

中看到别人指责我对国家重臣说坏话、污蔑人性（他们还自信到可以这么说）、污辱妇女。我还发现，那一捆捆东西的作者彼此之间意见都不统一；有的拒绝承认我是那游记的作者，而有的却把我一无所知的书说成是我写的。

我还发现，你找的从事编校和印刷的人非常粗心大意，他们把时间全部都搞乱了，我几次出航和回家的日期都弄错了，年份、月份、日子全不对。我还听说，我的书出版后，原稿已全部被毁。我也没留任何底稿，可我还是寄你一份勘误表，如果书还能再版，你可以把它加进去。当然，我并不想固执己见，还是让公正、坦诚的读者去看着办吧。

我听说有几位海上的“野胡”对我所使用的航海术语吹毛求疵，说是许多地方都不恰切，而且如今也不再通用了。这我可是没有办法。在我最初的几次航海中，我还很年轻，我接受最老的水手的教导，他们怎么说，我就跟着说。但是我后来才发现海上的“野胡”也和陆地上的“野胡”一样，在用语方面喜好花样翻新；陆地上的“野胡”说起话来是年年都有变化，我记得每次回国，老方言起了变化，而新的方言我听不大懂。我还注意到，每当有“野胡”出于好奇从伦敦赶来我家看我时，我们双方都没有办法使自己的意思让对方明白。

假如说“野胡”的责难有什么地方让我介意，应该说我确有很大的理由埋怨他们。他们中居然有人认为我的游记纯属凭空捏造。有人甚至暗示，“慧骃”和“野胡”就像乌托邦中的人物一样，是并不存在的。

我应该承认，关于利立普特、布罗卜丁赖格（这个词应该这么拼，而不是错误地写作“布罗卜丁奈格”）和勒皮他的人民，我还从来没有听说有哪一个“野胡”敢胆大妄为要怀疑他们是不是存在，或者我叙述的有关他们的情况是否确有其事，因为只要是真理，每一位读者都会立即信服的。那么我关于“慧骃”和“野胡”的叙述就没有那么可信吗？至于后者，即使在这座城市里分明就有成千上万，他们除了会咿咿呀呀地说话、不赤身裸体，他们和“慧骃国”里的畜类又有什么不同呢？我们所有族类对我的一致赞美，在我看来，还不如我养在马厩里那两匹退化的“慧骃”的嘶叫更重要；它们虽然已经退化，我却依然可以从它们身上学到一些德行，这德行里没有掺杂丝毫的罪恶。

难道这些可怜的动物竟认为我已堕落到这个地步，居然需要替自己出来辩护，来证明我说的全是大实话吗？我固然是个“野胡”，但众所周知，我在“慧骃国”的两年时间里，受到我那杰出的主人的感召和教导，已经摆脱了（尽管我承认那是极为困难的）撒谎、推诿、欺骗和蒙混等种种恶习，这些恶习在我所有同类中——而尤其是在欧洲人的灵魂里——是根深蒂固的。

在这个令人烦恼的时刻，我还有别的牢骚要发，可我终于忍住了，我不想再自寻烦恼，也不想再打扰你了。我应当坦白承认，自我上一次回国以后，由于同你们这样一类人谈话，尤其是无法避免地要跟我自己家里的人说话，我那“野胡”天性里的一些堕落的因子又死灰复燃了。否则，我绝对不会想出这么一个荒谬的计划，妄图要来改造这个王国里的“野胡”种群。不过，现在我已经一劳永逸地放弃所有这类不切实际的蓝图了。

一七二七年四月二日

出版者致读者的声明[1]

这些游记的作者里梅尔·格列佛先生是我的至交，同时从母亲这一系说来，我们多少还沾亲带故。大概三年前，他对怀着好奇之心前去瑞德里夫那里拜访他的人们感到与日俱增的厌倦，于是就在他的故乡诺丁汉郡[2]的尼瓦克附近购买了一小块地，置办了一座舒适的小宅子。在那里，他过着退休生活，也颇受邻里尊重。

虽然格列佛先生出生在他父亲居住的诺丁汉郡，但我听说他的家族来自牛津郡[3]。为了确认此传闻，我到牛津郡波力的教堂墓地看过，那里真有几处格列佛家的坟墓和碑牌。

离开瑞德里夫前，他把以下书稿的监管权交给了我，给予我按照自己认为合适的方式自由处理的权利。我仔仔细细地将书稿阅读了三遍，觉得文字风格简练而凝实，唯一的缺憾是，经历了漫长的旅行生活，作者过于实事求是，整部作品营造出了一种毋

1 1726年本书初版时的序言，此处的出版者其实就是编辑。

2 英格兰中部。

3 英格兰中部，在诺丁汉的西南。

庸置疑的氛围。确实，作者是以诚实守信闻名乡里的。在瑞德里夫，如果他的邻居想要证实某件事，会说这事千真万确，就跟格列佛先生亲自说过一样。

我征求格列佛先生本人的同意后，把稿子拿给几位知名人士阅览，并采纳了他们对书稿提出的一些意见。现在我冒险把它们推向世人，希望它们至少能在一段时期内成为我们青年贵族们的消遣，相比俗滥的、政治和党派的拙劣作品，这部书籍要好得多。

如果我没有大胆地删除众多关于风向和潮汐、有关历次航程与方位改变的叙述、那些水手间使用的通用语、对船只在暴风雨中航行所做的过于具体的描写，以及经纬度等的记述，这本书的篇幅至少要比现在大一倍。有理由相信，格列佛先生对此略表不满，但我已决心致力于使作品尽可能适于一般读者阅读。不过，我承认，由于本人欠缺航海的相关知识，删改后可能导致某些谬误，由此造成的责任由我本人独自承担。若有旅行者对格列佛先生详尽书稿的原文表示好奇，我会随时满足他的要求。

关于本书作者生平的其他细节，读者可从书中的开头几页得到充分的了解。

理查德·辛普森

第一卷

利立普特（小人国）航行记

第一章

我父亲在英格兰中部诺丁汉郡有一处不大的房产，他有五个儿子，我排行老三。十四岁那年，他把我送进了剑桥伊曼纽尔学院。在那里羁留的三年里，我一门心思读书。虽然家里给我的补贴不多，我平时也很节俭，但供我读书这笔开支，对一个并不富裕的家庭来说，还是负担过重了。于是，我决定到伦敦著名的外科医生詹姆斯·贝茨先生手下当学徒。跟着他，我干了四年。我父亲时而寄点儿钱给我，我把这些钱都用来学习航海以及数学知识。对有志旅行的人来说，这些都会派上用场。我相信总有一天会时来运转，自己能够出海航行。离开贝茨先生后，我回到父亲那里，在他和约翰叔叔以及其他亲戚的帮助下，我得到四十英镑。他们还答应每年供我三十英镑，资助我去莱顿[1]求学。在莱顿，我一共学医两年零七个月，医学对于长途航行也是大有益处的。

从莱顿回国不久，好心的贝茨先生推荐我到亚伯拉罕·派纳尔船长的“燕子号”商船上当外科医生。我跟着他一干就是三年

---

1 荷兰西部城市。

半，曾数次航行到利凡特[1]以及其他一些地方。航行结束后，在贝茨先生的鼓励下，我决定在伦敦安顿下来，他还给我介绍了几个病人。我租了老周瑞街一所小房子的几个房间。那时大家劝我改变一下自己的生活方式，于是我娶了玛丽·波顿小姐，她是新门街上做针织内衣和袜类生意的爱德蒙·波顿先生的二女儿，并因此得到了四百英镑嫁资。

不幸的是，两年以后，好心的贝茨先生去世了。我的朋友很少，良心又不允许我像其他同行那样胡来，所以生意渐渐萧条起来。与妻子及几位好友商议后，我决定重返大海，继续航行。我曾经先后在两艘船上当外科医生，六年中若干次航海抵达东印度与西印度群岛[2]，这使我的积蓄有所增加。我身边总有大量书籍，于是闲暇时间，我都用来阅读古代和现代最知名作者的作品。每次登陆上岸，我都注意观察当地的风俗人情，学习他们的语言，凭着好记性，我学得飞快。

这些旅行中，最后一次却不那么顺利。我开始厌倦大海，渴望待在家里，和妻儿一起生活。我从老周瑞街搬到了脚镣巷，后来又搬去了威平，希望在水手帮里揽点生意，结果却未能如愿。三年过去了，情况还是毫无进展。于是，我接受了“羚羊号”船主威廉·普利查船长待遇优厚的聘请，他当时正准备去南太平洋一带航行。一六九九年五月四日我们从布里斯托尔[3]海港出发，最初，航行非常顺利。

出于常情，将我们在那一带海上经历的所有细节都详细叙述

1 地中海东部诸国及岛屿。

2 东印度群岛泛指印度支那半岛与马来半岛，西印度群岛在中美洲加勒比海。

3 英国西南部最大的城市，最古老的港口。

一遍，似乎没有必要，只须讲讲下面的情形就足够了：往东印度群岛的途中，一阵强风把我们吹到了范迪门兰[1]的西北方。据观测，我们发现自己所在的位置是南纬三十度零二分。由于过度劳累和恶劣饮食，船员中有十二人丧生，其余的人身体也极其虚弱。十一月五日，那一带正值初夏，浓雾密布。水手们在离船不到半链的地方发现了礁石。无奈风势太猛，我们的船直直冲了过去，船身立刻触礁裂开。六名船员，连我在内，把救生的小船放下海去，拼尽全力离开大船和礁石。估计只划出去三里格，就实在划不动了，因为在大船上我们的体力已经基本耗尽了，所以我们只好听凭海浪摆布。约莫半小时后，忽然从北方刮来一阵狂风，将小船打翻了。小船上的同伴们怎么样了，以及逃到礁石上避险的或者留在大船上人们的情况，我已不得而知，估计全部遇难了。至于我自己，只有听天由命，借助风浪的推动向前泅水漂游，时不时把腿向下伸，却总也探不到底。就在我近乎绝望、以为就要完蛋的时候，忽然觉得海水已经不再没过头顶了，风暴也渐渐减弱了。海底的坡度较缓，我走了差不多一英里才上了岸，我想那时大约是晚上八点。我又继续向前走了半英里，没发现半点儿房屋或居民的踪影——当时我的身体十分虚弱，没有精力注意周围环境的情况。我极度疲惫，并且天气炎热，再加上离开大船前喝了半品脱[2]白兰地，使我昏昏欲睡。我在草地上躺下来，草长得真矮小，软绵绵的。我一觉睡去，真是从未有过的酣畅香甜。估计这一觉睡了起码有九个小时，醒来时，天已经亮了。我想站起身来，却只能仰天躺着，动弹不得。到这时，我才发现自己的胳膊和腿都被紧紧地缚在地上；我又密又长的头发，

1 今塔斯马尼亚岛，在澳大利亚的东南部。

2 英国液体度量单位，一品脱约等于0.57升。

也被缚在地上；我能感觉到从腋下到大腿，也横绑着一些细绳。我只能向上仰望。太阳越来越灼热，阳光刺痛了我的眼睛。我听到了周围嘈杂的声音，可我那样躺着，除了天空什么也看不到。过了一会儿，我觉得有个什么活的东西在我的左腿上蠕动，它向前移动，轻柔地越过我的胸脯，几乎来到我下巴前。我尽量将眼睛向下看，竟然发现一个身高不到六英寸[1]、手拿弓箭、身背箭袋的小人！同时，我觉得至少还有四十来个和他一模一样的小人跟在他的后面。我太吃惊了，大吼了一声，吓得他们转身就跑。后来有人告诉我，他们中有几个因为从我身上往下跳，竟跌伤了。但是他们很快又回来了，其中一个居然敢走到能看清我整个面孔的地方，举起双手，抬眼仰视，一副吃惊不小的样子，嘴里发出尖厉而清晰的喊声："海奇那·得古尔！[2]"其他人将这句话重复了好几遍，但那时我还不听懂他们说的这句话的意思。读者可以想象，我一直这么直挺挺躺着有多么难受。最后，我努力试着挣脱束缚，侥幸挣断了一些绳子，并把将我左臂固定在地上的木钉拔了出来。我把左臂抬到眼前，才明白他们是如何捆绑我的。同时，我使劲侧了侧头，虽然很疼，但左边捆着头发的那些带子松动了一些，于是我的头能左右转动两英寸光景。可是，我还没来得及把他们抓住，他们就迅速地溜走了，只听到他们在齐声呐喊，声音尖锐刺耳。喊声过后，我听见其中一个人响亮地叫道："陶尔哥·奉纳克[3]！"一眨眼工夫，我的左手被上百支箭射中，针扎一样疼；他们又向空中射箭，像我们欧洲人投弹一样，我猜想有很多箭落在了我躯体上（尽管我感觉不

1 约16厘米。
2 这是小人国的语言，意思是"他的嘴巴真大啊！"。
3 "放箭"。

到），有些则落到我的脸上，我就赶紧用左手去挡。这一阵箭雨过后，我不胜疼痛地呻吟起来，又开始试图挣脱束缚。于是，他们放射的箭比刚才更猛烈，有人甚至用矛刺我的腰部，幸亏我穿着一件牛皮背心，才没有被刺穿。我想最稳妥的办法还是乖乖躺着别挣扎，并打算这么拖着直到夜晚降临，到那时，用我已经松绑的左手，应该可以较轻易地获得自由。至于那些当地的居民，如果他们的身材都跟刚才我看到的小人一样，我有理由相信即使他们派遣最强大的军队来对付我，我也是可以得胜的。但是命运却另有安排。那些人发觉我安静下来，便不再放箭了。然而，随着吵嚷声越来越高，我明白他们的人数正在增加，并且听到距离我右耳将近四码远的地方，"叮叮当当"的敲击声延续了近一个钟头，好像有人在干木匠活儿。在木钉和绳子允许的范围内，我侧过头，发现那里搭起了一座大约一英尺半高的台子，上面刚好站得下四个小人，台子旁边还竖起了两三副梯子。台子上，一位看起来极为重要的人，正在对我发表长篇演说，可是我半个字也听不懂。说到这里，我早该提一下，这位要人开始演说之前，先喊了三声"朗格罗·德胡耳·桑[1]"（这些话和前面提到的那些话，后来他们也对我重复过，并且解释了意思）。话音一落，立刻走上来大约五十个小人，把系住我的头的左侧绳索砍断，于是我的头就可以转向右边，瞻仰这位发言人的面容了。

他看上去已是人到中年，身材比旁边三个人都高。三人中的一个像是侍从，个头比我中指略长，正在替那位要人牵起拖在身后的衣服；其他两人分别立在两旁护卫他。这位要人一副演说家的派

1 "让他转过头来"。

头，看得出来，他对我说了许多威胁的话，同时还对我许下一些诺言，并表示了怜悯与同情。我态度极其谦恭地回应了几句，向太阳举起左手，举目注视，做出请求太阳为我做证的姿势。离开大船到现在，我已经连续十几个钟头没吃到任何东西了，实在饥肠辘辘。人的这种生理需求真是太强烈，我实在没法忍受了，必须做出表示，让这些小人明白我迫切需要食物（尽管这样有悖礼节）。于是，我不时把手放到嘴边，示意要吃东西。那位"赫够"（后来我才知道，他们都这样称呼一位地位尊贵的人）理解了我手势的含义。他从台子上走下去，命令上百个小人爬上我身旁的几架梯子，把成筐的肉倒进我嘴里。这些肉全是国王接到关于我的情报后，立即下令准备好的。我可以看出这是几种动物的肉，不过，我却品不出具体是什么肉。从形状上看，它们像羊的前肘、后肘和腰肉，烹制得精美可口，不过大小还比不上百灵鸟的翅膀。这些肉，我一口吃得下两三块；像步枪子弹那样大小的面包，我一口也吃得下三块。他们加紧朝我嘴里填进食物，对我庞大的块头和巨大的胃口感到万分惊奇。接着，我又比画着要喝水。从我吃食物的情形，他们推想，给我一点儿水必是远远不够的。于是，这些冰雪聪明的小人，机敏地吊起一只头号大水桶，把它滚到我手边，并敲开桶盖。因此，我得以非常轻松地一口气就喝光那桶不到半品脱的饮料。这东西的滋味有点儿像勃艮第[1]产的淡味葡萄酒，但更加香甜。他们递给我第二桶，我也同样一饮而尽，并且示意还要喝，可他们已经供应不过来了。我向他们展示了以上奇迹之后，他们欢呼起来，在我胸脯上雀跃，又像起初那样喊叫了几声："海奇那·得古尔！"

1 法国东部一个省，盛产葡萄酒。

他们做手势，示意我把两个啤酒桶扔下去，不过在我这么做之前，他们提醒大家注意避让，嘴里叫道："勃朗契·米沃。"当看到啤酒桶飞至半空中，他们又齐声呼喊："海奇那·得古尔。"老实说，当他们在我身上走来走去时，我有一种强烈的冲动，想抓起最先靠近我的四五十个人，把他们摔在地上。然而，想起刚才吃过的苦头——那也许还不是他们用来对付我的最厉害招数，同时我想到自己也曾承诺要尊敬他们（我的意思是，出于遵守诺言我才表现得卑躬屈膝），因此打消了坏念头。再者，他们这样破费地隆重招待我，我自然应当以客礼回应。不过我心中不胜惊奇：这些胆大妄为的小人，在我一只手松绑后，居然还敢爬到我身上，大摇大摆地走来走去，在本人——如此的庞然大物面前，他们似乎不显得有任何惧怕。过了一会儿，我不再要吃要喝了，这时一位国王派来的要员出现在我面前。这位钦差大臣，由十二三名随从跟着，沿着我的右小腿向上攀登，径直走到我的脸前面。他出示盖有玉玺的圣旨，在我眼前展开，大约宣讲了十分钟，虽然没有表露出任何发怒的表情，但是语气却不容申辩。他不时手指前方，后来我才知道他指的是半英里外的首都，国王已经在御前会议上做出决定，要把我搬到那儿去。我回答了几句，可是没起到任何作用。我用那只松开的手做手势，把它放到右手上（我的手从钦差大臣头上掠过，唯恐伤了他和他的随从），然后又摸了摸我的头和身体，表示我希望获得自由。他好像明白了我的意思，但是摇摇头，表示他并不赞成，还做个手势告诉我：要把我像押送俘虏一样运走。同时，他也做出手势让我放心，肉和酒都会有的，我的待遇会非常好。之后我又有了挣脱束缚、奋起反抗的念头，但是我脸上、手上的箭伤，仍在隐隐作痛，有的已经起了水疱，因为有箭头还扎在里面。况且他们的人数还在增加，我只得做手势，让他们放心，他们爱怎么处置我就怎么处置吧。这样“赫够”和他的随从才恭敬地、和气地告退了。很快，我听到他们一齐喊着“派普龙·塞兰[1]”，于是，左边很多人为我松绑，使我可以转身向右，撒泡尿舒服一下。我尿了那么多，令他们大为吃惊。他们看到我的举动，猜到我要干什么时，纷纷向左右两边躲闪，避开那股又猛又响的洪流。我小解之前，他们在我的脸上、手上涂了一种味道很香的药膏，几分钟后，箭伤就一点也不痛了。现在我的身体放松了一些，加上用过营养丰富的饮食，我不觉昏昏欲睡。后来有人证实，我睡了八个小时，这也不足为奇，因为医师奉了圣旨，在酒里掺了一种具有安眠作用的药物。

看来，我上岸以后，一被人发现躺在地上，就有专差报告了国王。国王立刻召开了会议，决定把我按前面叙述的方式绑起来（这是在我夜里睡着时干的），给我送来充足的酒肉，并预备了一种机械把我运到首都。

这一决定也许太大胆和危险了，我相信在同样的情形下，任何一位欧洲君主都不会效仿的。不过依我看，这种做法既谨慎，又慷慨大度。因为如果这些人趁我睡着时用矛、箭刺我，我一旦感觉疼痛肯定会醒来，说不定会恼怒，使出蛮力挣断绳索，到那时，他们无力抵抗，也别指望我心慈手软了。

这些人都是最出色的数学家，由于国王的支持和鼓励，在这里，机械学也十分发达。这位因为崇尚学术而闻名的君主，有好几架装着轮子的机器，用于运送木材和其他重物。他经常在出产木材的森林里建造最大的军舰，有的长达九英尺。然后用机器将军舰运

1 指“跑开，尿来啦”。

送到三四百码以外的海上。这次五百个木匠和工程师立刻动手建造最大的机器。这是一座离地三英寸高、七英尺长四英尺宽的木架，有二十二个轮子。大约我上岸后四个小时他们才开工。我听到的欢呼声，就是机器运到时人们发出来的。这架机器和我并排放置，困难的是怎么把我抬起来，放到机器上面。为了达到目的，他们在我周围竖起八十根一英尺高的柱子。工人们用结实的带子把我的脖子、双手、身体、双腿捆绑起来，然后用包扎线那样粗细的绳索把带子连到柱子顶端的滑轮上，九百个壮劳力用绳子拉动滑轮，不到三个小时，我就被抬起来，放到了机器上，并且捆得结结实实。这些都是后来人们告诉我的，他们工作时，由于酒里安眠药剂的作用，我一直沉睡着。一千五百匹御用的最高大的马——每匹高约四英寸半——拉着我向首都进发。前面我提到，首都距离此处半英里。

出发后四个钟头，一件滑稽的事情把我弄醒了。车子出了点毛病停下的时候，两三个年轻人出于好奇想看看我睡着的样子。他们爬上车，悄悄来到我面前。其中的一个卫队军官把他的短枪尖深深探进了我的左鼻孔，它像一根草搔到了我的鼻孔深处，这让我打了个大大的喷嚏，他们闻声立刻溜掉了，没有被人发现。这事过去三个星期以后，我才知道当时自己为什么会突然醒来。那天走了很长的路，晚上休息时，每边五百个卫兵看守着我，半数拿着火把、半数拿着弓箭，以备万一我有所动作，就向我射击。第二天早晨太阳一出来，我们就又上路了。中午终于抵达了离城门二百码远的地方。国王带领全朝官员出来迎接我们，但是他的将军们无论如何不愿让国王冒险爬到我的身上来。

停车的地方有一座古代神殿，据说它是全国最大的神庙建筑。几年前，这里发生了一桩大逆不道的谋杀案。在一些虔诚的人看来，此事件亵渎了这个地方的圣洁，于是把里面的装饰和家具都搬走了，将它当作一般的公共场所[1]。他们决定让我住在这里。朝北的大门有四英尺高，将近两英尺宽，由此我可以很容易地爬出爬入。大门的每一边有一个离地不到六英寸的小窗户。国王的铁匠从左边的窗口引进去九十一根链条（那链条很像欧洲妇女挂表上的链子，大小也差不多），再用三十六把挂锁把我的左腿锁在链条上。正对着这座大殿，大路的那一边，在二十英尺远处，是一座至少五英尺高的塔楼。我后来听说：国王及朝中显贵可以登上塔楼一睹我的风采，而我却看不到他们。据估计，有不下十万个小人涌出城来看我。尽管有卫兵把守，相信还是有不少于一万人借助梯子爬上我的身子。但是不久就有公告禁止这种行为，违者处死。卫兵们判断我是跑不掉的，就割断了所有捆着我的绳子。这样，我就可以站起来了，同时也感受到了生平从来没有过的沮丧。人们看到我站起来走动，其喧闹和惊讶的程度，真是无以言表。拴着我的链子约莫两码长，不仅使我可以在一个半圆的范围内活动，而且由于拴链条的地方离大门只有四英寸，使我能够从大殿爬进爬出，也可以伸直身子躺在里面。

1 可能是影射威斯敏斯特大厅中发生过的事件，英国国王查理一世曾在此受审，并被判处死刑。

第二章

我站起来四下一望，应该承认我从来没有见过比这更赏心悦目的景致。周围的田野像连绵的花园，圈起来的田地足有四十英尺见方，像许许多多的花床。田地间夹杂着树木，树林占地八分之一英亩，根据我的判断，最高的树也不过七英尺高。我望了望左面的城市，样子就好像是戏院里的布景。

几个小时以来，我一直克制着自己解大便的冲动。这没什么奇怪，从我上一次放空到现在，已经两天了，我又急又羞，真是难堪极了。我能想到的最好的办法只能是爬进屋里，并且真这么做了，随后把门关上。我尽可能走到链子允许的最远的距离，把肚子里多余的负担卸掉。但是这样不干不净的事我只做过这么一回，希望公正的读者多多包涵，能够不偏不倚，充分体谅我当时的处境和所受的煎熬。此后我形成了习惯，每天早上一起床，就拖着链子到户外去办这件事。这些讨人嫌的东西也会得到适当处理——每天早晨，当行人出来以前，会有两个特派的仆人用手推车把那东西运走。由于这和我爱清洁的脾性有关，所以我才认为有必要为自己辩解，否则就不必啰唆半天，来叙述这样一件微不足道的事了。不过一些蓄意中伤我的人，却利用这件事和其他一些事情来指责我。

这件事办完了以后，我又走到门外，有必要呼吸一下新鲜空气。国王已经从塔楼上下来了，骑着马向我走过来。这差点儿让他付出不小的代价：国王的马虽然受过很好的训练，见了我却相当不习惯，就好像瞧见了一座正在移动的高山，它惊得前蹄悬空立了起来。好在国王是个出色的骑手，他仍然能够待在马背上，直到侍卫跑上来，拉住缰绳，国王才及时跳下来。他带着十分惊讶的神情，绕着我仔细观察了一圈，不过始终保持在链条长度范围之外。他命令厨师和管家将准备好的食物和饮料，用一种带轮子的车推到我可以够得着的地方。我接过轮车，一会儿就吃个精光。二十辆车子装着肉，十辆盛着酒。一车肉我三口两口就吃完了。每辆运酒车上载着十小坛酒，我把酒倒在嘴里，一口喝下去，剩下的几车我也是这样喝掉了。王后、年轻的亲王、郡主由许多贵妇人簇拥着，坐在稍远地方的轿子里。但是国王的马受惊以后，他们都下了轿，来到国王的身边。现在我要描述一下国王的仪容。他比朝廷里的其他人高出一个我的指甲盖儿，仅这一点就令人肃然起敬。他外表刚健威武，有着奥地利人的双唇，鹰钩鼻子，橄榄色皮肤，面貌端庄，身躯四肢匀称，举止优雅，态度庄严。他已经度过了自己的青葱岁月，现年二十八岁零九个月，在位七年。在他的治理下，国泰民安，一般来说，武力也比周边国家强大。为了更方便地观察他，我侧身躺着，和他脸对着脸，他站在离我三码远的地方。后来我多次把他托在手里，所以我的描述是不会错的：他衣着简朴，服饰式样介于亚洲风和欧洲风之间，头戴一顶缀着宝石的金盔，上面插着一根羽毛。他的手里拿着一把出鞘的剑，万一我从束缚中挣脱，可用来防卫。剑有三英寸长，柄和鞘都是金的，上面镶着钻石。他的嗓音尖锐，但是吐字清晰，我即使站着也能听得清楚。贵妇和朝臣们衣着华丽，他们站在一起，看起来就像地上铺开了一条绣着金人、银人的裙子。国王不时地和我说话，我也回答他，但我们连彼此的一个字也听不懂。还有几位牧师和律师在场（我是依据他们的装束推测的），他们奉命和我谈话。我尽可能用自己略知一二的各种语言和他们讲话，其中包括高地荷兰语和低地荷兰语[1]，拉丁语，法语，西班牙语，意大利语和利凡特地区流行的意、法、西、希腊混合语[2]，但他们还是听不懂。约莫过了两个小时，朝廷的人才全部离去，但留下了一支强大的卫队，防止人们在混乱中做出无礼和恶意的举动。混乱的观众躁动着向我身边挤过来，大着胆子尽可能靠近我。我坐在房门口地上的时候，有人竟敢用箭射我，一支箭差点射中我的左眼。带队的上校下令逮捕了六个祸首，他觉得最好的办法是把他们捆起来，送到我面前。士兵照办了，用枪托把他们向前推到我手够得着的地方。我把他们一起放在右手上，先把其中的五个放到大衣口袋里，又对第六个做出要活活吃掉他的表情，吓得他哇哇大哭。上校和军官们也吓坏了，特别是看到我拿出小刀来。但我很快令他们释然了，因为我和颜悦色地迅速割断了绑着他的绳子，轻轻将他放到地上，他拔腿跑开了；其余的我也从口袋里一个一个拿出来，像第一个那样放走了。据我所知，士兵和老百姓都对我的宽宏大度万分感激，朝廷也很快收到了非常有利于我的报告。

傍晚，我费了半天劲爬进屋子，在地上躺下来。这样睡了大约两个星期。国王下令给我做床，用车运来六百张普通尺寸的

1 高地荷兰语指德语，低地荷兰语指荷兰语。

2 指上述各语言的混合体，使用于东地中海地区。

床，要在我的屋子里拼接起来。一百五十张小床连在一起，长宽刚好合适，这样四层叠起来，就做成了。但是我睡在上面也不见得比睡在光滑的石头地面好些。按照同样的办法，他们给我准备了被褥、毯子和床单。对于一个像我这样过惯了艰苦生活的人来说，这些已经足够好了。

出现了我这样一个人的消息传遍了整个王国，引得无数富人、闲人和好奇的人纷纷前来观看。乡村变得空荡荡的，要不是国王下令颁布公告，制止这种骚乱，就会出现田地荒芜、家园荒废的局面。于是国王明令那些已经观瞻过我的人必须回家，没有朝廷的许可，不得擅自走入距离我房子五十码以内的地方。大臣们倒是因此项禁令，获得了相当多的好处。

同时，国王频繁召集会议，讨论如何处置我的问题。我有位名望很高的特殊朋友，参与了此事的讨论。他后来向我证实，朝廷因我的到来面临许多难题：他们一方面怕我挣脱逃跑；另一方面又害怕我吃喝太多，可能引发国内的饥荒。他们一度曾决定饿死我，或用毒箭射我的脸和手，这样，我就会很快死去。但是他们转念想到，这么巨大的一具死尸腐烂以后，可能会在首都引起一场瘟疫，并且有可能向全国各地传播开来。就在这时，几个军官来到会议室门口，其中两个被召见，禀报了我如何对待前面提到的六个犯人的事儿。我的这一善举在国王和朝臣们心中留下了极好的印象，于是国王专门下令，首都九百码以内的老百姓，必须每天早晨送来六头牛、四十只羊以及其他食品供我食用；此外还要提供相应额度的面包、葡萄酒和其他饮料。这笔费用，国王指令由国库开支。这位君主主要靠自己领地上的收入生活，除非重大事件，很少向老百姓征税。老百姓只是在战争发生随国王出征时，才须自己负担费用。国王又组成一支六百人的队伍做我的听差，并且发给他们伙食费以维持生计，他们的帐篷搭在我居处的门两旁，十分方便，又命令三百个裁缝按照他们国家服饰的式样为我做了一身衣服；雇了六个最了不起的御用学者，教我学习他们的语言；最后国王还让他自己的马、贵族的马以及卫队的马在我面前训练，让它们熟悉我。所有这些命令都得到了执行。三个星期后，我的语言学习取得了很大进步。这段时间国王经常光临，非常乐意和我的老师一起指导我。我们已经可以在某些方面进行交流了。我学到的第一句话就是表达我的愿望：让他给我自由。这句话我每天跪在地上重复练习。根据我的理解，他的回答是，必须经过时间的考验，没有议会的许可，我的愿望是不予考虑的。并且我首先必须“卢莫斯·凯尔明·皮索·德斯玛·隆·思普索”，也就是宣誓与国王和他国家的人民和平共处。不论怎样，他们都会以适当的礼节对待我。国王还劝告我要耐心、谨慎，从而赢得他本人以及朝臣的好感。假如国王派遣军官来对我搜身检查，希望我不要见怪。因为我的身上可能携带武器，与我这样的庞然大物相配的武器，一定是极具危险性的。我回答国王，说愿意配合，在陛下发布命令时，随时准备脱下衣服，接受彻底检查。我连说带比画，终于向国王表明了我的态度。国王让我接受两个军官的搜查，据说是依据国家法律规定。他也知道，如果我不同意，不合作，这是不可能办到的。我的磊落、大度给他留下了极好的印象，所以他很放心地把手下的人交给我。我得到保证：他们无论从我身上拿走什么，在我离开这个国家时都会还给我的，或者如数赔偿。于是我用手拿起两个军官，先放入上衣口袋，接着又放入两只盛表小口袋以外的其他口袋。唯有那只藏着几件必需的私人用品的秘密口袋，我没让他们搜查。那些物件只对我个人有用，对别人没有什么意义，所以我认为没有被搜查的必要。两只表袋，其中一只放着一块银表，另一只放着装有少量金币的钱包。两个军官带着纸、笔和墨水，把看到的每件东西都列了详细的清单。查完以后，我把他们放到地上，好让他们将清单呈交国王。这份清单后来我译成了英文，逐字抄录如下：

首先在巨人山（“昆布斯·弗莱斯纯”一词我这么翻译）大衣右口袋里，经过最严密的搜查，我们只发现一大块粗布，像陛下大殿里的地毯那么大。左边口袋里，找到一个巨大的银箱，带着金属盖儿，我们打不开。让他打开后，我们中的一个跨进去，发现尘土一样的东西一直没到腿的中部，尘埃扑面，呛得我们连打了几个喷嚏。背心右边口袋里，发现一大捆白色的东西，很薄，层层相叠，有三个人那么大，用一根粗壮的绳子扎着，上面印着黑色图形，依我们愚见，可能是他们的文字，每一个差不多半个巴掌那么大。左边口袋里是一个机器样的东西，从后部伸出一排二十根柱子，像陛下宫殿前的栏杆。我们不好意思总是用问题麻烦他，只能猜测这东西可能是巨人山用来梳头的。我们发现让他听懂我们的话太困难了。在他的中罩衣（“兰弗罗”一词我这么翻译，他们指的是我的马裤）右边的大口袋里，有一个中空的铁柱子，约一人高，固定在一大块比柱子还大的坚硬的木头上，柱子的一边伸出一些大铁片，做得奇形怪状，不知道是什么用途。左边口袋装着另一个同样的机器。右边的小口袋里有几个圆形的扁平金属片，有红的，有白的，大小不等。白的看来像银子，又大又重，我和我的同伴都搬不动。左边口袋里是两根形状不规则的柱子，由于我们站在口袋底部，轻易到不了柱子的顶端。其中一个被东西覆盖着，看起来是一个整体，但另一个的上端有一个白色的圆东西，有我们两个头那么大。两根柱子底部都有一块大钢板，因为害怕是什么危险机器，我们命令他拿出来给我们看。他把那东西从盒子里取出来，告诉我们，在他的国家，一个用来刮胡须，另一个用来切肉。还有两个口袋我们进不去，他说那是表袋，就是中罩衣上端开着的两个狭长缝口，被他的肚子挤得很紧。右边表袋里挂着一条长长的银链，链子底部连着一部神奇的机器。我们指示他拉出来看看链子底部到底是什么，原来是一个球形的东西，一半儿是银的，一半儿罩着透明的金属。透明的一边，我们看得见里面画着一圈奇怪的图形。想摸一摸，手指却被透明的物质挡住了。他把这东西放到我们耳边，听得见里面发出连续不断的、水磨一样的声音。我们猜想这要不是某种未知的动物，就是他崇拜的上帝。我们的推测更接近后者，因为他告诉我们，无论做什么，他都向这东西请教。他管它叫先知，还说他生命中的每一活动都由它来确定时间。他又从左边口袋里拿出一张网，和渔民打鱼的网差不多大，像钱包一样可以开合，实际上就是他的钱包。我们发现里面有几块厚重的黄色金属，如果真是黄金，一定价值连城。

奉陛下之命，我们认真搜查了他身上所有的口袋。据观察，他腰上的带子是一种巨兽的皮所制。左边挂着一把五人高的长剑；右边挂着皮囊，里面又分成两小袋，每一小袋可装下三个陛下的臣民。其中一个装着些用重金属做成的小球，每个球有我们脑袋那么大，手要很有劲才举得起来。另一小袋装了一堆黑色颗粒，不大，也不是很重，我们一只手可举起五十多个。

这就是我们在巨人山身上搜查结果的详细清单。他对我们很礼貌，对陛下的命令表示了应有的尊重。陛下荣登宝座第八十九个月第四天。签名封印。

克莱弗伦·弗利罗克

马尔西·弗利罗克

这份清单给国王宣读之后，他虽然措辞极其委婉，但还是命令我交出那几件东西。首先上交腰刀，我连刀带鞘一并摘了下来。这时，他命令三千精兵（当时正护卫着他）远远将我包围，张弓搭箭，随时准备射击。不过我没在意，正全神贯注地盯着国王。接着，他要求我拔出腰刀。刀虽然被海水浸泡过，有些生锈，但整体看来还是寒光闪闪的。我拔出腰刀，士兵们惊恐得齐声喊叫。太阳当空照耀下，我来回挥舞着腰刀，刀面反射出刺眼的光芒。国王确实气度不凡，比我想象的要镇静许多。他不动声色地命令我将刀收回鞘里，小心扔在地上，那里距离锁链末端大约六英尺。紧接着，要求我交出的第二件东西，是所谓的两根空心铁柱之一，也就是我的袖珍手枪。我掏出枪，按照他的命令，尽我所能地说明枪的用途。我只装上了火药，由于密封很好，火药才没被海水浸湿（所有谨慎的水手都会特别小心，防止火药进水这类事发生）。我事先提醒国王不要害怕，然后朝天放了一枪。这次引起的惊恐比腰刀大多了，几百人跌倒在地，好像震昏了。国王虽然还能勉强站立，但也半天才回过神来。我像第一次交出腰刀一样，交出了两把手枪，以及火药和子弹，并嘱咐国王：火药不能靠近火，丁点儿火星就能让它燃烧起来，把他的皇宫炸上天。我又同样交出了表。国王很好奇，命令两个个子最高的士兵用杠子抬在肩上，就像英格兰的运货车夫抬着一桶淡啤酒一样。他对里面连续不断的声响和分针的走动，实在觉得好奇。因为他们视力比我好，更容易看清楚分针的运动。国王询问了身边的学者，我虽然听不懂他们说什么，但知道他们意见各不相同，分歧很大。这用不着我多说，读者也可以想象得出。随后我又交出了银币、铜币、装着九枚大金币和一些小金币的钱包、小刀、剃刀、梳子、银质鼻烟壶、手帕和航海日记。我的腰刀、手枪和弹药包被车运进了御用仓库，别的物品都还给了我。

前面说过，有一个秘密口袋我没让他们检查，那里面有一副眼镜（我的视力差，有时要戴眼镜）、一架袖珍望远镜和几个其他小玩意儿。这些东西对国王没有什么意义，我也没想贡献出来，并且我担心随便交出去，很可能会丢失或被弄坏。

第三章

我亲切、和善的举止，博取了国王和朝臣们的信任，也赢得了军队及老百姓的普遍好感。我开始设想短期内争取获得自由，于是想方设法讨好他们。当地人不再认为我对他们有什么严重威胁。有时我躺在地上，让五六个人在我的手上跳舞。最后，男孩女孩们也敢躲进我的头发里，玩捉迷藏游戏。我则学习他们的语言，听和说两方面我都进步很快。一天，国王邀请我观看他们国内的娱乐表演。演出场面宏大壮观，超出了我的见识，尤其是绳舞表演，最让我乐不可支：舞者站在一根两英尺长的纤细白绳上，距离地面十二英寸。我想自在地详细描绘一下这种技艺，请读者给予耐心，满足我的要求。

只有那些正在候补朝中要职或希望获得国王恩宠的人，才来参加绳舞表演。自小接受训练的舞者，并非全都出身名门或者受过正统教育。官员过世或失宠被撤职，都会空出重要官位（这都是常事儿），这时，五六个候选人就呈请国王和朝中官员给予他们表演绳上舞蹈的机会，其中跳得高，又没跌下来的候选人，就接任这个官位。重臣们经常奉命表演这种技艺，使国王相信他们没有忘记自己的本领。财政大臣弗林奈普在笔直的绳索上，跳得比全国其他任何一位大臣至少要高出一英寸。我曾见他在一块固定在绳子上的木盘里一连翻了好几个跟头，绳子只有英国一般的包扎绳那么粗。据我观察，如果来个不偏不倚的评价，我的朋友内务大臣莱瑞索仅次于财政大臣，而其他大臣也比常人跳得高。

表演这一技艺，其间经常发生意外，并留下许多记录。我曾亲眼目睹两三个候选人跌断了胳膊和腿。最危险的是，大臣们奉命出演，每个人都想跳得比以前好，能博得头彩，往往求胜心切，难免遭遇失误，甚至送命。有人曾经从绳子上坠落两三次。我听说，在我来这里之前的一两年，有一次，倘若不是碰巧跌落在国王的一块坐垫上，弗林奈普的脖子差点儿就折断了。

在特别重大的节日里，还有一种娱乐表演，专为国王、王后还有首相提供消遣。国王把三根六英尺长、颜色分为蓝红绿三色的丝线放在桌子上。这作为奖品的丝线，象征国王的特别恩宠。表演盛典在大殿里举行，候选人需要经受与前面提到的绳舞完全不同的考验。在无论是新大陆还是旧的任何国家，我从未观看过类似表演。国王手拿一根棍子，与地面平行，候选人一个接一个跑上前去，目测横杆被抬升或者降落的情况，迅速判断并反应，做出跳起来越过横杆或从横杆下爬过去的动作，只要不被横杆击中即可。横杆由国王和首相各执一头，或首相独自操作。在这个游戏中，哪一位候选人表现得最机敏、坚持时间最长，蓝线就奖励给谁。第二名奖励红线，第三名奖励绿线，得奖的人把线系在腰间。国王的朝廷里，几乎看不见腰间没有装饰这种腰带的大臣。

人们每天把军马和御马带到我的面前，它们渐渐习惯，不再怕我了，即使在我腿脚边，也不会受惊。我把手放在地上，骑手们就纵马越过。国王的一名猎手曾跃马而来，跨越我穿着鞋子的脚面。这确乎是不同寻常的一跃。一天，我有幸用一种特别的游戏让国王大大开心了一回。我需要几根两英尺长的木杆，普通手杖粗细。国王命令负责管理木材的官员送来。第二天，六个伐木工驾着六辆马车赶到了，每辆车用八匹马拉着。我选了九根木棍，牢牢地插在地上，围成一个两平方英尺半的四方形，又另外用几根木棍将四角连起来，离地两英尺高，然后把我的手帕系在直立的九根木杆上，四面绷得像鼓面一样紧。四道横杆高出手帕五英寸，当作护栏。完成后，我请求国王派二十四名精骑兵组成的团队到这块平台上操练。国王恩准了。我用手一个一个把他们拿上去，骑兵们全副武装，准备演练。一声令下，他们就兵分两队，开始进行小规模的军事演习。一时戟剑齐发，刀枪出鞘，败的败、追的追，一会儿攻、一会儿守。总之，表现出了我从没见过的严明纪律。护栏使他们不至于从台上跌下来。国王大悦，命令连续演习几天。一次，国王竟然想让我举起他，来发号施令。他又费了好多口舌，才说服了王后让我举起她的轿子，送到离台子两码远的地方，让她可以看到演习的全景。我的运气真好，游戏的过程中没发生什么意外。只是有一次，一位队长骑着的一匹性情刚烈的战马出了状况，那家伙用蹄子刨地，把手帕刨了个窟窿。队长脚下一滑，连人带马都摔倒了。我迅速把人和马都救起来，用一只手遮住破洞，用另一只手把这队人马放到地上，就像当初我把他们拿上来一样。那匹马摔伤了左前腿的肩胛，骑手倒并没有受伤。我把手帕尽量补好，不过再不敢相信手帕结实到可以玩这种危险的游戏了。

在我获得自由的两三天前，当时我正在表演这种给朝廷上下带来莫大欢乐的技艺的时候，一个信使向国王报告，说在我第一次被俘的地方发现了一个黑色的庞然大物，形状古怪，圆形边缘伸展开去，有国王的寝宫那么宽，中部突起有一人那么高。他们起先以为是什么活着的东西，但几个人绕着它走了几圈，只见它纹丝不动地躺在草丛里，就改变了看法。他们一人踩着另一人的肩膀爬上那东西扁平的顶，然后用脚踏去，发现里面是空的。对这种物体，他们见得少，凭着有限经验，猜测它可能是巨人山的物什。假如国王准许，他们将用五匹马将它运过来。我立刻就明白他们说的是什么东西了，心中窃喜。可见是大船失事后，我最初上岸的时候，一定狼狈不堪，划船时帽子还用带子系在头上，泅水时也戴着。上岸以后，走到我昏睡的地方前，可能发生了什么意外，帽带断了，我没有察觉，还以为丢在海里了。我向国王描述了帽子的用处和特点，请求他下令尽快将帽子给我送来。第二天，国王的车夫将帽子送来了。不过，它已经不那么完好了，他们在帽檐上距离边缘一英寸半的地方穿了两个洞，洞上绑了两个钩子，钩子用绳索系到马具上，就这样拖着我的帽子走了半英里的路。不过好在这里的地面又光又平，损坏程度比我想象的要轻。

发生这件事的两天以后，国王下令首都内外的一部分部队做好演习准备，原来，他又琢磨出了一种十分奇特的取乐方式。他让我这个巨人站在那里，双腿尽可能分开。然后命令他的将军（一位经验丰富的老将，我的大恩人）集合队伍排成密集队形，从我的胯下行军。步兵二十四个人一排，骑兵十六个人一排，擂鼓扬旗，手持长矛前进。队伍由三千步兵、一千骑兵组成。国王命令，行军中每个士兵都要严守纪律，充分尊重我，违者处死。不过这样也不能阻止年轻军官从我胯下经过时抬头看我。事实上，我的马裤当时已经破得不成样子，所以必然引起了那些军官的哄笑和震惊。

我向国王递上许多奏章请求恢复自由，他终于先在内阁会议，接着又在全体议员会议上提到了此事。除了斯开瑞什·博格兰姆，没人反对。这个人我并没惹过他，他却执意与我为敌。不过，他遭到大家的一致反对，因此我的请求得到了国王的恩准。这个大臣是个“葛贝特”，也就是指当朝的海军大将，深得国王赏识，通晓国家事务，不过脾气阴郁易怒。他最后终于被说服，但他坚持我的释放要有条件，并且必须宣誓遵守条规，条规文本由博格兰姆亲自起草。斯开瑞什·博格兰姆在两位次官和几位大臣的陪同下，亲手将文件交给了我。宣读完毕，要我宣誓执行条规上的条款。先按我自己国家的方式，再按他们法律规定的方式宣誓。他们的方式是，用左手抓住右脚，把右手中指放在头顶，大拇指放在右耳尖上。读者可能好奇，想了解他们独特的文风和表达方式，也想了解释放我的文件上有哪些条款。所以我尽自己所能，把整个文件逐字逐句翻译出来，供大家一看：

高尔博斯托·莫马伦·依夫拉莫·哥帝洛·谢芬·马利·尤利·古，利立普特国至高无上的国王，举世拥戴，无不畏惧；领土绵延五千布拉斯特格（周界约合十二英里），边境直达地球四极；身高过人，脚踏地心，头顶太阳；头一点，各诸侯的双膝都将为之震颤；他和蔼如春，舒适如夏，丰饶如秋，可怖如冬。至高无上的我王陛下，向最近来到我国之疆域的巨人山提出如下条款，巨人山须宣誓遵照执行：

一、如果没有加盖玉玺的许可证，不得离开本土。

二、没有命令，不得擅自进入首都。如获许可，应在两小时前发布通知，居民闭门不出。

三、只准走大路，不得在草地或农田里行走、卧躺。

四、在上述大路上行走，须绝对小心，不得践踏良民，未经本人同意，不得将其拿在手上。

五、如果需要传递特别急件，有责任将信使连人带马装进口袋，一月一次跑完六天的路程，并且安全送回国王驾前（如果必要）。

六、应和我们联盟，抗击布莱夫斯库岛上的敌人，竭力摧毁准备向我们进犯的敌军舰队。

七、闲暇时应帮助工匠搬运巨石，建造大花园围墙及其他皇家建筑。

八、须用两个月的时间，徒步测量，呈交我国疆域周长的精确报告一份。

最后，如宣誓遵守以上条款，每日将得到足以维持我国一千七百二十八个国民的肉食和饮料；可随时谒见国王，同时享有其他恩典。

我王登基以来第九十一月十二日于拜尔法博拉克宫

我心悦诚服地宣了誓，并在条款上签了字。虽然其中有些不如我希望的那么体面，那完全是海军大将斯开瑞什·博格兰姆所致。我的链子一打开，即完全获得自由。国王赏光，亲临了整个仪式。我匍匐在他的脚下，感谢他的恩宠，可他命令我站起来，并且说了许多我的好话。为了避免别人说我爱虚荣，在这里就不重复了。他又说，希望我成为一个有用的臣仆，不枉他已经给予我和将要给我的恩典。

读者可能已经注意到，释放我的最后一项条款中，国王保证供给我的肉食和饮料，足以维持一千七百二十八个利立普特人日常生活。事后我问朝廷里的一位朋友，他们是怎么计算出来的。他告诉我，国王手下的数学家，借助四分仪得到了我的身高。我的身高与他们身高的比例为十二比一。由于他们的身体大致相同，因此得出结论：我至少相当于一千七百二十八个利立普特人，也就需要相当于这么多人饭量的食物。看到这里，读者可以想象，这是一个多么富有智慧的民族，他们伟大的君王又有着多么缜密、精确的经济头脑啊。

第四章

我获得自由后，第一件事就是希望获准参观首都密尔敦多，国王欣然同意了，不过条件是不准损伤百姓、损坏房屋。人们已经从告示中得知我将参观首都的计划。首都的围墙高两英尺半，厚至少十一英寸，所以尽可以驾驶马车很安全地在上面绕行一周。城墙两侧每隔十英尺就有一座坚固的塔楼。我迈过西大门，轻手轻脚前行，侧身穿过两条主要街道。我只穿了一件短马甲，害怕穿了大衣，衣服的下摆会碰坏屋顶或房檐。虽然严格命令所有居民禁止外出，但为免发生意外，我走路还是非常小心，避免踩到可能在街上闲逛的人。同楼的窗前和房顶上挤满了围观的人，各次旅行中我还从来没见过人口这样稠密的地方。这座城市是一个标准的正方形，每边城墙五百英尺长。两条大街各宽五英尺，呈十字交叉，将城市分成四部分。胡同小巷我进不去，只能经过时看一下，宽度十二到十八英寸不等。全城可容纳五十万人。民房有的高三层，有的高五层。商店、市场货色齐全。

皇宫坐落在城中心，两条大街交会的地方。四周有两英尺高的围墙环抱，宫殿离围墙二十英尺。我得到国会的许可跨过这道墙，里面非常开阔，我可以很轻松地绕行看到宫殿的每一面。外院是个四十英尺见方的正方形，包括两座庭院，最里面是皇宫内院，也就是我最想看又最难看到的部分。从一个庭院到另一个庭院的大门只有十八英寸高，七英寸宽。外院的建筑物至少五英尺高，虽然院墙是由四英寸厚的坚固石块砌成，但跨过去一点不损坏建筑群也是不可能的。不过，国王热切希望我能见识一下皇宫的壮观辉煌。这我用了三天的时间才办到。这三天，我用小刀从离城一百码远的皇家花园砍了几棵最大的树，用这些树做了两个凳子。每个凳子约三英尺高，足够承受我的体重。人们第二次接到通告后，我穿过城市来到王宫，手里拎着两个凳子。到达外院近旁，我站在其中一个凳子上，将另一个举过屋顶，轻轻放到两个院子中间八英尺宽的空场上。然后我很方便地跨过建筑物，从一个凳子站到另一个凳子上，再用带钩的棍棒将第一个凳子钩起来。靠着这种方法进到内院后，我侧身躺下来，把脸贴到中间几层楼特意为我打开的窗户上，里面的富丽堂皇可以想象。王后和年轻的王子们在各自的寝宫里，旁边有贴身侍从相随。王后十分高兴，优雅地对我微笑，还从窗里伸出手，赐我一吻。

不想让读者再多听我这一类叙述了，因为我还有一部篇幅更大的书即将出版，里面详细介绍了这个王国从创立起，历经几代君王的过程，特别叙述了战争、政治、法律、学术、宗教、动植物、特殊的风俗民情以及其他一些新奇、有益的事情。现在我只想主要描述一下自己住在这个国家的九个月里发生在我及公众身上的各种事件。

我获释两星期后的一个早上，内务大臣莱瑞索（他们这样尊称他）来到我的寓所，随身只带了一个侍从，他让他的马车在远处等候，请求和我谈上一个小时。因为他的身份和个人功绩，以及在我向朝廷请愿时帮过的忙，我欣然同意了他的请求。我提出躺下来，让他离我的耳朵更近些，但他选择了让我谈话时把他拿在手上。他先是祝贺我获得了自由，并且对我说在这件事上他自认为有些功劳。不过他接着说，如果不是朝廷目前的处境，我可能不会这么快就获得自由。“因为，”他说，“虽然在外国人看来我们国家很昌盛，但是实际上为两大敌人所困：一是国内党派纷争之激烈，二是外国强敌入侵之危险。至于第一个，你要知道，七十多个月以来，国内两个政党一直相互争斗。一个党叫特雷姆克森，另一个党叫斯莱姆克森。区别就在于：其中一党的党员穿高跟鞋，而另一党的党员则穿跟低的鞋。事实上，据说高跟鞋党更符合传统习俗，可是国王却决意起用低跟党人，让他们担任政府管理部门职务。你不可能觉察不出，国王的鞋跟就特别低，至少比朝廷中的其他官员低十四分之一英寸。这两个政党的积怨如此深，以至于从不共同赴宴，或者座谈交流。我们估计，特雷姆克森或称高跟党，人数上胜过我们。可政权由我们掌管。但令人担心的是，国王陛下的继承人王子殿下颇有高跟党倾向，至少我们看出他的鞋跟一个高一个低，所以走起路来一瘸一拐的。现在我们国家，除了面临内忧，还要面对强劲外患的威胁——布莱夫斯库可能入侵我国。布莱夫斯库是世间又一个大国，面积和实力与我们王国不相上下。至于你提及曾抵达的世界上某些王国和国家，那里住着像你一样魁伟的人类，我们的哲学家对此深表怀疑，宁愿相信你来自月亮或者其他某个星球。毫无疑问，身躯如你这般巨大之人，只需一百位，短时期内，就会将国王陛下领土之上所有果实、牲畜消耗精光。另外，我们长达六千个月的历史记录里，除了利立普特和布莱夫斯库两大王国，从来没有提到其他任何国家，而这两大王国过去三十六个月以来，一直在苦战相争。战争起因是这样的：我们都认为，吃鸡蛋，正宗的方法是从鸡蛋大的一端敲破。可是当今国王的祖父，幼年时依照这传统古法吃鸡蛋，一次偶然地把手指戳破了。从此，他的父亲，即当时的国王颁布了一条法令，命令全体臣民食用鸡蛋必须遵守从鸡蛋较小一端敲破蛋壳的规则，违者重罚。人民对此极为不满，为此史上累计发生过六次叛乱，一位国王为此送了命，另一位则丧失了王位。诸如此类的内乱，经常是在布莱夫斯库王朝的君主们煽动下发生的。平定骚乱以后，遭到流放的人，通常逃往布莱夫斯库避难。据统计，先后有一万一千人宁死也不肯从较小的一端敲碎鸡蛋。论述此争端的著作，出版了成百上千册。但是国内大端吃蛋派写作的书一直被封禁，法律也规定不得聘用支持大端吃蛋的人员。在这些纷乱中，布莱夫斯库的君主频繁派遣大使规劝训导，指责我们搞宗教分裂，违背伟大的先知拉斯特洛格在《布兰德克拉尔》（他们的《可兰经》）第五十四章中提到的基本教义。我们则回应认为，这不过是对经文的一种曲解，原文的意思是：‘所有真正遵从教义的信徒都可以依照其自认为方便的一端，将蛋壳敲破并食用鸡蛋。’何为方便的一端呢？依我的愚见，即凭各人良知，或者至少交由主要行政长官决定。现在大端派的流亡者深得布莱夫斯库朝廷的信任，又得到国内同谋的私人援助和怂恿。流血战争已经在两个国家间进行了三十六个月，其间各有胜负，我们损失了四十艘重要战舰和大量小艇，还损失了总计三万名精锐水兵和陆军。敌人的损失估计比我们还大。无论怎样，他们目前已经装备了一支庞大的舰队，随时准备进攻。国王陛下深信您的勇气和力量，所以命令我前来陈述此事。”

我请内务大臣回奏国王：“虽然我是个外国人，不便干涉党派之间的纷争，但为了保卫陛下和他的国家，我甘愿冒生命危险，随时准备抵御外来之敌。”

第五章

布莱夫斯库帝国是位于利立普特东北方的一个岛国，与利立普特只相隔一条八百码宽的海峡。我还不曾见过这个岛。自从得到敌人要入侵的消息后，我就避免在那一带海岸露面，害怕被敌舰发现，因为他们对我还一无所知。战争期间，两国之间一切交流活动都被禁止，违者处死。国王下令所有船只统统禁运。我向国王提交了一份俘获敌人整个舰队的方案。我们的侦察兵报告，敌人舰队停泊在港湾里，一旦顺风，立刻起航。我向经验最丰富的水手打听海峡的深度，他们曾经多次测量过，高水位时海峡中心有七十“格兰格拉夫”深，大约相当于欧洲长度单位的六英尺，其他地方最深五十“格兰格拉夫”。我朝东北海岸走去，正对面是布莱夫斯库，趴在一座小山的背后，然后从口袋里掏出袖珍望远镜，看见了港湾里停泊着敌人的舰队，一共由五十艘战舰和大量运输舰组成。回到寓所，我下令（国王为我颁发了委任状）让人送来大量最结实的缆绳和铁棒。缆绳的粗细和包扎线差不多，铁棒大小类似毛衣针。为了更结实，我将三股缆绳拧在一起；同样，又将三根铁棒扭在一起，两端弯成钩子。总共准备了五十根缆绳，五十个钩子。我又来到东北海岸，脱去外衣、鞋子和袜子，穿着皮背心，在高水位到来前的半个小时走入海里。我蹚着水疾走，中间游了约三十码，直到脚能够着海底。不到半个小时，我就到达了敌舰所在地。敌人一见我都吓坏了，从船上跳下来，游向海岸，人数不少于三万。我拿出工具把钩子系在每一艘敌舰的舰首上，所有缆绳的另一端扎拢在一起。在这一过程中，敌人向我放射了几千支箭，很多支射中了我的手臂和脸颊，疼痛异常，干扰了我的工作。最要紧的是眼睛，要不是我计上心来，恐怕眼睛就保不住了。前面提到过，秘密口袋里的小必需品逃过了国王派来的人的搜查，其中有一副眼镜。我把它拿出来牢牢戴在鼻子上。有了这些装备，我，更放手干起来。敌人还在放箭，很多打在镜片上，但是没什么，最多也只是镜片上的一点儿损伤。我已经拴牢所有钩子，把扎起的绳结握在手里，开始拉，可是船一动未动。原来它们都下了锚，死死停在那里。最需要胆量的工作还在后面。我松开绳索，让铁钩还拴在船上，用小刀毅然砍断了系着铁锚的缆绳。这时我脸上手上中了两百多支箭。我又拉起系着铁钩的缆绳打结的一端，一股脑儿将敌人五十艘最大的战舰拖了就走。

布莱夫斯库人一点儿也没想到我要干什么，起初惊慌失措。他们看见我砍断缆绳，以为我只是想让船只顺水漂流或互相撞击沉没。当他们看到我在一头拉着，整个舰队秩序井然地移动时，他们开始尖叫，声音悲伤绝望，真是没法描述、无法想象。走出危险距离以后，我停了一会儿，拔出手上脸上的箭，用我前面提到过的、刚来时用过的药膏擦了擦。然后摘掉眼镜，等了约一个钟头，让潮水稍稍退下去，再带着我的货物，涉水走过海峡中心，安全返回利立普特皇家码头。

国王和全部官员站在岸边，等待冒险行动的结果。他们看见船只呈大的半月形前进，却看不到我，因为海水已没过我的胸脯。当我走到海峡中心时，他们更发愁了，这时水已深及我的脖子。国王以为我必死无疑，敌舰正气势汹汹地逼近。但是很快他就松了口气，我越走水越浅，不一会儿就到了彼此能听见喊声的地方。我手里握着系着舰队的缆绳，嘴里喊着："最强大的利立普特国王万岁！"这位伟大的君主把我迎上岸，对我竭尽赞颂，当场封我为"那达克"，这是他们的最高荣誉了。

国王希望我另找机会，将敌人其他的舰只统统带回他的港口。君王们的野心真是深不可测，恨不得把整个布莱夫斯库帝国变成他们的行省，派一个总督去统治。他想消灭大端流亡者，镇压那些从大端打破鸡蛋的人民，使他成为世界上独一无二的君王。我竭力打消他的这一念头，列举了政策方面和正义方面的许多论据。我明确表示：自己不愿成为一种工具，使一个自由、勇敢的民族沦为奴隶。在议会上辩论的时候，许多明理的大臣都赞成我的观点。

我的这种公开大胆的声明和国王的计划与政策背道而驰，他永远不会原谅我。他在国会上很有策略地提到此事。据我所知，最明智的几位大臣至少以沉默表示赞成我的意见。那些暗中的敌人，禁不住旁敲侧击中伤我。从此，国王和一小撮大臣酝酿一个阴谋，开始敌视我。阴谋不到两个月的时间就爆发出来，最后差点儿给我致命一击。彪炳的功劳在国王眼里能算什么？如果不能满足他们的野心，再大的功绩也不足以让你得到宽恕。

立功之后三个星期，布莱夫斯库帝国派遣特使，前来求和。

并且很快两国就缔结了对我们国家的国王绝对有利的和约。和约的内容我不赘述了，以免让读者费神。六位大使，五百个随行人员，入境仪式十分隆重，体现了他们主人的威严和使命的重大。条约缔结中，我凭着自己当时在朝中的威望——至少表面是这样——帮了他们一些忙。有人私下告诉他们，说我实际上是他们的朋友，他们为此正式拜访了我。开始，他们大力恭维我的英勇和大度；接着，以他们国王陛下的名义邀请我访问他们国家。由于听过许多有关我力大无比的传说，他们希望我表演给他们看。我欣然同意，细节就不做叙述了。

我花了一些时间招待几位大使阁下，让他们又满意，又惊奇。我请他们转达我对他们国王陛下最诚挚的敬意。陛下的仁德令人敬仰，举世皆知。在我回国之前，一定前去拜访。因此，第二天我去谒见国王的时候，请求他准许我拜访布莱夫斯库的君王。他倒是爽快答应了，但看得出来，他的态度很冷淡。当时我猜不出原因，后来有人悄悄告诉我，弗林奈普和博格兰姆已经将我会见布莱夫斯库大使的事，当成我违背朝廷的标志，汇报给国王了。这件事我问心无愧，只是从此以后，我开始对朝廷和大臣们的阴暗面有所认识了。

值得注意的是，这些大使是通过翻译与我交谈的。两个王国就像欧洲任何两个国家之间一样，语言是不同的。每个国家都因本民族语言的古老、优雅和有活力而自豪，对邻国的语言则公然蔑视。我们的国王依靠俘获对方舰队得来的优势，强迫对方用利立普特语递交国书、发表演讲。应该承认，两国之间商贸发达，彼此都不断接受对方的流亡者。习惯上，各自会互派年轻贵族和富家子弟到对方国家学习深造，增长见识，了解异域风土人情。

沿海一带的名门望族、商人、海员，很少有人不会说两种语言的。几个星期后，我拜访布莱夫斯库帝国的国王时就证明了这一点。敌人的恶意诽谤，使我身处不幸。但这次拜访对我是一次乐事，对此，以后我还要在适当的地方加以叙述。

读者可能还记得，在我签字认可获得自由的条款时，有几条让人不愉快的规定，使我感觉自己像个奴隶。当时是不得已而为之，否则我是决不会屈服的。如今我被封为国内头衔最尊贵的“那达克”，再要我履行那些职责实在有失身份。公正地说，国王也从来没提起过要我去做那些事。时隔不久，我就有了一次效忠国王的机会，立了一大功——至少我自己是这么想的。一天半夜时分，门外几百人的哭声把我惊醒。突然醒来，还真吓了一跳。我听到有人不停地喊着“布尔格拉姆”，朝廷的几位大臣从人群中挤过来，恳请我火速赶到宫里。原来宫里一位粗心的女侍官看传奇小说时睡着了，以致皇后的寝宫里失了火。我赶紧爬起来，让人们给我让路。因为是个月明夜，我走得很急，不过没有踩到谁。墙上人们已经架好了梯子，水桶也准备好了，但是水源地很远。水桶像大顶针那么大，可怜的人们拼命地一桶一桶给我运水，但是没什么用，火势依然凶猛。我倒是能很容易用大衣将大火扑灭，不幸的是走得匆忙，只穿了一件皮马甲。形势十分危急，看来已经没有希望，这座富丽堂皇的宫殿就要烧成平地。突然一个念头一闪，我计上心来：昨天晚上睡觉前喝了好多“格利姆格瑞姆”，这是一种甘美异常的好酒（布莱夫斯库人管它叫“弗鲁耐克”，可我们出产的这种酒更好喝），具有很好的利尿作用。再巧不过的是我一直还没解过小便。我离火焰很近，身上一吸热，又忙着扑火，加快了酒变成尿的速度。我一阵尽情释放，尿得正是地方，不到三分钟火就灭了。其他花费多年心血建成的皇家建筑也免于毁灭，保存了下来。

天亮了。虽然立了大功，但我没等国王向我表示祝贺就返回了寓所。因为我说不准他是否会反感我立功的方式。根据这个国家的法律，任何人不论地位如何，在王宫区城内小便一律死罪。不过国王的一个通知让我有了一点儿安慰，他说要正式发布命令赐我无罪。只是我还没有拿到赦免证书。有人私下里告诉我，王后对此极为愤恨，搬到皇宫的另一头去了。她坚决不让修复那个寝宫，也不会去用了。当着重要心腹的面，她发誓要报仇。

第六章

虽然我想专门写篇文章描写这个王国的一切，但同时我还想在这里大致介绍一下基本情况以满足读者的好奇心。当地居民一般身高六英寸以下，因此其他所有动物、草木都严格遵守与之相称的比例。例如，最高的马和牛在五到六英寸之间，羊大约一英寸半，鹅比麻雀大一点。依此类推直到最小，我几乎看不见了。不过大自然使利立普特人适应了适合他们视力的一切物体，他们能看得很清楚，但看不远。我曾饶有兴致地观察一个厨师给一只苍蝇大小的百灵鸟捋毛，一位年轻姑娘拿着我看不见的丝线穿一根看不见的针。

那里最高的树大约七英尺，我是指皇家花园里的那几棵，我举起拳头刚好能够着树顶。其他蔬菜之类的也遵循同一比例，读者可以自己去想象。

我只说一点儿他们的学术。经历了许多年代，他们的学术发展成许多分支，都很发达。但是他们的书写方式十分特别，既不像欧洲人那样从左到右，也不像阿拉伯人从右到左，更不像中国人从上到下，而是斜着从纸的一角写到另一角，和英国的太太小姐们一个样。

他们的殡葬方式是让死人的头直接朝下，之所以这样，乃源于一个理论：一万一千个月以后死人都会复活，那时地球（他们认为是扁的）会倒过来。用这种方式埋葬，复活时就会站着。有学问的人都认为这条教义很荒谬，但为了附和习俗，一直就这个样子。

这个国家的一些法律和风俗很特别，如果不是与我亲爱的祖国截然相反，我真想为他们说句公道话，希望我们也能实行。我先要提到的是有关告密者的法律。一切背叛国家的罪行都将被处以最严厉的惩罚。但如果被告能在开庭时证明自己的清白无辜，原告就被立即处死，落得个臭名远扬的下场。同时清白的人可从原告的财产和土地中获得四项赔偿：损失的时间、经历的危险、监禁的痛苦以及所有的辩护费用。如果财产不足赔偿，大部分由国王负担。国王还要公开对被告有所恩赐，向全城发布公告，宣布被告无罪。

他们认为欺诈是比偷盗更严重的犯罪，很少有不被判处死刑的。他们认为一般人只要有点常识，小心谨慎，提高警惕，自己的东西就不会被偷。但手段高明的欺骗会令诚实的人防不胜防。人们既然需要进行买卖，必须凭信用交易。如果纵容欺诈，不去制裁它，诚实的生意人就会吃亏，流氓无赖就会得势。记得一次我在国王面前替一个拐骗了主人一大笔钱的人说情。他奉主人之命去收款，携款逃跑。我对国王说，这只是一种背信弃义的行为，希望能减轻刑罚。国王认为我替这种最应加重处罚的罪行说情，简直荒谬。我无言以对，因为一个国家有一个国家的习俗。应当承认，我那时确实羞愧难当。

虽然我们经常把奖励和惩罚作为政府运作的枢纽，但我还从来没见过哪个国家像利立普特这样把它真正应用于实际。无论任何人，只要他能拿出充分的证据，证明自己在七十三个月里严格遵守了法律，就可以享受一定的特权。他可以根据其地位和生活境况的不同，从专用基金里得到一定数目的款项，同时可获得“斯尼尔普尔”，即“守法者”的头衔，但这种头衔不得传给后代。我告诉他们，我们的法律只有刑罚，没有任何奖励，他们都认为这种政策有很大弊病。正是如此，法庭上他们象征正义的女神像有六只眼睛，两只在前，两只在后，左右各一只，表示缜密周全；右手握有一袋黄金，袋口是开着的，左手持一柄宝剑，插在鞘中，表示她倾向于奖赏而不是惩罚。

在选人任职方面，他们注重优良的品德胜过卓越的才能。他们认为，既然人类需要政府，那么相信才能一般的人就能胜任各种职务了。上天不会把公共事务弄得十分神秘，只有个别非常杰出的人才能管理，这样的天才一个时代最多也只能出三个。相反，每个人身上都存在真诚、正义、节制诸如此类的美德，他们只要通过实践积累经验，加上一颗善心，都可以为国家效力，只不过还需要一段时间的学习罢了。如果一个人没有德行，才能再高也没用，任何事务绝不能交给这种人去管理。一个品行端正的人如果由于无知而犯错，至少不会像心存腐败的人那样，给公众利益造成致命的后果。这种心存腐败的人能加倍地投机钻营，掩盖自己的腐败行径。这种人对社会的危害，远胜于因无知而犯错的人。

同时，没有信仰的人也不适合担任任何公职。利立普特人认为，既然国王们都宣称自己是替上天履行职责的，就没有什么比任用这样一个人——一个不承认自己所凭借的权威的人——更荒谬的了。

联系上面提到的以及下面所述的法律，读者应该明白我指的是他们原先的制度，而不是这些人腐化堕落后形成的如今的政治制度：凭借在绳上跳舞获得要职，在御杖下跳跃爬行而邀得恩宠和勋章的可恶行径，读者要知道，这些都是当今国王的祖父在位时最先形成的，随着党派纷争的加剧，演变到今天的地步。

忘恩负义在他们看来也是死罪。我们在书上读到过其他国家也有类似的法律。他们的依据是，以怨报德的人应该是人类的公敌，他对待其他人可能比对待自己的恩人还要恶毒。这样知恩不报的人不配活在世上。

他们关于父母和子女的职责的观念也和我们不一样。因为男女结合是基于自然的法则，为的是传宗接代。利立普特人也一样，他们认为，和其他动物没什么区别，男女结合是性欲的驱动，照顾子女也一样是自然法则。根据这个道理，他们从来不认为孩子由于父亲母亲生育了他，就应对父母尽义务。想想人类生活的悲惨，生育本身也不会给父母带来益处，做父母的造爱时也没有想到生儿育女，心思还在别的方面呢。因为诸如此类的理由，他们认为最不应该让父母教育自己的孩子了，所以每个城镇都有公共学校。除了农夫和劳工，所有孩子，不论男女，一到二十个月大，他们认为孩子懂事了，就会都要送到公共学校接受教育和培养。这种学校分几种，适合不同地位、不同性别的孩子。教师经验丰富，他们培养孩子养成一种适合父母身份，又符合自身能力和爱好的生活方式。我先介绍男校情况，再介绍女校。

接收贵族或出身名门子弟的男校配有庄重博学的教师，还有几名助教。孩子们的伙食和衣着都很俭朴。他们受到荣誉、正义、勇敢、谦逊、仁慈、宗教和爱国等原则的培养。除了短暂的吃饭睡觉时间以及两小时娱乐（包括身体锻炼），总是有事做。四岁以前由男仆给他们穿衣服，以后都要自己穿。女仆年纪有我们五十岁那么老，做最粗的活。孩子们不许和仆人讲话，只允许一小伙或成群一块儿玩耍，并且总要有教师或助教在一旁陪着。这样可以避免像我们的孩子一样，幼年时代养成愚顽的恶习。他们的父母一年来看望两次，探望时间不会超过一个小时，见面时或分手时可以亲吻自己的孩子，那时总有一位教师在旁边，父母不许对子女耳语，不许表示亲热，不许带玩具、糖果之类的礼物。

每个家庭必须缴纳子女的教育及娱乐费用，逾期不缴者，国王可派官吏上门征收。

接受一般绅士、大小商人和手艺人子女的学校也差不多是一样的管理模式。只不过做生意人的孩子十一岁起要到外面去当学徒，而贵族的子女要继续培养到十五岁，相当于我们的二十一岁，但最后三年的管教渐渐松了。

女校里，贵族出身的女孩子接受教育的方式和男校相似，只是由整洁的女仆给她们穿衣服，并且总有一位教师或助教在旁边，一直到五岁可以自己穿衣服的年龄。一旦发现女仆给孩子们讲一些恐怖愚蠢的故事，或者像我们的侍女那样用一些把戏给孩子们取乐，她们就要被鞭打着绕城游街三次，还要监禁一年，流放到这个国家最被隔绝的地方去。因此女孩子和男孩子一样，鄙视懦夫和呆子，看不起轻佻不洁的打扮。除了锻炼时的剧烈程度稍轻，我还没看出女孩子的教育和男孩子有什么区别。她们要学一些家政方面的规则，研究学问的范围较小。她们的最大信条是，贵族人家的女主人永远应该是一个理智和蔼的伴侣，虽然她不可能永远年轻。女孩子十二岁就到了结婚的年龄，父母或监护人把她们带回家，对教师千恩万谢，姑娘和伙伴分离免不了涕泪涟涟。

在较低一级的女校里，孩子们学习适合她们性别和地位的各种工作。打算当学徒的七岁可以退学，其余的可以待到十一岁。

对条件较差的家庭，把孩子送到这种学校里，每年除了缴纳低得不能再低的学费，还要每个月将收入的一小部分交到学校财务总监那里，作为孩子财产的一部分。因此所有父母都由法律限制他们的开支。利立普特人认为，为了自己一时的欲望，把孩子带到这个世界上，却要公众来负担，没有什么比这更不公平了。贵族也根据自己的情况，保证给每个孩子一笔款项。这部分基金会得到完善的管理，绝对公平地使用。

农夫和劳工自己抚养孩子。他们的劳作就是耕田种地，因此他们的教育对公众影响不大。年老生病的人由养老院负担。这个国家没有乞讨这一行业。

好奇的读者非常想知道，我在这个国家住了九个月零十三天，这段时间里我是怎样生活的。凭着头脑里固有的工匠才能，也是生活所迫，我用皇家花园里最粗大的树木为自己做了一套舒适的桌椅。雇了两百个女裁缝为我做衬衣、床单和桌布，用的都是能找到的最硬最粗的布料，可还得几层缝在一起。因为他们最厚的布和我们的上等麻布相比，也要精细几等。他们的亚麻布一块通常三英寸宽三英尺长。我躺在地上让女裁缝们给我量尺寸，她们两个各执一端，一个站在我的脖子那儿，另一个站在我的小腿那儿，将一根绳子展开拉直。第三个用一根只有一英寸长的尺子来量绳子的长度。量过我的右手大拇指后，她们就不量了。因为按照数学的计算方法，拇指两周是手腕的一周，脖颈和腰的粗细也遵循这一比例。我把自己的旧衬衫铺到地上当样板，她们照着样子做出的衬衫很合我身。我又请了三百个缝纫师为我做外衣，他们用另一种方法给我量尺寸，我跪在地上，他们把梯子从地面架到我的脖子上，一个人爬上来，在领子那里放下一根带铅锤的线，线到地板的高度就是大衣的长度。我自己量了腰和手臂的尺寸。衣服全是在我屋子里完成的，因为他们最大的房间也放不下这样大的衣服。完成的衣服就像英国太太们缝的百衲衣，只不过我的衣服全是一种颜色。

有三百个厨师照顾我的饮食，为了方便，他们都带了家人住在我寓所附近的小茅屋里，每位厨师给我做两个菜。我用手拿起二十个侍者放在桌上，另一百多个在地上伺候，有的端着肉，有的肩上扛着一桶桶的酒和饮料。桌上的侍者用一种巧妙的方法，按我的要求拉动绳子往上吊，就像在欧洲人们从井里提水一样。一盘肉正好够我吃一大口，一桶酒也只够我喝一口。他们的羊肉没有我们的好，牛肉味道美极了。我曾吃过一块牛腰肉，那么大，三口才吃下去，不过这种情况很少见。我的仆人们见我连骨头一起吃下去，就像在我们国家吃百灵鸟的腿一样，非常吃惊。鹅和火鸡我通常一口一只，必须承认，味道也比我们的好。更小的家禽，我用刀尖一次叉起二三十只一起吃。

一天，国王陛下听人说起我的情形后，提出要带王后、年轻的王子和公主与我一起共享吃饭的快乐（他喜欢这么说），后来真的来了。我把他们放到桌上的御椅里，正对着我，侍卫一旁站立。我看到，手持权杖的财政大臣弗林奈普不时酸溜溜地看着我，我当作没看见，比平时吃得还多，一是为了亲爱的祖国，二是为了让朝廷惊叹。我私下里觉得国王这次驾临，又给了弗林奈普一个在主子面前算计我的机会。暗地里这位大臣一直与我为敌，表面上好像与我很亲密，这与他乖戾的性情格格不入。他向国王报告，现在财政很不景气，向下拨款都要打折扣，国库券价值比票面低百分之九才能流通；我已经花去了陛下一百五十多万"斯普拉格"（这是他们最大的金币，有我们衣服上的亮片大小）；从整体考虑，一有合适机会把我打发走是比较明智的。

在此，我必须为一位品格高贵的夫人辩护，以保全她的名誉。因为我的缘故，她成为无辜受害者。财政大臣真是荒唐至极，竟然猜忌自己的夫人。有人居心叵测，到处散布关于他的夫人疯狂地爱上了我的谣言。关于她竟偷偷造访我寓所的传闻，朝中传播广泛，对此我郑重声明，此事纯属捏造，毫无事实依据，这位夫人仅仅依照天真无邪的天性，坦诚、友好地对待我而已。她确实经常驱赶载着三位同行者——通常是她的姐姐、小女儿和某位好友——的马车，公开前来做客。宫里其他夫人也经常是这样的呀。我还问过身边的仆人，什么时候他们看见过有马车停在我的门口，里面坐着不认识的人？每次一有人来，总是先由仆人通报。我的习惯是立刻迎到门边，问候之后，十分小心地用手拿起马车和两匹马（如果是六匹马，车夫总是先解下四匹），放到桌上。桌子周边我安了个可拆卸的护板，五英寸高，防止发生意外。经常桌子上有四辆马车，里面坐满了人，我坐在椅子上，把脸俯向他们。我和其中一辆车上的人交谈时，其他车上的车夫就驾着马车在桌子上四处走。在这样的交谈中，我度过了许多愉快的下午。我向财政大臣和那两个告密的人（我要说出他们的名字，让他们好自为之）克鲁斯特里尔和德伦洛提出挑战，让他们证明除了内务大臣莱瑞索以外，什么人隐姓埋名来找过我。我前面已经提到过，莱瑞索是国王特派的信使。如果不是涉及一位高贵夫人的名誉，我也不会唠叨这么多，名誉受损对于我倒无所谓。我的爵位是“那达克”，财政大臣却不是。众所周知，他只是一个“克拉姆格拉姆”，比我低一等级，类似英国的侯爵和公爵那样。可我明白，实际上他的职位比我高。我是偶然获知那些虚假谣言的，至于如何得知，就无须陈述了。这些谣言使财政大臣在好长一段时间内给他太太脸色看，对我就更面色难看了。虽然后来他若有醒悟，和夫人重归于好，但对我彻底失去了信任。不久，国王对我的恩宠也渐渐消失了，他实在太受制于他的这位宠臣了。

第七章

在我继续往下叙述自己如何离开这个国家之前，应该把一桩两个月来一直在进行着的反对我的阴谋告诉读者。

到那时为止，我的全部生活对朝廷来说，还是很陌生的。我地位低微，没有资格知道朝廷里的事。关于君王和大臣们的本性，我倒是听说过，也从书上读到过不少。但从来没有想到在这样一个遥远的国度里，这恶劣的影响也波及到了他们。我本来以为他们的统治方式和欧洲大不一样。

在我正准备去拜访布莱夫斯库国王的时候，一位在朝廷有相当地位的大臣（一次他触怒了国王，我帮了他的大忙）夜里坐着暖轿十分神秘地来到我的家，没有通报姓名，热切求见。把轿夫打发走，我将这位大人连同轿子放进上衣口袋，吩咐可靠的仆人：如果有人来，就说我很累，睡觉去了。我闩上门，按平时的习惯将轿子放到桌上，在旁边坐下来。寒暄过后，我发现客人满脸关切，问及原因，他要我耐心听他道来。这是一件关乎我地位和生命的大事。他的话大致是这样的，我一送走他就赶快用笔记下来了：

“你要知道，”他说，“为了你的事，最近国务会议的几个委员会都极为秘密地商谈着，不过直到两天前国王陛下才做出了最后决定。

“你也清楚，斯开瑞什·博格兰姆（‘葛贝特’，即海军大将）从一开始就是你的死敌。最开始的原因是什么我不清楚，但自从你大胜布莱夫斯库以后，这种仇恨与日俱增。此事让他这位海军大将很没面子。他与财政大臣弗林奈普（他由于自己夫人的事对你抱有敌意是众所周知的）、陆军大将利莫托克、掌礼大臣拉尔肯、大法官贝尔莫夫一起准备了一份反对你的弹劾书，指控你犯有叛国和其他重大罪行。”

这段开场白让我听得急不可耐，总想打断他。因为我知道自己只有功没有罪。他要我安静，听他继续讲下去：

“为了感谢你对我的恩情，我冒着杀头的危险，探听到了事情的整个过程，还弄到了一份弹劾书的原文。”

对巨人山昆布斯·弗莱斯纯的弹劾书

第一条

大国王卡林·德法·普鲁恩在位时曾制定法律，规定凡在皇宫范围内小便者，一律以严重叛国罪论处。当事人昆布斯·弗莱斯纯公然违背该项法令，借口扑灭王后寝宫的火灾，竟以小便灭火，心怀叵测，忤逆不忠，形同恶魔。又擅自进入皇宫内院坐卧，不仅违反该项法令，而且越权渎职，等等。

第二条

当事人昆布斯·弗莱斯纯曾将布莱夫斯库皇家舰

队押来我皇家码头，陛下后命其捕布莱夫斯库所有残余船只，削布莱夫斯库为行省，遣总督统辖，摧毁并斩尽杀绝所有大端派流亡者及该国不愿立即放弃大端邪说之徒。弗莱斯纯系奸诈忤逆之徒，借口不愿违背良心去摧毁一个无辜民族的自由与生命，竟然抗拒尊贵威严的国王陛下的成命。

第三条

布莱夫斯库国遣使臣来我朝廷求和，当事人弗莱斯纯系奸诈忤逆之徒，竟帮助、教唆、安抚、款待该国使臣。当事人明知这些人系最近公然与陛下为敌、向陛下公开宣战的敌国君主之走卒。

第四条

当事人昆布斯·弗莱斯纯不履行忠顺臣民的职责，仅凭国王陛下的口头允许，就准备前往布莱夫斯库。借此口头允诺，当事人背信弃义，意欲前往帮助、安抚、教唆布莱夫斯库国王。如前所述，该国王最近还与我王为敌，公然向陛下宣战。

“还有一些其他条款，这些是我摘录的最重要的部分。”

“在关于这宗弹劾案的几次辩论中，必须承认国王陛下还是宽大为怀的，经常提到你的功绩，竭力减轻你的罪过。财政大臣和海军大将坚持将你处死，要在夜里放火焚烧你的房子，让你极其痛苦地死去，落得个可耻的下场；陆军大将要带领两万人，用毒箭射你的脸和手；秘密指使你的一些仆人将你的衬衫、床单洒上毒汁，这样你自己就会抓烂皮肉，被折磨而死。陆军大将也赞成这个观点，所以很长一段时间大多数人都站在不利于你的一面。国王陛下竭力保全你的生命，最后才劝住了掌礼大臣。

“关于此事，国王让内务大臣莱瑞索发表意见。大臣一向自认为是你的好朋友，从他发表的意见来看，你对他印象不错还是有道理的。他承认你的罪行很大，但还有值得宽恕的地方，而宽大为怀正是君王最值得赞美的德行，国王陛下正是以此闻名天下。他说你和他是朋友人尽皆知，所以尊敬的阁员也许以为他是在袒护你。不过既然国王要他谈谈他的意见，他就坦率地表示一下自己的意见。如果陛下能顾念你的功劳，慈悲为怀，陛下可以下令只射瞎你的眼睛，而保全你的性命。他说依他愚见，这样比较公正，全世界都会为国王的宽容而欢呼，有幸做陛下朝臣的人也会因为秉公办事、宽宏大度而受到称赞。你的眼睛不会妨碍你的体力，这样也许对陛下更有用。再说因为看不到危险，可以更加勇敢。把敌人舰队拖回来时，你的最大困难就是怕射瞎了眼睛。以后你完全可以由大臣们的眼睛替你看，最伟大的君王都是这么办的。

“这个建议遭到全体阁员的一致反对。海军大将博格兰姆勃然大怒，站起来说，他真奇怪内务大臣竟然想到要保全一个叛徒的生命。从国家的利益来考虑，你所做的一切只会加重你的罪行。你既然能用小便将王后寝宫的火扑灭（提到此事他惊骇不已），也能用同样的方法使大水泛滥，淹没整个皇宫；你既然能将敌人的舰队拉回来，一有不满，就能将舰队再拖回去。他还有充分的理由认为，你实际上是个大端派。不忠的想法总是先在心里盘算，然后才公然付诸行动。所以他以此指控你叛国，坚持应该将你处死。

"财政大臣的意见相同，他指出，为了维持你的生活，陛下的开支已经十分窘迫，几乎到了不能支撑的地步。内务大臣提出的弄瞎你眼睛的方案，绝非消灭这个祸害的良策，甚至会加重祸害。按照一般情况来看，弄瞎一些家禽的眼睛，只会使它们吃得更快，长得更胖。神圣的国王和阁员就是你的审判官，他们凭着自己的良心完全可以认定你有罪，足以判你死刑，不需要法律明文规定的正式证据。

"但是国王陛下坚决反对处以极刑，仁慈地表示，既然阁员们认为弄瞎你的眼睛的惩罚太轻了，那还可以附加其他刑罚。你的朋友内务大臣谦恭地要求再次发言，回答财政大臣反对他的理由。他说，既然财政大臣全权处理国王的财政，应该很容易对付这个祸害。他可以逐渐减少你的供应，因为你的饭量极大，没有足够的食物，你就会逐渐消瘦昏厥，失去胃口，结果是几个月之后就会死去。到时你的体重减轻了一大半儿，死尸发出的臭气就不会那么危险了。那时五千到六千个老百姓两三天就可以把你的肉割下来，用货车拉走，葬在远远的地方免得传染，留下骨架作为后人瞻仰的纪念品。

"多亏内务大臣的伟大友谊，整个事情才得以折中解决。国王严令，逐步饿死你的计划必须保密，但是弄瞎你的眼睛的判决却写进了弹劾书里，除开海军大将博格兰姆，大家一致同意。他在王后的眼里是个人物，所以听从王后陛下的教唆坚持将你处死。自从你用不光彩和不合法的手段扑灭她寝宫的大火后，她一直对你怀恨在心。

"三天以后，你的朋友内务大臣就将奉命到你家向你宣读弹劾书，随后还要表明国王陛下和阁员的宽大与恩典。正是如此，你才只被弄瞎眼睛。陛下以为你一定会感激涕零、低声下气地接受这一判决。接着二十名御用外科医生赶来，保证手术顺利进行。当你躺在地上，他们将用利箭刺进你的眼球。

“如何审慎地采取对策，还是你自己决定吧，一定要避免引起怀疑。我必须赶快像来时一样偷偷回去了。”

这位大臣走了，留下我一个人，满腹疑云，一片茫然。

这位君王和阁员采用了一种惯例（有人跟我说这种惯例和以往不太相同），就是每当朝廷做出一项严酷的判决，不论是为君主泄愤还是替宠臣报怨，国王总要在全体内阁会议上发表一番演说，表明他的宽容和仁慈，说明他的品质举世闻名，有目共睹。这篇演说会很快刊行全国。没有什么比这种对他仁慈的称颂更让人民恐怖的了。因为看得出，这些颂词越夸大、越强调，刑罚越惨无人道，受害者便越无辜。说到自己，我必须承认，无论出身或受的教育，我都没有做朝臣的资格。我的判断力不行，一点儿看不出这一判决中宽大和恩典的地方，反而觉得（也许是错的）与其说是宽厚，不如说是苛刻。我有时会这样想，就去接受审判吧，虽然我不能否认弹劾书上的几条事实，但总希望他们会减轻处罚的。我一生中也曾仔细阅读过许多由国家提出起诉的政治案件的审判，发现到头来都是由法官自以为是地结案了事。在如此关键的时刻，面对如此有权势的敌人，我怕这样的一个决定是靠不住的。一度我又极力想反抗，我有自由，这个王国的全部力量也敌不了我，我可以轻轻松松地用石块将首都砸得粉碎。但是，一想到对国王宣过誓，他对我的恩德，还有授予我的“那达克”头衔，我很快就惊惶地打消了念头。我还没有这么快就学会朝廷那种报恩的方法，劝慰自己说，既然国王对我如此严酷，以前那些应尽的义务也就算了吧。

最终，我做出可能招致非议的决定，当然人们对此的议论并非毫无道理。我承认，当时，若非鲁莽轻率、不够世故老练，我恐怕无法保全眼睛，更不会获得自由。假如当初，早知道君王与大臣的本性（此后，在其他朝廷中，我也观察到同样的现象），获知他们是如何处置罪名比我还轻的罪犯，我宁愿服从当时的刑罚。因为现在看来，当时他们对我的处罚实在太便宜我了。不过，由于年轻沉不住气，并且持有国王的许可，允许我朝见布莱夫斯库国王，我就想把握住机会。趁三天限期还没有结束，我给内务大臣朋友送信，告知他，我决定当天早晨就会依照许可中的权利，前往布莱夫斯库。没等他回信，我就到达海边舰队停泊区域。随便选择一艘大战舰，在船头系上缆绳，拉起锚，脱掉衣服，把衣服连同胳膊肘下的被子扔进船舱，然后起锚，半涉水半划水，驶往布莱夫斯库皇家码头。那里的人们早已盼着我了。他们给我派了两名向导，带我前往首都，首都也叫布莱夫斯库。我把向导拿在手里，直到离城门不到两百码远的地方。我让他们向一位大臣报告我来了，让他知道，我在这里等候国王的命令。大约一个小时后，回信说国王已经率王室成员和朝廷重臣来迎接我了。我向前走了一百码，国王及其随员从马上下来，王后和贵妇人都下了车。看不出他们有什么恐惧和疑虑。我俯卧在地上吻了国王和王后的手，告诉陛下，我是来践约的。征得自己国王的许可，前来拜见这样一位伟大的君主，真是荣幸。我愿用我的力量为他效劳，这与我为自己国王尽力是一样的。我只字未提自己失宠的事，因为到那时为止，我还没有接到正式的通知，完全可以装作对此事一无所知的样子。我已经离开了他的势力范围，推想国王是不可能公开那个秘密的，然而不久我就发现自己错了。

我不愿劳驾读者听我叙述被接待的细节，我被接待的方式与一位伟大君王的慷慨气度相称。我也不愿赘述无处居住，不得已裹着被子随地入睡的窘迫处境了。

第八章

来到布莱夫斯库三日之后，好奇心驱使我沿着这座岛屿东北海岸散步。我发现距离半里格处的海面上，有什么东西漂浮着，貌似一只失事小船。我脱下鞋袜，蹚水行走二三百码，潮水将那东西向我推进，随后我清清楚楚地看见，那确实是一条小船。我猜测它可能是在暴风雨袭击中，从大船上脱落下来的。我迅速返回城里，请求国王从他上次遭受损失后所剩的战舰中挑选最大的二十艘船，以及海军中将率领的三千名水手，借给我使用。舰队环绕航行，我则抄近路，回到我发现小船的地方。潮水把小船推得更靠岸了。舰队运载着事先被我拧得结结实实的缆绳，与我会合。舰队一到，我就脱掉衣服，蹚着水前进。在离小船不到一百码的地方，我的脚够不到海底了，我不得泅水向前。水手们把缆绳的末端抛给我，我将它系在小船前部的一个孔上，再把另一端系在一艘战舰上。可是由于我的脚够不着水底，没法施展开来，顺利地投入工作。不得已，我只好游到小船后面，尽力用一只手把小船向前推动。潮水非常配合，帮助我向前游，直到脚能够触及地面，下巴正好能露出水面。我歇了两三分钟，继续使劲推，直到水面刚与我的腋窝平齐。最艰巨的工程已经完成，我拿出放在另一艘战舰里的绳索，先将一头系在小船上，另一头系在供我调遣的九艘战舰上。风向很顺，水手们在前面拖，我在后面推，直到我们离海岸不到四十码的地方。潮水退去以后，船才出水，又在两千人的帮助下，用绳子和机器将船底朝天翻过来，发现小船只是稍稍受了点儿损伤。

我不愿把遭遇的所有困难讲述给读者听，总之，花费十天时间，制作了几把桨，然后把小船划进了布莱夫斯库的皇家码头。那里人山人海都在等着我的到来，见这么一艘大船，人们不禁万分惊讶。我对国王说，上天赐我这条船真是我的运气，它能载着我去别的地方，说不定从那里我就可以回到自己的祖国了。我请国王下令供应材料让我把船修好，也请他发给我离境许可证。国王先是好心劝了我一番，接着就同意了。

这些日子里我一直纳闷，为什么没有听到我们国王关于我的事情给布莱夫斯库朝廷来过什么紧急文书呢？后来有人悄悄告诉我，国王陛下没想到我会知道他的计划，以为我只是按照他的许可，到布莱夫斯库践约去了，而此事朝廷上下都清楚，几天以后仪式结束我就会回来的。但是我的迟迟不归终于让他痛苦起来，经过和财政大臣以及那一小撮阴谋家商量后，他派遣一名要员带着对我的弹劾状来到布莱夫斯库。这位使臣被引见给布莱夫斯库国王，他申明他的主人的宽宏大度，只不过判了刺瞎我双眼的刑罚，而我却逃脱正义的审判；如果我两个小时之内不回去，将剥夺我“那达克”的称号，宣布我为叛国贼。使臣接着说，为了保持两国之间的和平友好，他的主人希望布莱夫斯库王兄下令将我的手脚捆绑起来遣送回利立普特，以叛国罪受到惩罚。

布莱夫斯库国王和大臣们商量了三天，然后做出答复，其中说了许多请求原谅的客气话。他说，把我捆绑送回去，王兄也知道那是不可能办到的。虽然我曾经夺走过他的舰队，但议和中我帮过忙，他对此感激不尽。而且两国不久就可以宽心了，因为我在海边找到一艘庞大的船，可以载我出海。他已经下令在我的帮助和指导下修复它。希望几个星期后两国就可以摆脱这么个负担不起的累赘了。

使臣带着这个答复回利立普特去了。布莱夫斯库国王把事情的一切经过都告诉了我，同时告诉我如果我愿意继续为他效劳，他将尽力保护我。虽然我相信他的真诚，但我下定决心，只要有可能回避，我不会再和君主大臣推心置腹了。我万分感激他的好意，谦卑地请求他的原谅。我告诉他，既然命运赐给我一条船，不管吉凶如何，我都决意冒险出洋了。我不愿意两位伟大的君王为我彼此不和。我倒没发现国王有一丝不悦，后来一次偶然的机会，我发现他对我的决定还挺高兴，大部分大臣也是如此。

这种种考虑促使我决定比原计划提早离开。朝廷中人巴不得我快点儿走，也乐得帮忙。五百名工人在我的指挥下，用十三层最最结实的亚麻布折在一起做成两面帆。我费了很多事，将二三十根最粗最牢的绳子拧在一起，做成小船的缆绳。找了半天，终于碰巧在海边发现了一块大石头，用它做船锚。我弄到三百头牛的油脂，用来涂抹船身和做其他用途。砍大树做船桨和桅杆简直苦不堪言，多亏皇家船匠的大力帮助，只让我做粗活，他们再精加工。

一切准备就绪用了将近一个月。我派人向国王请示，准备离开。国王和王室成员出了宫。我匍匐在地上，国王仁慈地伸出手让我亲吻，王后和王子也让我吻了手。国王陛下送给我五十个钱袋，每个钱袋两百块“斯普拉格”，还送了我一幅他的全身画像。我怕弄坏，立刻放进一只手套里。告别的仪式太复杂了，所以不必再向读者多啰唆。

我在船上储备了一百头牛、三百只羊的肉，相应数量的面包和饮料以及许多熟肉，都是由四百名厨师事先制作好的。我还带了六头活母牛和两头活公牛，以及六只活母羊和两只活公羊，准备带回祖国去繁殖。为了在船上喂它们，还带了一大捆干草和一袋谷子。我本来还想把十二个当地人带走，但此事国王无论如何不答应，除了对我的口袋仔仔细细搜查，还要我以名誉担保不带走他的任何臣民，哪怕这些人心甘情愿也不行。

就这样尽我所能准备好了一切之后，我就在一七〇一年九月二十四日早晨六时开船了。向北走了将近四里格路，这时正刮着东南风。晚上六点时，我发现一座小岛。继续向前走，我在岛的避风处抛锚停船。岛上似乎没有人迹。我吃了点儿东西就休息了，一觉睡了至少六个小时，因为我醒了两小时后天才放亮。那是个晴朗的夜晚。太阳出来后，我吃了早饭，起锚航行。风向很顺，我按照袖珍罗盘的指引，继续沿着昨天的航向前进。我的愿望是，只要有可能，我就可以到达范迪门兰岛东北的一个岛上。那天我什么也没发现，但第二天下午三点来钟的时候，算来那时离开布莱夫斯库已经二十四里格了，我忽然发现一艘正向东南行驶的帆船。我大声呼喊，但是没有反应。好在风势渐弱，我发现自己正向帆船靠近。我扬帆前进，半个小时后，那艘船发现了我，扯起了一面旗，还鸣枪示意。没想到我还有希望再次见到我亲爱的祖国和我留在那里的亲人，那样的快乐真是难以表达！那船降帆慢行，就在九月二十六日傍晚五六点我终于赶上了它。看到船上的英国国旗，我的心直跳。我把牛羊装在口袋里，带着我所有的货物和给养上了那艘船。那是一艘英国商船，经南太平洋和北太平洋由日本返航。船长是戴普津[1]的约翰·比德尔先生，很有教养，是个出色的水手。现在我们位于南纬三十度。船上大约有五十人，我碰见一位老同事彼得·威廉姆斯，他对船长夸奖说我这人很不错。这位绅士对我非常友好，想要我告诉他从哪里来，到哪里去，我答了几句，他以为我是在说胡话。我从口袋里掏出黑牛和黑羊，他非常惊讶，这才相信我说的是实话。我又给他看布莱夫斯库国王送我的金币、国王的全身像以及那个国家其他一些稀罕玩意儿。我送给他两袋金币，每个钱袋里面有两百块"斯普拉格"，还承诺到英国送给他一头怀孕的母牛和一只怀孕的母羊。

旅行中的细节我就不啰啰唆唆烦劳读者了。总之，大部分还是顺利的。一七〇二年四月十三日，我们到达唐兹港[2]。不幸的是，船上的老鼠叼走了我的一只羊，后来我在一个洞里发现了羊的骨头，肉已经被吃光了。其余的牲畜我安全地把它们带上岸，放牧到格林尼治的一个滚木球场上吃草。那里的草很嫩，它们吃得非常愉快。在漫长的旅途中，我总是担心它们吃不好，活不下来。一旦船长给我几块精致的饼干，我就把饼干研成粉末，掺上水，当作它们日常的食物。在接下来我留在英国不长的一段时间里，我把这些牛羊拿给许多上层人士和其他人看，得到了一笔可观的收入。在做第二次旅行前，我把它们卖了六百英镑。因为自

1 印度孟买以北的一个城市。

2 英格兰肯特郡海岸的锚地，在多佛尔东北约十英里。

从回来后，我发现它们繁殖得特别快，尤其是羊。但愿这种精细的羊毛能给毛纺业带来好处多多。

我和家人一起只住了两个月，热切地希望出去再看看异国风光的想法让我待不下去了。我给妻子留下一千五百英镑，在莱德里夫为她建了一所好房。其余我带走的存货，是一部分现金和一部分物品，希望能给我带来好运。我的大伯父约翰给我留了一份靠近易平[1]的地产，每年大约有三十英镑的收入。我又把脚镣巷的黑牛旅馆长年租出去，一年的收入不止三十英镑。所以我一点儿也不担心走后，家人要靠教区接济。我儿子约翰尼，随了叔叔的名字，这时已上小学，很知道上进。女儿贝蒂已经出嫁，有了孩子，那时在家做针线活。和妻子儿女告别时，大家都掉了泪。我上了一艘载重量三百吨的商船，准备前往苏拉特[2]。指挥这艘船的是利物浦人约翰·尼古拉斯船长。

关于这次航行的情形，我将在第二卷游记里叙述。

1 英格兰汉浦郡的一个城市。

2 印度西部古吉拉特邦港口城市。

第二卷

布罗卜丁奈格（大人国）游记

第一章

也许我将终生劳碌，这是命中注定的。这次回家，才待了十个月，我又离开了祖国。一七〇二年六月二日，于唐兹启程，登上约翰·尼古拉斯船长开往苏拉特的“冒险号”航船。约翰·尼古拉斯船长是一位康沃尔郡[1]长官。我们的航程一帆风顺，直至抵达好望角，我们停船靠岸，为船只补给淡水。然而，由于发现船身上有漏洞，我们只好卸载货物，在那里过冬。其间，船长感染了疟疾，所以次年三月底以前，我们都没法离开好望角。当条件允许，我们才重新出海，一路前行，直到马达加斯加海峡。我们的旅途都顺利而平安，可是行至本岛北部大约南纬5度方位处，我们遭遇该海域西北恒风。通常这一带海上，自当年十二月初起，刮起风势稳定的恒风，持续不停直到次年五月初。但是，当时的日期是四月十九日，风势开始大幅度加强，风向也相较平时偏西。大风就这样一连刮了二十天，据船长五月二日观测，我们被吹到了摩鹿加群岛[2]的东北部，位置大约在北纬3度。此时，海风平

1 英国西南部的一个郡。
2 在印度尼西亚的东北部，也被称为香料群岛。

息了下来，海面出奇地平静，可我一点也高兴不起来。凭着在这一带海域航行积累的丰富经验，船长吩咐我们做好迎接强劲风暴的准备。第二天，果然刮起南风，该海域开始进入南季候风季节。

狂风说不定什么时候就会刮来，为此，我们收起了斜桅上的船帆，同时，准备收起前桅的大帆。可是天气变得比我们估计的更加恶劣，狂风大作，我们就又收起了尾帆。船早已偏航，我们认为与其迎风而行或下帆随波漂游，倒不如上帆在海面畅行。所以，我们卷起前桅帆，把它收起来，并把前桅帆的帆索拖向船尾。船舵艰难引航，船只抵御着海浪冲击。我们把前桅落帆索拴在套索桩上，可是帆撕裂了，我们又卸下帆脚杆，把船帆收进船舱，并且解下所有系在帆上的物件。风暴异常凶猛，伴着前所未见的滔天巨浪袭来，情形十分凶险。我们用力拖住垂直舵柄的索绳协助掌舵海员工作。我们不准备降下中桅，让它迎着潮涌挺立，因为这样驶帆，我们的航船将乘风破浪。航行还算顺利。再说中桅高举的情形下，对操纵船只有利，船也比较安全，我们就能获得较大的海上活动余地。当风暴停息，我们挂起前桅帆和主帆，把船停下来。接着，我们撑起尾帆、中桅主帆和中桅前帆。目前航向东北偏东，风向西南。我们把帆索扣在右弦上，迎风转帆索并放松枫桁挂索了，背风卷帆索收起来了。我们拉紧了上风转帆索，并把它在套索桩上固定得结结实实。我们又把尾帆上的下角索拉过来，调整方向，满帆劲舟，顺风而行。

西南偏西风伴随这场风暴来临。据我估计，我们在海上向东漂流了大约五百里格，以至于船上最年长的水手也说不出我们当时置身何处。船上的储备尚可维持，船也还算坚固，水手们也都健康状况良好，然而我们面临严重缺少淡水的危难处境。比起掉转方向朝更北方向行驶，我们认为还是沿着当前航线行驶更好，那样的话，我们可能会到达鞑靼[1]的西北部，驶入冰冻的海洋。

一七〇三年六月十六日，中桅杆上的一个水手发现了陆地。十七日，广阔的陆地，或是某大洲（这是我们前所未知的地带）尽现眼前，在这陆地南边，一座狭窄小岛，延伸入海，可供航船停靠的港湾水却太浅了，一百吨以上的船只都不能停泊。我们的船在距离小港湾不到一里格处抛锚靠岸，船长派十二名武装水手携带水桶，乘着长舢板船上岸找淡水。我请求船长许可，与他们同去，上岸观光，看看是否会有所发现。登陆以后我们发现：岸上既没有河流，也没有泉眼，更无人迹可循。水手们沿着海岸找寻，希望在海边发现淡水。我独自一人往另一方向走出一英里多，只见岛上土壤贫瘠，到处是光秃秃的岩石，我看不出有什么玩意儿能引起我的好奇心，觉得有些乏味，就慢悠悠地转身返回小港湾去。我向大海眺望，海面尽收眼底，我看见水手们已经上了舢板，拼命向大船划去。我徒劳地大声呼喊，向他们求助，尽管这完全无济于事，因为我察觉到，一个巨人正在海里迈着大步，蹚水竭力追赶着他们。水深不及他的膝盖，他劲步如飞。但是我们的水手抢占了半里格先机，而且海底满是尖锥形岩石，巨人也就没能追上那条船。这些是我后来知道的，当时我可无心观望这惊险的时刻，只顾着沿着刚才走过的那条路拼命逃跑，并爬上一座陡峭的小山，从这里才大致如我所愿了解了这地方的情况。我发现，这里原来全是耕地，但首先让我吃惊的是，看起来像是种植牧草的田地里，草长得真高，至少二十英尺。

1 指西伯利亚。

我闯进了一条大路，我的意思是，在我看来所谓的大路，只不过是当地居民穿越麦地走过的田间小路。沿着这条路，我行走了好半天，没发现道路两侧有什么可看的。收获季节将至，谷物长得至少有四十英尺高。我用了一个小时才走到田地的尽头，四周围着篱笆，篱笆至少高一百二十英尺，树木更加高大，究竟有多高，这可超出了我的估算能力。两块地之间有阶梯，四层台阶，当你爬到最高一层，这儿还横着一块大石头。对我来说，爬上去是不可能的，因为每层台阶都有六英尺高，顶层那块石头有二十英尺多高。正当我竭力在篱笆上寻找缺口的时候，发现从对面田里，一个巨人向台阶这边走来，身材与我刚才看见的追赶我们船只的那个人一样。他像一座普通的教堂尖塔那么高，我猜想得出，他每跨一步至少走过十码距离。我又惊又怕，一头钻进麦田里躲起来。从我藏身的地方，我看见他走到台阶上面，回头向右边那一块田地望去，随后我听见他用一种比从扩音喇叭播放的声音还要高若干倍的大嗓门，朝着什么人叫喊。他的喊声自高处传来，一开始我可真以为打雷了。于是，七个和他一样身形巨大的怪物向他走来，手里都拿着镰刀。每把大约有六个我们用的镰刀那么大。这几个人衣着没有刚才那人讲究，可能是仆人或者雇工，因为他似乎吩咐了些什么，这几个人就来到我躲藏的田里，收割起大麦来。为了尽可能躲他们远点，我得不时向别处躲藏，可是我移动起来非常艰难，因为麦秆之间的距离有时还不到一英尺，几乎挤不过去。然而，我尽力往前方逃跑，直到来到一片田地，就走投无路了。这片地里的大麦，遭遇过暴风骤雨，全部倒伏，麦秆杂乱地缠结在一起，我根本爬不过去。从植株叶耳剥落处，下垂的麦芒又尖又硬，还能刺透衣服，戳进肉里去。此时此刻，从声音分辨，收割庄稼的巨人离我已经不到一百码了。筋疲力尽、灰心沮丧的我彻底被悲伤与绝望压垮了。我躺在两道田埂之间，真想立刻死掉算了。想着要守寡的妻子和将丧父的孩子，心中不禁哀叹，后悔自己愚蠢、任性，不听亲戚朋友的劝告，非要再次冒险，出海航行。强烈的情绪使我难以平静，不禁想起了利立普特来，那里的人们把我当成这个世界上最大的怪物。在那里，我伸手就能拖走皇家舰队；在那里，我出色执行任务的事迹，永远地载入利立普特史册。虽然当时为千百万人所见证，他们的子孙后代还是会感到难以置信。我的处境是如此不同，现在我在这个民族中间，正像一个孤立无援的利立普特人来到我们中间一样。然而我想，此刻的境况也许是我所遭遇的不幸之中最幸运的时刻了。因为据说人类的凶残和野蛮是与体格成正比的，我还能不指望这些庞然大物第一眼看见我，就把我一口吞吃下去？还是哲学家说得有道理：不比不知道，一比吓一跳。命运既然爱开玩笑，假如它让利立普特人遇到一个民族，这个民族的人民比起他们，身材如此袖珍，就像利立普特人与我相比那样，会不会感到开心。的确，对于我亲眼见到的，如此庞然大物的巨人族，谁能知道在世界上某个遥远的地方，会不会居住着比他们更魁伟的人类，只是还没有被发现罢了。

又恐惧又困惑，我禁不住这样胡思乱想起来。这时，一个收割庄稼的人走到离我躺着的地方还不到十码的田埂上，我忽然意识到，要么他再迈一步会把我踩死，要么他挥舞镰刀会把我一劈两半。于是，当他正准备再迈开脚步之时，我吓得声嘶力竭地尖叫起来。巨人怔住了，他低头四处找了一阵，终于看到了躺在地上的我。他迟疑了一下，小心翼翼地看着我，神情像人们对付危险小动物时，生怕被它抓到或者咬一口时那样。我在英国遇到黄鼠狼时不也是这样的吗？后来，他大着胆子，从我后背中部，用拇指和食指捏着我提起来。为了更仔细地观察我，他把我提到距离眼睛不足三码的地方。我猜得出他的心思，我那波澜壮阔的命运已将我折磨得如此镇定冷静，特别是在被悬提于距离地面六十英尺高处的情况下。虽然巨人似乎小心提防，不让我从指缝里滑落，把我捏得过紧，我还是决定采取不抵抗策略，唯一能做的只有双手合十，向太阳举目，低声下气地央求，显出一副配得上我目前处境的可怜相，要知道他随时有可能把我摔在地上，就像我们平时总想把可恶的小动物弄死一样。不过我福星高照，他看来喜欢我的声音和样子，开始好奇地研究我，奇怪我竟能清晰地发出人类语言的音节，虽然他一个字都听不懂。我忍不住抽泣流泪，垂头查看我的肋骨，尽量让他明白，他的拇指和食指夹得我有多么疼痛。看来，他理解了我的意思，撩起衣服下摆，轻柔地兜住我，然后立即把我献给了他的主人。他的主人是个殷实的农夫，正是先前我在地里遇见的那人。

这位农夫让仆人把发现我的经过描述了一遍（通过观察他们俩谈话的情形，我这么猜想），拾起一根手杖那么长的小草，挑起我衣服下摆的垂边，观察我这种生物是否天生长着这样的外壳，又用嘴将我脸上头发向两边吹，好仔细看看我的长相。他吩咐随从们围拢过来，询问他们中谁曾在田地里见过与我类似的小东西（这是我以后知道的），随后轻轻把我放在地面上，让我四脚着地趴着。但是我机敏地立即爬起来，慢腾腾地来回踱步，好让他们觉得，我无意逃跑。他们围着我成一个圈坐下来，以便更细致地考察我的动机。我脱帽深鞠躬，向那位主人行礼，然后双膝跪下，举起双手，抬起眼睛，尽量响亮地发表献词。我从口袋里掏出装着金币的钱包，毕恭毕敬地奉献给他。农夫摊开手掌将它接住，并凑近眼睛仔细研究，还用别针（从他的衣服袖子上摘下来的）尖头来回拨弄，还是没搞明白这到底是什么玩意。我示意他把手放到地上，打开钱包，将金币倒在他的手上。除了二十到三十个小金币，里面还有六个西班牙大金币，每个都值四个皮斯佗[1]。我见他用舌头舔了一下手指，指尖蘸着口水，粘起一个最大的金币，接着又粘起一个，可是他似乎感到困惑，做手势比画着，让我把金币放回钱包，再把钱包放回口袋。此后我好几次提出将钱包献给他，他都没有收，于是我就只好恭敬不如从命了。

这个时候，农夫已经将我认作具有智慧的生物了。他常常对我说话，发音够清晰，不过音量太高，刺耳得就像磨坊里传出的水磨碾轧的噪声。我尽量提高嗓门试用我会的所有语言作答，他也尽量把耳朵凑到离我不足两码之处，仔细听，然而这些都徒劳无用，我们之间根本无法沟通。他打发仆人们各忙各的事儿去，从兜里掏出一块手帕，对折后铺在左手上，随后掌心朝上，把手放在地面上，示意我走上去。他的手掌约一英尺厚，我不费什么力，就走了上去。我想自己最好表现得唯命是从，否则恐怕会从什么高处坠落。于是直挺挺地躺在手帕上，心想着他可是为了不弄伤我，又层层叠叠地把我裹得只露出头在外面，这样就更安全了。就这么着，我被他带回家了。他唤来妻子，把我展示给她看，可她惊叫一声退后一步躲开，行为反应同英国妇女瞧见癞蛤蟆或蜘蛛时一模一样。不过观察了一会儿，见我举止得体，又能

1 西班牙旧金币名。

机智地领会她丈夫手势的意思，并积极配合，便逐渐对我产生了疼爱的情感。

时间已经到了中午十二点左右，仆人开始服侍主人用餐。午餐只有一道分量实在的肉食（这样的饮食与一位男子汉大丈夫的生活比较相称），盘子直径约二十四英尺。农夫、他的妻子和三个孩子共进午餐，一起用餐的还有一位老祖母。一家人就座后，农夫把我安顿在与他相隔颇有些距离的桌面上，餐桌有三十英尺高。我害怕极了，尽可能远离桌边，生怕掉下去。农夫的妻子把一小块肉切碎，又把面包弄碎，盛在木盘中，端到我跟前。我向她深鞠一躬，拿起刀叉，狼吞虎咽地吃起来，我的举动逗得一家人忍俊不禁。女主人吩咐女仆取来一只与我们人类乐器中鼓的尺寸相当的、容量大约三加仑的小酒杯，将酒斟满。我双手抱住酒杯，费尽力气恭恭敬敬地举起它，尽量声音洪亮地使用英语发表祝酒词：为女主人的身体健康干杯。一桌人又开怀大笑起来，而我的耳朵几乎被他们的笑声震聋了。这酒不难喝，味道有几分像淡苹果酒。主人举手示意，唤我去他的餐盘边。然而，走过去这一路，我一直心惊肉跳（宽容的读者自然很容易想象当时的场面，并体谅我），一不小心，一片面包片就把我绊得脸紧贴着桌面，一头栽倒在桌子上，还好没伤着。我赶忙爬起来，觉察到餐桌周围好心的人们关切的表情，于是举起帽子高过头顶（出于礼貌，我原本把帽子夹在胳肢窝下边），并且挥舞示意，欢呼了三声，表示虽然摔了这一跤，不过对我并无大碍。但当我正朝我的主人（此后我都如此称呼他）身边走去，坐在他旁边的小儿子，一个十岁左右的顽皮孩子，抓住我的双腿，把我高高拎在半空，吓得我手脚发抖。好在他爸爸一把将我夺过来，随手扇了他一个耳光。他这一耳光的力量，应该能把一支欧洲骑兵部队打趴下，并叫人把孩子从餐桌边拉走。我担心男孩记仇，回想小时候我们曾经虐待麻雀、兔子、小猫和小狗，我双膝跪地，指着男孩，尽可能让我的主人明白，我愿他宽恕那孩子。父亲接受请求，让小家伙重新回到桌边坐下。我上前去吻了孩子的手，他父亲也拉起他的手，允许他轻轻抚摸我。

正吃着饭的时候，女主人心爱的猫跳到她的膝盖上。从我的身后传来刺耳的响声，仿佛十二个织布工人同时开工，我回头查看，发现是猫的哼哼声。女主人一边喂它吃食物，一边抚摸着它，我只看得着它的头和一只爪子，并因此推测，这只小动物身形应该比一头公牛的三倍还大。虽然我远远站在桌子的另一端，离它有五十多英尺，而且女主人也怕它扑过来用爪子抓我，就将它紧紧搂住，可是这畜生的狰狞面孔还是让我惶恐不安。幸好并没有发生什么危险，尽管主人把我放在距离猫不到三码远，也没有引起它对我丝毫的兴趣。平时从人们那里听说，并且根据自己旅行中积累的经验，我知道最有效地激发猛兽追捕你的办法是，你在它面前逃跑或者表现出恐惧。因此在这危险关头，我决定装作满不在乎，有意在猫面前的半码距离范围内，昂首挺胸地溜达了五六个来回。它反倒害怕我似的，把身子缩了回去。我还摸不透狗的脾气，只见有三四只进了屋里，这在普通农家没什么新奇。其中有一只獒犬，足有四头大象加起来那么大；另一只猎犬，比獒犬高一些，却没有那么庞大。

快要吃完午饭时，奶妈抱着个一岁大小的孩子进来了。他一看见我，就叫喊起来，喊声能从伦敦桥传到切尔西[1]，像通常幼儿一样，他们非得被满足不可，否则就任性哭闹，这种让人不得安生的雄辩方式，就为了要拿我当作玩具。母亲溺爱孩子，就把我拿起来，递到孩子跟前。孩子抓住我，就把我的头往嘴里塞。我大吼一声，孩子吓了一大跳，一松手把我扔了。如果不是女主人及时用围裙在下面接住了我，我的脖子肯定会跌断的。奶妈用一个铃铛哄孩子安静下来，铃铛是一个中空的盒子，里面装了几块巨石，用结实堪比缆绳的绳子系在孩子腰上。可还是没用，奶妈没办法，就使出最后一招：喂他吃奶。我必须坦白，至今从未见过任何物体——超过她那雄伟的乳房——更让人反胃。我真不知道做何比喻，才能帮助读者想象如此规模庞大的肥硕肉体，来满足大家的对大小、颜色、形状的好奇心：保姆挺立的乳房高约六英尺，胸围不会小于十六英尺，乳头尺寸抵得上我的半个脑袋，更有双侧乳晕暗沉的颜色，散布在乳房上的黑点、粉刺和雀斑全看得清清楚楚，再没有什么比这更令人作呕了。她调整坐姿以便哺乳，而我正站立在桌面上恰好适于细致观察这一切的位置。这使我想起那些英国太太，只因为她们与我身量相仿，除非举着放大镜凑近欣赏，人们皮肤上的瑕疵并不容易被肉眼察觉，所以我总是陶醉于她们白皙、优雅的肌肤。现在，现实经历使我认识到，即使极致光滑、雪白的皮肤，也是经不住放大镜的考验的，一经这种考验，就会面目全非，变得凹凸不平、粗糙起皱、黯淡失色。

记得在利立普特的时候，那些小人儿的肤色在我看来是世

1　伦敦桥，1209年所建，横跨泰晤士河。切尔西，位于伦敦市西南部。从伦敦桥到切尔西约五英里。

界上最美的。我还与那里的一位学识渊博、交往密切的朋友讨论过这个话题。他说从地上远看起来，我的面容俊美，皮肤光滑。当我把他托在手上，让他得以从近处观察，他坦言，我第一次这么做的时候，他被自己看到的情形吓了一跳，我脸上的凹坑明显可见，胡子茬比野猪鬃毛还硬十倍，皮肤颜色不均匀，看着让人感到十分不悦。此处请允许我扯开话题，为自己稍做辩解，其实我与我们国家大多数男人一样英俊，数次旅行，皮肤也没有被晒黑。而我这位朋友倒经常议论，朝中某贵妇脸上有雀斑，某人嘴长得太大，或某人鼻子过大，可我却没看出来。其实，坦白说，应该承认他的评论并不过分，可我听了还是心里不舒坦。为了避免读者通过我的描述，误以为巨人的相貌丑陋难堪，所以我得说句公道话，巨人族其实长相标致，尤其我的主人，尽管出身农民家庭，倘若从离开他六十英尺的地方端详他的面容，你会觉得他实在是五官非常端正的。

午饭后，主人外出监工。临走时，从他的语气和手势揣测得出，他明确地提出要求，嘱咐女主人仔细照看我。我疲惫不堪，昏昏欲睡。女主人有所察觉，把我放在她自己床上，又将一块干净洁白的手帕盖在我身上，只不过手帕比战舰上的主帆面积还大，而且粗糙得多。

我睡了将近两小时，梦见妻子与孩子们，醒来时发觉自己独自身处如此空阔的房间，不觉更添烦忧。这是一间二百多英尺宽、二百多英尺高的房间，我躺在上面的这张床，约二十码宽。女主人去料理家务，将我锁在房内。床高出地面八码，某种迫切的生理排泄需求逼得我非得下床不可。可是我不敢莽撞地叫喊，何况巨人农夫家卧室距离厨房远得很呢，凭我这音量，喊也是白喊。我正面对尴尬处境，又遭遇两只老鼠，它们顺着窗帘爬上床来，它们东闻闻，西嗅嗅，其中一只差点踩着我的脸。我惊得跳了起来，拔出腰刀招架自卫。这些生猛的畜生，胆敢对我两面夹击，有一只的前爪已经伸向我的衣领，幸运的是，它还没来得及伤着我，就被我剖开了肚子，在我脚下倒地而死。另一只目睹同伙的下场，转身还想逃窜保命，可它想得美！我一刀落下去，结结实实劈中它的后背，瞬时只见鲜血涔涔地从伤口涌出。大功告成之后，我在床上慢慢地来回踱步，舒缓呼吸，调养精神。这种畜类，体形大得像獒犬，然而动作更加凶猛迅捷。如果睡前我解去腰带，恐怕现在早被撕成碎片，被他们吞进口中美餐一顿了。我量了一下死老鼠的尾巴，比两码短一寸。这家伙的尸体还在流血，我恶心得不愿意拖着它丢下床。我感觉它好像还有口气，就在它的脖子上又补了一刀，让它彻底送了命。

不久，女主人返回房间，一进门，见我浑身是血，赶忙跑过来，把我攥在手里，抓起来。我微笑着指指死老鼠，辅以其他手势，表示我并未受伤。于是，她十分欣喜，使唤女仆用火钳把死老鼠丢出窗外。我被她放在桌上，就拿出沾满血的腰刀给她看，又用衣襟垂饰把刀擦净，随即收刀入鞘。我已经被某些不得不亲自行动、无人可以代劳的事儿折磨得憋不住了，因而竭力使她领会，渴望她协助我下到地面上去。

她懂了我的意思，并满足了我。可是我羞羞答答的，连连用手指门，频频鞠躬。费了好大劲儿，好心的女主人终于明白了我的意思，再次把我拿起来，带去花园里，将我放在地面上。我走出两百码远，请她背过头，不必继续陪护我。我就躲在两片酸模叶子间，酣畅释放，实践着一种服从人类自然本性的生理需要。

希望尊敬的读者原谅我，总是叙述各类琐事。在那些没头脑的凡夫俗子看来，这也许没有意义，但对于哲学家来说，却能开阔思路，引导思考，对社会或个体都有益处。这也是我将这篇连同另外几篇游记一并公之于众的唯一目的。我反对滥用修辞，行文华而不实，在叙事风格上，我主张应更尊重事实。正是这次旅行的情节，给我留下非常深刻的印象，以至于所有的经历都镂刻在记忆中。因此当我开始写作，在记叙中全然不会漏掉每一个重要之事。然而，为了避免文章琐碎且冗长，在初稿的修订过程，我严格地删掉一些不太重要的内容。旅行者经常被评论家认为作品中的内容平淡无奇，欠缺重大意义，此类非难，或者并非完全没道理吧。

第二章

我的女主人有个九岁的女儿，就她那个年纪来说，是个能干的小姑娘，做得一手好针线活，机灵、聪慧，很会打扮她的洋娃娃。她和妈妈把洋娃娃的摇篮收拾好，做我夜晚的卧床。摇篮放进一个橱柜的小抽屉里。为了提防老鼠骚扰我，她们又将抽屉放置于一块吊板上。与农夫一家共度的时光，我每夜在这张床上入睡，随着我开始学习他们的语言，逐渐能表达自己的意愿，我的床铺被拾掇得更加舒适。小姑娘心灵手巧，我在她面前换了一两次衣服，她就会给我穿、脱衣了。不过只要她让我自己穿衣服，我从来不会麻烦她的。她为我缝制了七件衬衫，以及床单之类的床上用品，尽力选用最精细的布料，不过摸起来依然比麻布粗糙。她时常亲手替我洗衣裳，还做我的教师，辅导我学习她们的语言。无论何时，我伸手指着什么，她都会告诉我用本地语言如何说出那东西的名称。因此，几天之内我就能用他们的语言，表达我的意愿了。她天性善良，身高不到四十英尺，跟同龄的女孩比略微矮些。她叫我“格雷瑞格”，开始只有这家人这样称呼我，随后整个国家的人都知道我叫这个名字了。这个词汇与拉丁语Nanunculus、意大利语Homunceletino、英语Mannikin（矮人、侏儒）的意思相同。我能在那个国家存活下来，多亏了她的照顾。那期间，我们形影不离。我称呼她我的“格兰黛克利齐”，意思是小保姆。如果我不郑重地提到她对我的照顾和关爱，那我真是忘恩负义。我衷心盼望，有能力用配得上她恩德的方式报答她。尽管我既无辜，又无能为力，可我依然可能带给她耻辱，对此我耿耿于怀。

渐渐地，左邻右舍都知道，我的主人在麦田里发现了一个小怪物，竞相议论，说我像“斯普拉克纳克”（大人国里一种形态极为美观的动物，约六英尺长）那么点大，不过体形、外貌都与人类酷似，能够模仿各种动作，会说点他们不熟悉的语言，而且已经学会说几句他们听得懂的话。小怪物两条腿走路，性情温顺，叫他来他就来，叫他干什么他就干什么，四肢匀称，面色比显贵人家中三岁的女孩还要白嫩。住在近旁一位农夫，是我主人的好朋友，特意前来拜访，打听这件事的虚实。我立刻被带来引见。我被放在桌子上，听从小保姆指挥，时而迈步走动，抽刀挥舞，又收刀入鞘，时而向客人敬礼，用本地语言向客人问好，并说“欢迎欢迎”，表示友好。这个人上了年纪，老眼昏花，为了把我看个仔细，戴上了眼镜。他的眼睛就像透过窗户将月光洒进屋内的两轮满月，我不禁开怀大笑起来。农夫一家意识到我为什么发笑以后，都跟着笑起来。这傻老头感到被嘲笑，竟恼羞成怒。据说他是个典型的吝啬鬼。根据后来他向我的主人提出的恶毒建议，导致我继而遭遇不幸的经历看来，这么评价他一点儿也不过分。可恨的老头竟然怂恿我的主人，在赶集日把我带去邻近城镇，向人们展览。当我看见主人和他这位朋友交头接耳，嘀嘀咕咕好半天，还不时对我指指点点，就猜到他们一定正在打着坏主意。并且，我无意中听懂了他们交谈中的一星半点儿意思，让我害怕得开始胡思乱想。不过，次日我的小保姆将事情一五一十地告诉了我。消息是她机敏地从妈妈的嘴里套来的。可怜的小姑娘把我抱在怀里，又羞愧又伤心地哭起来。她担心那些粗鲁莽撞的农夫喜欢恶作剧，会把我捏在手里摆弄，我不被掐死，也得缺胳膊少腿。她说我的性情那么谦恭，那么珍惜自己的尊严，现在要让我在大庭广众之下玩把戏，供那些最低俗下流的人取乐，我一定会认为被极大地侮辱了。她还说爸爸妈妈保证过“格雷瑞格”是她的，可是她发现他们又像去年那样言而无信，糊弄人了。当时他们假装把一头小羊送给她，可一等羊儿养得肥壮，毫不耽搁地就把它卖给了屠夫。其实，说真的，我自己都没有小保姆替我忧虑得多。尽管我心中一直有个挥之不去的强烈愿望，那就是有朝一日重获自由。至于被当成卑微的怪物，被人赶着四处展览，因为我现在只身流落于完全陌生的国家，即便将来回国，在那里也没有任何人有资格对我提出非议，责难我为回归祖国付出的努力而遭遇的不幸。即使日不落大不列颠帝国的国王，面临如此景况，也难免落魄到如此境地。

我的主人听从那位吝啬朋友的建议，在接着到来的赶集日，把我用箱子装运，带去邻镇的集市。他的小女儿，即我的小保姆，与我同行，坐在他身后的马鞍上。箱子四面密封，只留个小门让我出入，还钻了几个小孔，流通空气。小姑娘很细心地把洋娃娃的被褥铺在里面，让我可以躺一躺。虽然只有半个小时的路程，然而一路颠簸，晃得我头昏脑涨。因为他们的马跨一步近四十英尺，小跑起来，我的箱子震荡起来，仿佛航船在风暴中起伏，然而更加频繁。

我们的旅程比从伦敦到圣奥尔本[1]更漫长，我的主人在一个他经常落脚的旅店里歇下来。与店主商量着做一些必要的准备后，他又雇了个“格鲁特雷德”，到镇上去宣传，邀请人们到绿鹰旅馆去看奇怪的小生物，个头不及“斯普拉克纳克”高大，身体其他特征看起来都像人，会说话，还能耍上百种有趣的把戏。

我被安置在旅馆最大的房间桌子上，房间面积接近三百英尺。小保姆站在桌边矮凳子上照顾我，并指挥我表演。为了避免拥挤，我的主人限制客流，每次只接纳三十位观众。小姑娘指挥我在桌面上踱步，使用我能理解的言语向我提问，我则尽量大声回答。我几次向观众们谦恭地行礼，表示欢迎，还将我学会的其他语句说给他们听。我举起一只小姑娘缝衣服时套在指头上的针箍改装成的小杯子，里面盛满酒，邀请观众共同为健康干杯。我又抽出腰刀，模仿英国花剑剑客的举止，炫舞一番。小保姆递给我一节麦秆，我把这当长枪挥舞了一阵儿，我年轻时曾练习过这般武艺。一整天，我表演了十二场，他们逼着我一而再再而三地重复演出这些愚蠢、恼人的动作，直到把我累得半死。我出色的表演赢得好评如潮，竞相前来观赏的客人几乎要挤破了旅馆的门。我的主人出于私利的考虑，为了避免发生意外，规定除了小保姆以外，任何人不准碰我，并用长板将桌子四周围起来，将我与观众隔离开来，让他们够不着我。然而，还是有一个学生模样的倒霉孩子用榛子瞄准我的脑袋扔了过来，只差一点就打中我。那是一颗足有小南瓜那么大的榛子，由一个巨人孩子用他们种群拥有的力量向我投掷过来，要是真被打中，我的脑袋必定毫无悬念地开了花。不过，看到这个小流氓被痛打一

1 伦敦西北约二十英里的一个城市。

顿，轰出门去，我也就知足了。

我的主人当众宣布，下次赶集还带我来演出，同时给我预备了一辆稍微舒适的车子。他当然应该这么做，因为经历了首次旅途劳顿，外加上总共八个小时卖力表演，我累得两条腿都不听使唤，站都站不稳，甚至连说话的力气都没有了。至少三天以后，我才恢复过来。况且，即使回到家我也得不到休息，方圆一百英里的绅士听说我的声名，都赶来主人家观看表演。那时拖家带口的来访者不下三十人（这个乡村人丁旺盛）。每次演出费用固定，即使观众只有一户人家，主人也收取全额费用，毫不打折。所以一段时间里，即使我没有被带去赶集，整一个星期内，几乎没有休息日（星期三除外，那是他们的宗教安息日）。

我的主人发现我确实有利可图，决定带我到全国各大城市去。准备好长途旅行的必需物品，安排好家里的事情，他就辞别了妻子。在我到大人国期满两个月后（即一七〇三年八月十七日），我的主人就带着我们，前往这个国家的首都。首都位于中部，距离农夫家三千英里。我的主人骑在马上，让格兰黛克利齐坐在他身后。她把我的箱子拴在腰间，抱在膝上。小姑娘把她能找到的最柔软的棉布铺在箱子四壁上，棉布下面垫得厚厚的。她又把洋娃娃的床放在里面，预备了床单、衬衫等必需品，尽量将一切都安排得便于我使用。我们只带了一个仆人，他骑着马驮着行李跟在后头。我的主人计划在沿途的所有城镇演出，或者去距离大路五十到一百英里的村子里为感兴趣的大户人家演出。我们一路从容前行，每天的行进里程不到一百五六十英里。格兰黛克利齐为了照顾我，故意抱怨骑马颠簸得太累了。她经常考虑到我的需要，把我从箱子里放出来，让我透透气，看看乡间风景，不过总是谨慎地把一条链子系在我身上，紧紧攥在手里。我们经过了五六条大河，每一条都比尼罗河或恒河宽阔，水也更深，至于像泰晤士河那般袖珍的河流，在大人国里，倒成了稀罕事儿。这次行程历经十个星期，我在十八个大城市演出，还去了许多乡村。

十月二十六日，我们到了首都，他们的话叫“劳布拉格鲁德”，意思是“宇宙的骄傲”。我的主人在这座城市里离王宫不远的一条繁华的大街上找了个住处，照例先贴出海报，生动、具体地描述了一番我这样的小怪物如何像个人似的，才干出众，更让人感觉十分兴奋、刺激。他租了一间三百到四百英尺宽的大房子，做了一张直径六十英尺的桌子，我就在上面表演，并将桌边三英尺范围内的地方用很高的栏杆围起来，免得我摔下去。我每天表演十场，让所有猎奇的观众感到心满意足。现在我已经挺会说大人国话了，他们的所有要求我都能深刻领会。另外，我也学习了他们的字母，常常自个儿也能应付，解释一句大人国语句的意思。在农夫家的日子里，格兰黛克利齐就开始教我学字母了，旅途中的空闲时分，她也会继续做我的字母教师。她口袋里揣着一本比《三松地图集》[1]大不了多少的迷你书，那是给姑娘们阅读的通俗读物，书中简明地叙述宗教知识。她就用这本书作为教材，教我认字母、理解词义。

1 法国地理学家三松（1600—1667）绘制的地图集。16世纪的早期地图册上均有阿特拉斯肩负地球图，故沿用作地图集名称。

第三章

每天频繁举行的演出，在几个星期之内就把我的身体折磨垮了。主人从我身上挣得的钱越多，就越贪得无厌。我没有一点儿胃口，瘦得成了一副骨头架子。主人发觉我健康状况不佳，以为我要死了，决定从我身上再捞一把。他正在盘算这事儿，一个朝廷的“沙德瑞尔”（引见官）命令他立刻带我进宫表演，为王后与宫中女眷解闷。女眷中有些贵妇已经看过我的表演，早把我令人惊艳的美貌、举止和聪慧向王后汇报过了。王后陛下和随从她的贵妇们观看我的表演后激动不已，都为我的优雅风度所倾倒。我双膝跪下，祈求王后赐予我荣耀，允许我吻她高贵的脚。但是在我被放在桌上后，仁慈的王后却把小拇指伸给我。我立刻张开双臂，拥抱她的手指，无限崇拜地用我的双唇轻触她的指尖。她礼节性地问起我的国家以及我个人的航海经历，我尽量简明清楚地禀告实情。王后陛下又问我是否愿意留在宫中侍奉，我深深向她鞠躬，头几乎挨着桌面，谦恭地应答：“我是主人农夫家中的奴仆。我是多么渴望能够按照自己的心意，如果有幸能够献上自己卑微的生命，为王后陛下效劳，那将是怎样的莫大荣幸。”于是，她转向我的主人，问他是否愿意把我卖个好价钱。他，那位断定我活不过一个月的人，巴不得尽快甩了我这个包袱，正好趁机要价一千块金币。王后当场吩咐人照着这个价格付给他，每块金币足有八百个“穆阿多尔”[1]那么大。不过如果我们按照这个国家和欧洲的金价以及其他货品的价值来比较，这些钱却抵不上英国一千个畿尼值钱[2]。所以我对王后说：“现在，我作为陛下最卑微与顺服的臣仆，请求王后陛下开恩，让格兰黛克利齐留下来为陛下效劳，继续做我的保姆和老师。她总是那么细心仁慈地照顾我，了解我的一切需要。”陛下同意了我的请求。能够得到皇家恩宠，让自己的女儿进宫当差，农夫当然是求之不得的。可怜的小姑娘也显得喜出望外。我的前主人就要离开了，他对我说，他已经为我觅得了更好的出路。说完就告退了。我什么话也没对他说，只是微微欠身行礼。

王后察觉到我对前主人态度冷淡，感到奇怪，待农夫离开后，就询问我原因，我大胆告诉她：“我旧主人身上唯一值得我感念的，是他偶然在地里发现了我，没有把我这个可怜无辜的小动物的脑袋打碎，没有当即结果我这卑贱的生命。而他驱使我，旅行大半个国家，一路奔忙劳碌，不仅展览演出获得不菲收益，今天又把我卖了这么个好价钱，这一切足以作为他这一善举的回报。而旅行演出的那段日子，每天卖力地表演，供那些下流的人戏耍、取乐，却从来得不到充分的休息，这种劳苦的生活，体力胜过我十倍的动物恐怕也要累死。我的身体实在吃不消了。如果不是我的旧主人觉得我快要丧命，才不会这么便宜把我卖了呢。

1 古代葡萄牙金币。

2 英国货币单位，1畿尼=1.05英镑=21先令。

现在得到伟大、仁慈的王后陛下的庇护，我再也不会害怕受到虐待了。陛下是大自然之光、世界的宠儿、万众的欢乐源泉、造物主的凤凰。我想我的旧主人对我生命的担忧是没有根据的，王后陛下母仪天下，您的感化，已使我身心安宁，焕发生机。”

以上是我回答王后提问的大致内容。大人国的话，我说得不流利，用词也欠准确。我的禀告是以表达感激和赞美王后作为结束，是套用大人国独特的文体，有些语句，还是格兰黛克利齐进宫时教我的。

王后对我的言语缺陷十分包容。倒是我这么个小东西，竟然有如此的智慧和见识，令她颇感惊奇，于是亲自将我引荐给国王。国王那天召开了内阁会议，当时刚刚结束。他面容庄重威严，起初，看都没仔细地看我，就漫不经心地对王后说，她什么时候开始迷上了“斯普拉克纳克”。难怪他这么说，当时我正趴在王后的右手上。但是聪明幽默的王后把我放到写字台上，命我向国王介绍自己的身世。我简要地汇报了几句。格兰黛克利齐站在内宫门口侍候，一刻也不远离我。她被召见，为我到她父亲家以后的经历做证。

国王不仅与本国学者一样非常博学，还擅长哲学研究，特别是数学。尽管如此，他仔细观察我的外貌和行走姿态之后，还是以为我是某位富有创意的工匠设计制作的上紧发条的木偶玩具（在大人国，自动机械制造技术非常发达）。不过，听到我开口说话，发音清晰、言语得体且符合逻辑，他的脸上露出难以掩饰的、惊诧莫名的表情。但是，起初他对我关于如何来到这个国家，以及之前在这个国家的经历的描述不以为然，以为那是格兰黛克利齐和她父亲编造的一通谎话，是他们教会我那么说，好哄骗别人出高价把我买回去。于是，国王带着怀疑的态度，又询问一些其他问题，而我除了说话有点外国口音、言语夹杂着一些农夫们使用的乡下土话、语法不太合乎宫廷礼节，总体说来应对自如，与先前的话一样合情合理，挑不出其他毛病。

国王召来三个大学者，根据大人国治理朝政的规定，每周都有学者值班，辅助国王处理事务。几位先生仔细研究一番我的外貌特征之后，各自发表了见解。他们一致认为，按照自然选择的规律，不可能出现我这样的生物。我行动不敏捷，又不会爬树，也不会挖地洞，不具备在自然环境中生存的能力。他们非常仔细地检查我的牙齿后，依据毋庸置疑的科学理论原则，判断我是食肉类动物，可是自然界中大多数四足动物都比我强壮，甚至田鼠都比我敏捷，难以想象我靠什么存活下去，除非吃蜗牛或其他昆虫。可是接着他们又提出许多理论证据，证明连这一点我都不可能做到。一位半吊子学者推断，我的发育程度尚停留在胚胎或母体怀孕过程中的某个阶段，总之不成熟。不过这一观点遭到另外两位反对，因为从我健全精巧的四肢看，我已经有几岁的年纪了，我长着胡须的事实也证实了这一点，他们特别严谨地透过放大镜观察到了我的胡茬。他们认为以我身形矮小的程度，甚至不能归类为侏儒，这个国家最矮的小人儿，王后最心爱的侏儒，也有将近三十英尺高。一番争论之后，他们达成一致意见，结论为我只是一个“雷普拉姆·斯卡盖”，字面意思即“天生畸形或造化弄人”。他们的推理过程，完全符合现代欧洲哲学的精神。具有这种学术精神的学者，蔑视古老的玄秘主义的解释方法，而亚里士多德和他的门徒们，正是借助于玄秘主义的观念逃避现实，从而竭力掩饰他们的无知。而欧洲现代哲学家，则一劳永逸地提出了解决所有无法解释之难题的万能办法，那就是，天造地设，造化弄人。

针对此定论，我请求国王垂听我的意见。我郑重地对国王说，我来自一个国家，那里有几百万像我这样身材的男人和女人，所有动物、树木和房屋，大小与我的身材尺寸相称。所以在那里我可以自卫，可以找到食物，就像这里陛下的臣民一样。对于我的所有辩解，只不过博得聆听者轻蔑一笑，还说农夫把我教得真好。国王毕竟有些见识，学者退下后，他召见了农夫。农夫当时还没有出城。国王先单独盘问他，接着让他与我和小姑娘对证。陛下开始相信我们说的可能是真的了，希望王后命人精心地照料我。他看出格兰黛克利齐与我感情非常好，还提出建议，让格兰黛克利齐继续留下来主管我的生活起居。宫中为她安排一个舒适的房间，还分派一名女教师教授她知识，一名侍女为她梳妆，两个仆人干些粗活，而照顾我的职责，主要还是由她承担。王后又命令木匠设计、制作一个箱子给我当寝室，式样事先征得了格兰黛克利齐和我的同意。木匠手艺精巧，依照我的需求，三个星期工夫，就制作完成了一个十六英尺见方、十二英尺高的木箱子，有窗子可以在窗框内上下滑动的推拉窗，一扇门，两个壁橱，很像一间伦敦式的卧室。箱子的天花板安了两个合页，所以可以升降。王后的装饰工人为我做了张床，升起天花板，就可把床放进箱子。每天白天，格兰黛克利齐亲手取出床，拿去晾晒，晚上再放回去，然后把天花板锁好。一位精于制造精致小玩意儿的著名细工匠，用象牙一类的材料，为我做了两把有靠背和扶手的椅子，以及两张桌子，还有收纳零碎物品的柜子。房间的四壁、地板和天花板都垫得厚厚的，避免工人搬运箱子的时候因粗心大意而发生意外，或者马车运载箱子时，路面颠簸导致我受伤。我怕老鼠闯进来，要求在门上加把锁。铁匠费了不少心血，才为我打造了一把大人国前所未见的最小的锁，然而据我所知，在英国，这把锁比一般绅士家的门锁都要大。担心格兰黛克利齐会把钥匙弄丢，我就把它揣进自己的口袋里。王后命人找来国内最薄的丝绸——大约和英国的毯子差不多厚，用来为我做衣裳。最初，我穿着觉得很笨重，后来慢慢习惯了。式样是大人国时兴的，多少带有波斯或中国风格，传统而庄重。

王后非常喜欢我的陪伴，用餐时如果缺少我在一旁侍奉，简直吃不下饭。我与王后陛下同席共餐。王后的餐桌上，她的左肘边，为我设了专席，安放了一张桌子和一把椅子。我旁边的地板上，有一个凳子，供格兰黛克利齐站在上面照料我。我有一整套银盘子、银碟子和其他餐具。我的餐具在王后眼中，就像我在伦敦玩具店看到的洋娃娃的餐具那么袖珍。我的小保姆总是将这些东西洗得干干净净，收进一只银匣子里，银匣子平时放在她的口袋里，吃饭时拿出来给我。和王后一起吃饭的只有两位公主：大公主十六岁，小公主那时是十三岁零一个月。王后总是把一块肉放在我的盘子里，让我自己切着吃。她喜欢看着我这个小家伙吃东西，以此来解闷。王后的胃口，其实并不怎么好，然而她一口吃下可供十二个英国农夫一顿饭总量的食物，有时候这情形看得我实在反胃。她一口咬住的那只百灵鸟的腿，足有九只大火鸡那么大，连皮、骨头带肉一起，嚼得粉碎。她把一小块面包送进嘴里，大小也相当于我们那里价值十二便士的大面包。她用一只金杯喝酒，一口气能喝下一大桶（相当于五十二加仑）。将两把大镰刀的弯刀柄拉直，拼接起来，才能抵得上她餐刀的长度。勺子、叉子以及其他餐具也按照餐刀尺寸，成比例放大。我记得有一次出于好奇，格兰黛克利齐带我到宫里去看人们吃饭，十几副巨型刀叉一齐举起来时，迄今为止，我从来没见过比这更恐怖的情景。

每到星期三（我前面说过，这一天是他们的安息日），国王、王后与王子、公主们照例聚在国王的内宫会餐。现在我深得国王的喜爱，我的小桌椅就放在他左手边的盐罐前面。这位君主愉快地询问我关于欧洲的风俗、宗教、法律、政府和学术的情况。我则尽可能形象地描述这一切。国王头脑清晰、判断准确，能洞察我诉说的一切，并发表非常切中要害的见解。必须承认，一谈到我亲爱的祖国，谈到我们的贸易、海陆战争、宗教派别、政党纷争，我的注解未免繁琐冗杂。国王所受的教育使他的成见很深，他禁不住把我托在右手上，用另一只手轻轻抚摩我，一阵开心的大笑后，问我是一个辉格党还是保守党人？[1]然后转身朝向首相。首相手执差不多像“王权号”[2]主桅那么高的一根白色手杖，一直跟在国王身后。国王对首相说：“人类的尊严多么微不足道，这么小的昆虫竟然会模仿我。我敢肯定他们也有爵位和官衔，把他们的小巢小洞称为房屋和城市；也会装模作样，穿衣打扮；也会恋爱、争斗、辩论、欺骗和背叛。”他这么说着的时候，我气得脸上一阵红一阵白。我那高贵的祖国原是艺术、军事的权威，欧洲的仲裁人，道德、虔诚、荣誉和真理的中心，世界的骄子，全世界景仰的国家，想不到他竟如此瞧不起。

不过就我当时的地位来说，这种侮辱是无法引起我的愤慨的。认真考虑起来，我开始怀疑自己是否真受到了侮辱。几个月来我的所见所闻使我的思想有所改变，目光所及的物品，彼此大

1 辉格党，英国历史上的一个政党，是现自由党的前身，反对绝对王权，支持新教徒宗教自由权利。托利党即英国保守党的前身。

2 当时英国最大的一艘船。

小比例相称，我对巨人的身躯和面孔不再像初来乍到时那么陌生、畏惧。假如现在我见到一群身型渺小的英国老爷太太们——他们一副参加生日派对的盛装华服打扮，举止装腔作势，鞠躬行礼，高谈阔论——我会忍不住像大人国国王和达官显贵们笑话我那样嘲笑他们的。王后经常把我托在手上，站在一面镜子前。比较我们两个人在镜中的全身像，我都不禁要笑了。这种对比产生的荒谬感实在太强烈了，我确实怀疑自己的正常尺寸原本也那么巨大，而如今身体收缩了许多倍。

最让我气愤和感到屈辱的，莫过于王后的矮子。他是这个国家有史以来身材最矮的人（我确信他身高不到三十英尺），但当他看到还有比他身材矮小得多的家伙时，即刻傲慢无礼起来。每当我在王后的接待室里，站在桌子上和朝廷里的老爷太太们谈话时，他总是昂首阔步，大摇大摆地从我身边经过，并且从不忘记说上一两句讽刺我矮小的俏皮话。作为回应，我只能报复似的唤他一声大哥，向他提出挑战，提议与他进行摔跤比赛。诸如此类的唇枪舌剑，在我作为宫廷侍卫的那几个月中成了家常便饭。一天吃饭的时候，我说的一句什么话惹恼了这个不怀好意的愣头青，他竟然踩着王后的椅子，拦腰抓起正好端端坐着的毫无防备的我，把我扔进一只盛乳酪的大银碗里，就一溜烟儿逃跑了。我连头带脚栽了进去，如果不是水性好，可能就会吃苦头了。格兰黛克利齐那时刚巧在房间的另一头，王后吓得六神无主，不知所措。当小保姆跑过来把我捞起来时，我已经吞了一夸脱[1]乳酪了。她们安排我躺在床上，其实我并没有受伤，可惜损失了一套衣服，那衣服完全被毁了。矮子结结

1 容量单位，1夸脱=1.1365升。

实实挨了一顿打，作为惩罚，他被迫把用来欺负我的一碗乳酪喝下去。从此以后，他再没有得宠过。不久，王后就把他赐给了一位名门贵妇，我从此再也看不到他了。为此我心满意足，否则保不定这个没脑子的顽劣小人会用什么恶毒的手段报仇呢。

此前，这小人也曾用卑鄙的手段捉弄我，王后被逗得笑个不停，可同时她也被惹恼了。如果不是我顾全大局替他求情，王后定会让他立刻滚蛋。那天，王后从盘子里拿起一根髓骨，敲出骨髓后，又把骨头像以前一样竖立着放回盘中。矮子趁着格兰黛克利齐去餐具架拿东西的空子，爬上她用来站在上面照料我吃饭的凳子，双手抓起我，把我两条腿并起来，捏紧了往盘子中立着的骨头里塞，我的腰部以下卡在骨头里动弹不得，样子非常狼狈。当时，我觉得大声叫喊有失体面，所以将近一分钟以后，人们才发觉我的困境。好在王室贵族很少食用高温肉制品，我的腿才没有被烫伤，只是袜子和裤子被弄得一团糟。要不是我求情，矮子可不会只挨了顿鞭子，没受到别的惩罚。王后经常责备我胆小，还总是问是否我们国家的人们都像我这么懦弱。当时的情景是这样的：大人国的夏天里，苍蝇多得烦人，这些讨厌的昆虫每个足有一只邓斯特布尔[1]百灵鸟那么大。用餐时，它们无休无止地在我耳边嗡嗡飞来嗡嗡飞去，让我一刻也不得安宁。有时落在我食物上拉屎、产卵，我都看得清清楚楚，当地人却看不到，他们的大眼睛看起微小的东西来，视力没有我敏锐。有时苍蝇叮在我的鼻子、额头上，飞快地刺我一下，它们身上散发的气味令我极其难受。我能轻易找到它们身上的黏性物质，自然学家告诉我们，正是这种物质使苍蝇能在天花板上

1 伦敦西北三十英里的一个城市。

行走。它们一落到我脸上，我就难以忍受，经常手忙脚乱地进行自卫，让自己不受侵扰，不过，每次苍蝇嗡嗡飞来，我还是免不了要吓一跳。王后的矮子惯用的伎俩是捉住一大把这种昆虫，像小学生恶作剧那样，突然在我鼻尖下把它们放了，故意吓唬我，以取悦王后。我的对策是用我的餐刀将飞舞空中的苍蝇劈成几段，因此人们对我敏捷的身手佩服不已。

记得一天早晨，格兰黛克利齐像平日天气晴朗时一样，把我和箱子放在窗台上，让我透透气（我不敢让他们把箱子挂在窗外的钉子上，像我们在英国挂鸟笼那样）。我将一扇窗向上推开，在桌子旁边坐下，准备吃块甜饼作为早餐。二十多只黄蜂循着香味飞进了屋子，嗡嗡声比二十多支风笛奏出的低音还响。有几只飞到甜饼上，把甜饼撕碎抢走了。有的飞到我头、脸上，闹哄哄的噪声纠缠着我，它们的尾刺使我陷入极度恐惧中。我鼓足勇气站起来，拔出腰刀，向它们进攻。我杀死了四只黄蜂，其余的都逃走了。我赶紧关上了窗。这些昆虫有鹌鹑那么大。我拔出蜂刺，每根有一英寸半长，像针一样尖。我把这些刺小心收藏起来，后来，这些蜂刺被带去欧洲各地，与其他一些稀罕玩意儿一起，被公开展出过。回到英国后，我把其中三根赠给了格雷欣学院[1]，自己只留下了那第四根。

1 伦敦英国皇家学会的所在地。

第四章

现在我想就自己在首都劳布拉格鲁德周围两千英里内的旅游见闻，给读者做一个简短的描述。王后陪国王出行，从来没有到过比这更远的地方。当国王去边境视察时，她就在这一区域内等他回来，而我总是陪伴左右。国王的领土长约六千英里，宽三千到五千英里。因此我不能不得出结论：欧洲的地理学家认为日本和加利福尼亚之间只有一片汪洋大海，实际上是个极大的错误。我一向认为，地球上肯定有一片陆地可与鞑靼大陆抗衡，所以他们应该修正地图和海图，在美洲的西北部加绘这片辽阔的陆地，为此，我随时准备为他们提供帮助。

这个王国是个半岛，东北部边界为一条海拔三十英里的山脉，山顶到处都是火山，所以完全无法翻越。哪怕知识最渊博的人，也说不清山那面居住着什么人，或者究竟是否有人居住。其地三面环海，全国领土范围内没有一个海港，河流入海处的海岸布满巉岩，海上常年波涛汹涌，无人敢于驾驶哪怕是最小的船只冒险出海。于是，这里与外部世界完全隔绝，没有商贸往来。大人国的河流里，却一派船只繁忙往来的景象。河中盛产味道鲜美的鱼。大人国居民几乎不去海上捕鱼，那海中鱼类与欧洲人眼中的鱼一样大小，不值得捕捞。然而，这片大陆显然得天独厚，栖居着体型巨大的动物，生长着参天的植物，其中奥秘何在，只能留给哲学家去探索了。不过有时人们也能捉到个把碰巧撞上岩石的鲸，老百姓就痛快地大吃一顿。我知道这些巨大、一个人无法背得动的鲸，有时作为奇珍，被人用有盖子的大筐运到劳布拉格鲁德。我在国王的餐桌上见过一条，这也算是一道珍奇海味了。可我注意到，国王并不怎么感兴趣，大概是鲸大得让他恶心吧，其实我在格陵兰岛见过一条更大的呢。

这个国家人口稠密，有五十一座大城市，将近一百个四周有城墙包围的坚固城邑，还有众多村庄。只要详细描述一下其中的劳布拉格鲁德地区，就足以满足读者的好奇心了。这座城市被一条贯穿而过的河流分成了近乎相等的两部分，有八万多户人家，人口六十万左右。城市纵长三“格隆格朗”（约等于五十四英里），宽两个半“格隆格朗”。这是我按照国王的命令，亲手测量御用地图得到的数据，他们特意为我把一百英尺长的地图铺展在地面上，我赤脚在地图上步测那些直径和周长数据，反复测量若干次，又按比例进行了换算，以确保测量结果具有相当的精确度。

王宫不是一座建筑风格规整的大厦，而是由许多建筑物组合而成，占地范围七英里左右。主要房间都有二百四十英尺高，长和宽也都与之相称。国王赐给格兰黛克利齐和我一辆马车，她的女教师经常带她坐车去观看街景、逛商店，而我也总是坐在箱子里，被携带随行。当然，如果我提出要求，小姑娘经常会把我从箱里取来，握在手中，这样从街上经过，我就可以更方便地观察房屋和行人了。估计我们的马车有整个威斯敏斯特教堂大厅[1]那

1 伦敦最著名的大教堂，坐落在伦敦泰晤士河北岸。

么大，不过没那么高，我也说不太准确。一天，女教师吩咐车夫在几家商店门口停车，乞丐们瞧准机会，一拥而上，从马车两侧围过来，使我亲眼目睹了全欧洲都会瞪得眼珠都掉下来的最惊悚的景象：一个女人的乳房生了毒瘤，肿胀膨大得怪诞、狰狞，表面千疮百孔，两三个孔洞足够宽敞到让我轻松爬进去，整个人藏匿其中，也没人会发现。一个家伙脖子上长了个粉瘤囊肿，比五个羊毛包裹（每包重二百四十磅）还大；另一个拖着一双木头做的假腿，每条腿都有二十英尺高。然而最令我难以忍受的，是在他们衣服上爬来爬去的虱子。仅用肉眼，我就能清晰地观察这些寄生虫的腿，比显微镜显像的欧洲虱子清晰度高得多。它们刺吸式口器长得像猪猡的嘴，那正是它们用来吸血以生存下去的命根子。我还是第一次这样注视它们，如果我有合适的工具（可惜丢在船上了），一定会好奇地想要逮住一只解剖来看一看，虽然那场景可想而知会多么令人恶心，将不出所料地搅得我的肠胃里翻江倒海，五脏六腑都恨不得吐出来。

除了平时我住宿的大箱子以外，为了旅行方便，王后又下令为我做了个小一点儿的、长与宽约十二英尺、高十英尺的小箱子。因为旅行时，前者放在格兰黛克利齐腿上嫌大，放在马车上又太笨重、占地方。旅行小箱子由同一位工匠制作，在整个制作过程中，他都征求我的意见。旅行小箱子是个标准的正方体，箱子三面正中开格子窗，格子窗外部的铁艺窗棂设计可以在长途旅行中起到安全防护作用。箱子没安装窗户的一面，加装两个结实的铁环。如果我生出与骑马者同样的念头，我的带领者就用一根皮带穿过铁环，将箱子系在他的腰间。有时我陪同国王和王后出巡，有时我游览花园或进行拜访，如恰好遇上格兰黛克利身体不适，他们便常把我托付给忠诚可靠、老成持重的仆人照看。没过多久，朝中重要官员都认识我了，并对我十分敬重，我猜想这主要是由于他们的陛下宠爱我，而不是我本身有什么值得尊敬的优点。旅途中，我坐车累了，骑在马上的仆人就用皮带把我的箱子系在身上，放在他面前的一个垫子上。这样我就可以透过旅行小箱子的三面窗户，饱览本土风光。这间小房子里有一张行军床，一张从天花板上垂下来的吊床，两把椅子和一张桌子。床和桌椅都牢固、端正地用螺丝钉固定在地板上，以防车马剧烈颠簸令我在车里东倒西歪。其实，乘坐马车旅行，有时确实感到震动得非常剧烈，不过，由于我习惯了长期的航海生活，所以并不觉得劳顿辛苦。

每当我想去城镇观光，总是坐在我的旅行小箱子里。格兰黛克利齐把它放在膝盖上，坐着一种大人国特殊式样的敞篷轿子，由四个人抬着，后面还跟着两位王后的侍从。人们经常听说我的事迹，都非常好奇地涌过来围着轿子。小姑娘就礼貌殷勤地说服轿夫停下来，把我托在手中，方便众人将我看个清楚。

我非常期待前去参观这个国家一座重要的庙宇，特别是它的钟楼，据说那是整个王国最高的建筑。于是，有一天小保姆带我去了那儿，但老实说，我很失望地回来了。因为从地面到塔尖最高处总共不过三千英尺。考虑到大人国居民与我们欧洲人身高之悬殊，庙宇的高度就没有什么值得大惊小怪的了。按照人种身高比例将这庙宇缩小，它根本不能与索尔兹伯里教堂尖塔（如果我没记错的话）相提并论[1]。但我并没有贬低它，因为我对这个国家永远感激不尽。实际上必须承认，这座著名的塔楼建造得如此美

1 英格兰早期哥特风格的杰出建筑，是英国最漂亮的教堂之一。

丽坚固，足以弥补任何高度上的所谓缺陷。庙宇的墙壁将近一百英尺厚，用四十英尺见方的石头砌成。墙四周的壁龛中，供奉着大理石雕刻的、比真人更高大的诸神和帝王的雕像。一根从雕像脱落的小手指头，落在垃圾堆里没人注意，我量了量，它正好长四英尺零一英寸。格兰黛克利齐把它用手帕包起来，放进口袋里带回了家，和其他小玩意儿收藏在一起。像其他同龄的孩子一样，小姑娘非常喜欢这些小玩意儿。

国王的厨房确实堪称壮观的建筑，拱形屋顶，大约六百英尺高。厨房里大灶的宽度，只要加上十步的距离，就与圣保罗大教堂[1]的圆形屋顶直径相当，我回国后特地去测量后者的宽度。如果我能够将厨房的炉格子、惊人巨大的锅与壶、正在烘烤着的大块的肉以及诸如此类物什的众多细节描述清楚，恐怕没人能相信，至少严厉的批评家会以为我有点儿言过其实了。对于旅行家的陈述，人们常常认为不足为信。由于我想逃避将受到的责难，我似乎又走向了另一极端。如果有一天，这本书刚好被译成了布罗卜丁奈格语（该王国的人一般称自己的国家为布洛丁耐格），并流传到这里的话，国王和老百姓们却有理由抱怨，我将他们描写得这样矮小，伤了他们的心。

国王陛下的马厩里饲养的马一般不超过六百匹，这些马通常身高五十四到五十六英尺。但是，每逢重大的日子，国王出巡时，总有五百骁骑卫队随从而行，尽显威仪。在我见识过他的部分陆军演练以前，我以为这是最壮观的场面。有关陆军演练的情况，我将另寻机会叙述。

1 伦敦城内的著名教堂，其圆顶宽一百〇八英尺。

第五章

要不是因为我身材矮小，遇到几次可笑而麻烦的事故，我本应该在这个国家生活得很快活。我且选几件叙述给大家听。格兰黛克利齐经常把我放进那个旅行小箱子，带我去王宫的花园里玩耍。在那里，有时候她把我放出来，托在手掌中；有时候，她放我在地面上，让我散散步。我记得矮子被王后赶走以前的某一天，他跟着我们来到花园里。小保姆把我放在地上，在一棵矮苹果树下，矮子与我靠得很近。我卖弄小聪明，借像侏儒似的苹果树，暗讽他的身材矮小。刚巧他们的语言中，也有类似的比喻，所以矮子听出我是在笑话他。矮子怀恨在心，当我正走在一棵矮苹果树下，这坏小子瞅准机会猛摇树干，我头顶正上方的十几只苹果马上劈头盖脸砸下来，每只苹果都有布里斯托尔[1]的酒桶那么大。我一弯腰，一只苹果正砸在我背上，一下就把我打得脸朝下扑倒在地上，好在别的地方没有受伤。因为是我惹起的祸端，所以王后遂我意愿，饶恕了他。

1 布里斯托尔（Bristol），英国西部的港口城市。

又有一天，格兰黛克利齐把我放在一片平滑的草坪上玩耍，她自己和女教师到离我有点距离的什么地方散步去了。这时忽然猛下了一阵冰雹，我立刻就被击倒在地。我倒在地上，冰雹无情地击打我全身，就像有人不停地朝我扔网球一样。无论如何，我用尽力气匍匐爬行，面朝下平趴着，躲到淡黄百里香花坛边一个比较安全的地方。我遍体鳞伤，整整十天出不了门。这也没什么值得大惊小怪的，在大人国，大自然的气候现象也得按照那里居民的身材条件，调整它的影响程度。凭经验，我估计一颗大人国冰雹差不多有欧洲冰雹的一千八百倍那么大，为此后来我还好奇地称量过。

更惊险的事件，曾发生在同一座花园内。那回我的小保姆嫌麻烦，把箱子丢在家中，只带着我去了花园。因为我常常请求她，把我独自留在某个安全的地方，好让我一个人沉浸在自己的思想中。于是，当我的小保姆把我安顿在一个自以为肯定不会有危险的地方后，就和她的女教师以及几位熟悉的女伴儿，一起去花园里某个听不到我喊声的地方游玩了。这时，花园总管养的一只小白狗不知怎么闯进了花园，在我周围活动。闻到我的气味，小狗准确地跑来，把我叼在嘴上，径直跑到主人那里，摇着尾巴轻轻把我放到地上。我还算运气，这只狗受过良好训练，虽然它用牙齿叼着我，然而却留意尽量避免咬伤我，甚至连我的衣服，也一点儿没撕破。尽管如此，可怜的园丁还是吓坏了。他与我熟识，并且非常友善地对待我。他用双手温柔地捧起我，问我有没有受伤。我惊吓得魂飞魄散，紧张得几乎要背过气了，一句话也答不出来。几分钟后我才缓过劲儿来。他护送我回到小保姆那里。这时她已经回到了刚才与我分开的地方，因为不见我的踪影，叫我也听不见答应，正忧心如焚呢。由于那只狗的缘故，她严厉斥责了园丁。不过事情很快被小姑娘瞒过去了，宫中没人知道，她害怕王后发怒。再者，事实上，我也不愿意事情传出去，因为对于我来说这也不怎么光彩。

这次意外发生以后，格兰黛克利齐从此决不允许我走出她视线所及的范围了。我老早就怕有这样的结局，所以我独自一人时所遇到的那几件没什么大不了的倒霉事，我都瞒着她。有一次，一只鹞鹰在花园上空盘旋，突然冲向我。如果不是我及时拔出腰刀，迅速跑到枝叶茂密的树墙下面，一定已经被它掳走了。另一次，我走上一座鼹鼠才拱起的土丘顶部，一下子掉进了一个洞里，脖子以下都没入土中。那洞是鼹鼠用来把土从窝里清理出去的通道。我弄脏了衣服，只好撒个谎替自己掩饰，至于撒的什么谎就不值得追究了。还有一次也是，我独自一个人走着，正在思念我那令人心酸的英格兰，一不小心被蜗牛壳绊倒，右小腿受伤了。

我独自散步时，说不出心里是高兴还是恼怒，因为，小一点的鸟儿似乎也一点儿都不怕我，它们在路面上距离我不出一码远的地方蹦蹦跳跳，寻找毛毛虫和其他东西吃，神态安闲自若，对我视而不见，好像靠近它们的根本不是什么大活人似的。记得一次，格兰黛克利齐刚把一块作为早餐的饼给我，居然就被一只画眉鸟大胆地从我手上抢走，叼跑了。有时我试图捉住这些鸟，可它们毫不畏惧，反倒生猛地回击，紧追过来要狠狠啄我手指。我可没胆量冒险靠近鸟嘴够得着的地方，于是它们像什么也没发生似的，满不在乎地继续跳来跳去，找毛毛虫和蜗牛去了。不过，有一天，我找了根很粗的棍子，使出全身力气扔向一只红雀，侥幸一下把它打倒了。我用双手掐住红雀的脖子，得意地提着向保姆跑去。可是这只鸟只是被打昏了，一醒过来就扇着翅膀扑打我的头和两肋。尽管我抓着它，伸直胳膊让它的爪子够不着我，可还是一次次想撒手，由它去算了。还好没多久，一个仆人过来拧断了红雀的脖子，替我解了围。第二天，王后下令烹饪这只鸟给我当晚饭吃。在我的记忆中，那只红雀似乎比英国的天鹅还要大。

侍从女官们经常邀请格兰黛克利齐到她们的房间里去，并且要她带上我一起去，想乘机看看我、摸摸我。她们经常把我从头到脚脱个精光，让我平躺在她们的胸脯上。说实话，对此我十分厌恶，因为她们的皮肤散发出刺鼻的臭味。通常，我不会说，也不愿说这些善良的女人的坏话，我对她们各方面都很尊重。我想，是因为嗅觉与身材成比例关系，我个头比她们矮小许多，所以嗅觉相应比她们灵敏许多。这些漂亮的人儿在她们情人眼里，或者她们彼此之间，不会对彼此的体味感到烦恼，就像我们也不会觉得英国宫廷的女官们令人不愉快一样。不过，总的说来，她们天然的体味还可以忍受，然而当她们用上香水，我一闻到就马上昏过去了。我不由回忆起在利立普特的时候，有一天天气暖和，我痛快地运动了一番之后，一位好友竟然直言不讳地抱怨我身上汗臭味浓烈。虽然作为一个男人，我的体味并不过重。我推想，比起我来，他的嗅觉特别灵敏，就像比起大人国居民，我也是如此。从这个角度考虑，我不能不为我的主人（王后）、我的小保姆格兰黛克利齐说句公道话，她们与所有英国女士一样芬芳可人。

我的小保姆带我去拜访侍从女官们时，最让我不安的是，她们对我一点儿都不礼貌，对待我像对待某种微不足道的生物。她们把我放到梳妆台上，在我面前脱得精光，换上衬衣，毫无顾忌地让我面对她们赤裸的身体。老实说，我绝对没有感到丝毫诱惑，除了恐怖和厌恶，那情景完全没有激发我任何其他感受。她们的皮肤看起来那么粗糙不平，肤色那么不均匀；从近处观察，她们皮肤上到处是黑痣，明显得像木制大食盘摆在面前；她们披散的头发比包装绳还粗，更不用说身体其他部位了。她们在我面前肆无忌惮地小便，把喝下去的水排泄出去，每次排放至少两豪格海大桶液量[1]，而她们使用的便溺器能盛得下足足三大桶[2]小便。这些女官中最漂亮的是那个活泼、调皮的十六岁女郎。她有时让我两腿叉开骑在她的一侧乳头上，还变换着各种花样玩乐，在此读者能够体谅，我就不一一详细描述了。但是，我感到十分不悦，因此恳请格兰黛克利齐替我找借口推托，让我再也不要见到那年轻女郎了。

有一天，一位年轻的绅士光临，他是小保姆女教师的侄子，非要拉着两位女士去观看执行死刑。死刑犯谋杀了这位绅士的某个亲密好友。格兰黛克利齐天生心软，本来对这种事儿完全没有兴趣，但还是被说服，陪同前往。至于我，虽然厌恶旁观这种场面，但架不住好奇心驱使想去看一看，大人国死刑执行现场情形，是不是像我预料的那样不同寻常，超乎我的见识。犯人被绑在为执行死刑而搭建的断头台上的一把椅子里。行刑屠刀有四十英尺长，一刀下去立刻人头落地了。从动脉、静脉血管里涌出大量鲜血，血柱喷得那么高，就是凡尔赛宫的大喷泉[3]也比不上它。人头跌落，撞击断头台的地板，发出“砰”的一声巨响。虽然我

1 指容量为63加仑的桶。

2 指盛二百五十加仑的大桶。

3 指凡尔赛宫的“海王池”，是法王路易十四在十八世纪初修建的。喷泉喷水高达七十四英尺。

站在半英里以外，还是猛吃一惊，吓了一跳。

王后经常听我说起海上航行的事，当察觉我陷入忧思，就想方设法为我消愁解闷。她问我会不会操作船帆或划桨？来点划船运动，我的身体是不是吃得消？我回答说，扬帆、划桨我都在行。尽管在航船上，我的正式职业是内、外科医生，但是必要时也干得了普通水手的活儿。不过，我想象不出在他们的国家，我怎么能够划船：这里的一艘最小型的单人艇都抵得上我们那儿第一流军舰的规模；像我能划的小船，永远都不可能行驶在他们的江河里。王后陛下说，无论怎样的船，只要我能设计得出，她手下的细木匠就能制造得出；她还能为我准备一个划船的场所。王后的细木匠是一位能工巧匠，根据我的意图，他十几天就造出一艘船具齐全的游艇，足足容得下八个欧洲人。船造好之后，王后十分高兴，把船抱在怀里就去见国王。国王随即下令把船放到一只盛满了水的水箱里，并让我登船试航。可是由于空间狭窄，我有两把骨质小桨，却施展不开。然而，王后早就想出了另外的办法。她吩咐细木匠制造一只三百英尺长、五十英尺宽、八英尺深的木头水槽，水槽外面涂上沥青以防漏水。水槽靠墙安放在王宫外殿的地面上。靠近槽底的地方有一个水龙头，以便当槽中存水变质时，及时将水排放出去。两位仆人，不消半个小时工夫，就可以让水槽重新注满水。我经常在里面划船消遣，也给王后和贵妇们找点乐子。我划船的技术很好，动作也灵巧，让她们看得非常开心。有时我张起帆，贵妇们就用扇子来助我一阵大风，这时候我只须掌舵就行了。她们扇累了，就由几名宫中侍从用嘴吹气，推动帆前进，我则随心所欲地操纵小船，一会儿向左，一会儿朝右，卖弄我的掌舵本领。每次划完船，总是由格兰黛克利齐把我的船收回她的房间，挂在钉子上晾干。

那些日子的划船运动中，我仅有一次遭遇了事故，险些要了我的性命。一位侍从把船放进了水槽，这时照管格兰黛克利齐的那位女教师多此一举，过分殷勤地把我举起来要放到船上，可不知怎么回事儿，我竟从她的手指缝里滑落了。简直是侥幸之极，某位好太太胸衣上的一根别针把我挡住了，别针的针头从我的衬衣和裤带中间穿过，就这样，把我悬吊在半空中，直到格兰黛克利齐跑过来才把我解救下来。若非如此，我一定会从四十英尺的高空跌下来，摔死在地面上。

一位仆人负责每隔三天给我的水槽换一次水。他一时大意，没发觉水桶里的一只大青蛙也被倒进了水槽。青蛙一直潜伏水底，直到我被带上船，它见有了个可以休息的地方，就爬上船来，把船弄得直向一边歪。我只好把全身的重量靠到另一边来维持船身的平衡，避免翻船。青蛙上船后，一跳就有半个船身远，接着就在我的头上或前或后蹦来跳去，把可憎的黏液涂在我脸上、衣服上。它巨大的身体，显得肥肿扭曲得变了形，无法想象还有什么动物比它更丑陋。然而，我要求格兰黛克利齐允许我单独对付它。我用桨“砰啪”臭揍了它一顿，终于逼得它跳着逃离了小船。

不过，我在这个王国经历的最危险的一件事是一只猴子闹出来的。这只猴子是御厨的一位管理员养的。当时，格兰黛克利齐有事到别处去了，也许她看没什么人，就把我锁在了她的小房间里。天气很暖和，房间的窗户都开着，我住的那只大箱子的窗户也开着。因为箱子里宽敞又什么都有，很方便，所以我常住在里面。我正安静地坐在桌旁沉思冥想，忽然听到动静，像是有什么东西从小房间的窗口跳进来，接着就在房间里从这头跳到那头。尽管我十分害怕，可还是壮着胆子朝外探望，不过我坐在原处一动也没敢动。接着我看到了那只顽皮的动物，它在那里上蹿下跳，一刻不停，终于来到了我箱子跟前。它见到箱子似乎又惊又喜，从门口和每个窗口向里面张望。我躲到房间（木箱子）最远的角落里，可是猴子从不放过箱子表面每个可以看得见里面的角度，向箱子里探头探脑，吓得我惊慌失措，竟没想起来可以躲到床底下，本来我可以很容易用这个法子藏起来。它龇牙咧嘴、叽哩呱啦折腾了好半天，终于发现了我。它从门口伸进一只爪子，像猫逗老鼠玩一样。尽管我躲来躲去，最后还是被它抓住了上衣下摆（上衣是用本地布料做的，又厚又结实），把我拖了出去。它用右前爪抓起我，就像保姆给小孩儿喂奶似的把我抱在怀中，就跟我在欧洲见过的成年猴子抱小猴的姿势一模一样。我越挣扎，它就捏得越紧，于是我想稳妥点还是顺从它比较好。我推断它把我当成一只它同类的小崽子了，因为它不时用另一只前爪轻轻抚摩我的脸。它尽情地疼爱我，却被小房间的门口传来的一阵响动打断。它立刻蹿上原先进入箱子的那个窗户，用三只爪子移动，腾出来一只爪子抱着我，从窗台穿过导水管和檐槽，一直爬到邻屋的房顶上。猴子抱我出去的一刻，我听见格兰黛克利齐一声尖叫。那可怜的姑娘几乎急得精神错乱了。王宫的这一带闹闹哄哄，乱成一团；仆人们赶忙跑去找梯子；宫里好几百人都看见那猴子坐在屋脊上，用一只前爪像抱婴儿一样抱着我，用另一只前爪喂我进食，把从嘴部颊囊里挤出的食物硬塞进我的嘴里。我不肯吃，它就轻轻拍拍我，惹得下面许多人忍不住哈哈大笑。我想这也不怪他们，因为当时那荒唐的场景，除了我，毫无疑问，谁都会觉得滑稽可笑。有几个人往上扔石头，想把猴子赶下来，可立刻被严令禁止继续这么做，否则，我可能我已经脑浆四溅了。

这时候梯子架好了，好几个人爬了上来。猴子见情况不妙，几乎被人包围住了，而三条腿毕竟跑不快，就把我留在屋脊的一片瓦上，自己逃掉了。我在离地三百码的高处坐了好一会儿，时刻担心被风刮下来，或者因为自己头晕目眩跌倒，从屋脊一直滚到屋檐下。多亏我保姆的一个跟班，一个可靠的伙计爬了上来，把我装到他的马裤口袋里，安全地带到了地面。

那猴子硬塞进我喉咙里的脏东西差一点儿噎死我。幸好我亲爱的小保姆，用一根小针从我嘴里帮我挑出一些，我又呕吐了半天，这才大大减轻了我的痛苦。不过我还是很虚弱，那可恶的畜生捏伤了我的腰，使我不得不卧床两个星期。国王、王后及宫里所有的人每天派人来探望我。王后陛下在我卧病期间几次亲自看望我。结果，猴子被杀死了，同时颁发了命令，从此宫中不得饲养这种动物。

康复之后我去觐见国王，向他谢恩。我这番惊险的经历让他大为开心，好好地拿这事儿把我取笑了一阵。他戏谑地问：我在猴子爪子底下都想了些什么？喜不喜欢它给我吃的东西？对猴子喂养我的方式做何感想？房顶上的新鲜空气是不是令人神清气爽，胃口大开？他还想知道，假如在我自己国家遇到这种情况，会怎么办。我告诉这位君王：欧洲不出产猴子，大多数猴子都是当稀罕东西从别的地方买来的；此外，猴子的个儿都很小，要是它们袭击我，我一个人就能对付一打。至于我最近遇到的那只巨怪（它确实有一头大象那么大），如果不是我当时吓坏了，没想到拔出我的腰刀（我说这话时，脸上露出狰狞的表情，手拍打着刀柄），当它把爪子伸进屋子时，我真应该给它一下子，把它砍伤，好让它爪子缩回去得比伸进来还快。我说这些话时底气十足，就像一个人唯恐别人不相信他的勇气似的。可是我的这番话只不过引起一阵哄堂大笑。侍从们虽然在国王面前毕恭毕敬，也忍不住大笑起来。这使我认识到，人要是处于那种在任何方面都与他不在同一层面，甚至没有可比性的环境里，却还要努力维护尊严、赢得尊重，真是白浪费力气。回到英国以后，像我这样不自量力的人，我还真没少见呢。当我就是其中之一的时候，不是也一样，曾经作为一个卑鄙小人，出身既不高贵，容貌也不出众，既少才智，又无常识，竟然自高自大，将自己与王国最伟大的人物相提并论吗？

我每天都给朝廷上下提供几个笑料。格兰黛克利齐虽然极其爱我，但也会有点小心机，每当我做了一点儿傻事，她认为可以讨王后欢心，都会立刻跑去告诉她。一次，女孩感觉身体不舒服，她的女教师便带她跑了一个小时的路，到离城三十英里以外的一个地方去呼吸新鲜空气。她们在田地的小径旁下车，格兰黛克利齐放下我的旅行箱子，让我出来走走。小路上有一堆牛粪，我想跳过去显显身手。不幸的是，一跳跳得太近，正好跳进牛粪正中位置，膝盖以下都陷了进去。我艰难地蹚着粪走出来，浑身污秽，一个跟班用他的手帕尽力地把我揩干净点儿。我的小保姆只好一路把我关在箱子里。王后很快就得到报告，知道了此事，而跟班也把这件事在宫中到处传播，随后一连好些天，宫中全都以我为笑柄，欢乐地谈论不停。

第六章

每周我参加一两次国王的早朝，经常看见理发师给他剃须，那情景刚开始确实有点儿吓人，剃刀看起来有普通镰刀的两倍长。按照这个国家的习俗，国王陛下一周只刮两次胡子。一次我说服理发师，让他把刮下来的肥皂沫给我一点儿，我从里面拣出四五十根粗硬的胡子茬，找来一块好木头，削成梳子背的形状，又向格兰黛克利齐要来一根最小的针，在梳背上等距离钻上一些洞。我用刀把胡子茬斜着削尖，做成了一把十分好用的梳子。我原来那把齿儿断得太多，几乎不能用了，这把梳子做得非常及时。我也知道这个国家不会有哪个工匠手艺那么精巧，能照着原来那把的样子给我另做一把。

这使我想起一件好玩的事情来，我把许多空闲时间都花在了那上面。我请王后的侍女为我收集王后梳子上的头发，一段时间我还真积攒了不少。我和一位木匠朋友（他是奉命给我做零碎活的）商量了一下，他在我的指导下做了两把和我箱子里的椅子一样大小的椅子框架，在我设计的椅背和椅面上用细钻头钻了很多孔。我用选出来的最粗的头发穿过小孔，按照英国藤椅的式样编织起来。椅子做成了，我把它们当作礼物送给了王后。王后将椅子放在房间里，常常当稀罕物拿给别人看。见了的人也确实个个都啧啧称奇。王后要我坐到一把椅子上去，我坚决拒绝了，坚持说我决不能把我身体上最不体面的部分，放到这些珍贵的头发上，那可是曾在王后头上增添过光彩的呀！由于我一向具有工匠方面的才能，我又用这些头发做了一只约五英尺长的好看的小钱包，并且用金线把王后的名字绣了上去。求得王后的恩准，我把钱包送给了格兰黛克利齐。不过说实在的，钱包中看不中用，几个大点儿的钱币它就吃不住了。所以格兰黛克利齐除了装点儿女孩喜欢的小东西以外，什么都没敢往里放。

国王喜欢音乐，朝廷里经常开音乐会。他们经常带我去，把我放在箱子里，再把箱子放到桌子上听演奏。但是声音太大，我几乎听不出什么曲调。就是将英国皇家军队所有的锣鼓和号角放在你的耳边同时吹打，也赶不上这里的声音。我一般让他们把我的箱子挪到离演奏者尽量远点的地方，再关上门窗，拉上窗帘。后来我发现他们的音乐并不难听。

年轻时我会弹一点儿古钢琴。格兰黛克利齐的房间里就有一架琴，一个老师一周两次来教她弹奏。我之所以叫它古钢琴，是因为它和古钢琴有相似之处，弹奏的方法也一样。我突发奇想，可以用这种乐器给国王和王后演奏英国曲子。但这实在太难了，因为这架琴将近六十英尺长，每个琴键都有一英尺宽。所以我伸开双臂只能够着五个键，并且让琴键下去要用拳头猛砸才行，这样实在太费力了，也没什么效果。我想出了这么个办法：准备了两根和普通棍棒差不多大小的圆棍，一头粗一头细，粗的一头我包上一块老鼠皮，这样敲起来既不损伤琴键表面，又不影响音乐。钢琴前面放上一个长凳，比琴键大约低四英尺。他们把我放在长凳上，我斜着身子飞快地在上面跑过来跑过去，用手里的两根圆棍该敲哪个键就猛敲哪个键，这样交替着演奏了一首快步舞曲，两位陛下听得都非常满意。但是这对我来说，实在是生平做过的最剧烈的运动了，即使这样，我每次也只能敲到十六个键，结果就不能像艺术家那样同时奏出高音和低音，这也是我表演时的最大缺憾了。

我以前说过，国王具有出色的理解力，经常吩咐人把我连箱子带到他的房间，放到桌子上，然后让我从箱子里拿出一把椅子，在箱子顶上离箱子边三码的地方坐下来，这样我就和他的脸在一个水平线上了。我们以这种方式交谈过多次。有一天我直言不讳地对他说，他对欧洲及世界上其他地方表现出的蔑视，似乎与他具有的杰出智力不大相称。人的头脑并不和身高成正比。相反，在我们国家，我们注意到，身体最高的人头脑并不发达，其他动物像蜜蜂、蚂蚁和那些比它们大得多的动物比起来，更具有勤劳和聪明灵巧的好名声。陛下怎样看我并不重要，我倒是希望有生之年为陛下做一些让他刮目相看的事情。国王专注地听我说着，渐渐开始对我产生了从未有过的好感。他希望我尽可能准确地叙述一下英国政府的情况，虽然君王一般都喜欢他们自己的制度（他从我以前的谈话中推想，别的君王也是这样的），但如果有什么值得借鉴的，他倒也乐意听听。

敬爱的读者，你们替我想想，此刻我多么希望自己能有德摩斯梯尼[1]或西塞罗[2]的口才呀！那样我就可以用适当的方式，歌颂自己祖国的丰功伟绩，表达对祖国国泰民安、世运昌盛的赞美。

1 公元前384—前322年，古雅典雄辩家。

2 公元前106年—前43年，古罗马著名演说家、雄辩家。

我首先告诉国王，我们的领土包括两个岛屿、三大王国，由一位君主统治，另外，我们在美洲还有殖民地。说到我们的土地多么肥沃，我们的气候如何宜人，我详详细细地讲了好半天。然后我又详尽描述了英国议会的设立情况，议会的一部分由一个著名的团体组成，叫上议院。它的成员血统最高贵，承袭最古老、最富足的祖传产业。我接着说道，这些人在文武方面都一直接受特殊的教育，使他们生来就有资格做国王和国王的辅佐；使他们能帮助国家立法；能成为一切上诉都得到处理的最高法庭的法官；能具有勇敢、正直和忠诚精神，随时准备充当捍卫国王及王国的战士。他们是王国的荣耀和保障，是盛名远扬的祖先的好后代。他们的祖先因其美德而享荣耀，子孙后代因此而兴旺不衰。除此之外，上议院还有一部分神职人员，享有主教头衔，他们的主要职责是管理宗教事务，负责带领教士向人民传教。这些人是由国王及其最英明的谋士，在全国范围内，从生活最圣洁、学识最渊博的教士中选拔出来的，他们确实是教士和人民的精神领袖。

议会的另一部分是称作下议院的一个集体，成员都是些重要的绅士。由人民自由选举产生。这些人才能出众、热爱国家，代表了整个国家的智慧。上下两院组成欧洲最严正的议会，整个立法机关就由他们和国王一起掌管。

我接着说到法庭。法官们都是些德高望重、精通法律的人，他们主持审判，对人民的权利和财产纠纷做出判决，同时惩罚罪恶，保护无辜。我还提到我们节俭的财务制度，提到了我们海陆军队的勇猛和成就。我先估计每个教区或政党约有几百万人，然后计算出全国的总人口。我也没有忽略我们的体育和娱乐，以及任何一件我认为能够增加我们祖国荣耀的琐碎的事。最后我对英国近百年来的主要事件做了一番简短的历史叙述。

我被召见了五次才谈完了这些事，每次几小时。国王从头至尾听得非常认真，不时就我说的做做笔记，要问我的问题也做成备忘录。

这几次长篇谈话之后，国王第六次召见我。他一边对照笔记，一边逐项提出他的疑点、质问和不同意见。他问，我们用什么方法培养年轻贵族的身心？他们在早期最应该接受教育的时期做些什么？如果哪家贵族绝了嗣，采取什么办法补充议会里的空缺？那些就要被封为新贵的人应当具备哪些条件？会不会由于国王一时心血来潮，或者给哪位朝廷贵妇或首相一笔贿赂，或者违反公众利益，阴谋加强一党的势力，就能使这些人一跃成为贵族？这些新贵对本国的法律知识了解了多少？怎样获得这些知识？如果没有其他办法必须上法庭时，他们是如何处理同胞的财产纠纷的？他们是否从不贪婪、偏私、受贿，不会搞阴谋诡计？我说的那些神职人员是否总是因为对宗教事务具有渊博的知识，生活非常圣洁，才得以提升到那样的高位？难道他们做普通牧师时从未趋炎附势？从未奴颜婢膝在某些贵族门下充当卑贱无行的牧师？选进议会后他们难道就不对贵族的意志百依百顺吗？

他还希望知道，选举那些我称为下议院议员的人，是否需要什么伎俩？一个外来户，腰包里有的是钱，是否就可以做些活动让村里选民投他的票，而不选自己的地主或邻近最值得考虑的绅士？人们为什么那样强烈地要往议会里挤呢？我承认这事又麻烦又很费钱，没有薪金和年俸的人会因此弄得倾家荡产。这表面看起来像是大家品德极高，有为公众服务的精神，但国王却怀疑那是不是总是出于至诚。他还想知道这些热心的绅士会不会想到牺牲公众利益来迎合一位软弱、邪恶的君主或腐败内阁的意志，从而使自己破费的金钱和经历的麻烦得到补偿。他还提出了很多问题，并且就各个部分对我逐一提问，大量的疑点和异议我不好也不便在此复述了。

关于我谈到我们法庭的情况，国王希望知道几点。这一方面我能很好胜任，因为我从前打过一场历时很久的官司，花了很多钱才得到判决，差点儿弄得倾家荡产。他问我：裁决一个案子一般需要多长时间？要花多少钱？如果判决明显不公正，或故意为难人，或欺压一方，那么辩护人或原告有没有申请抗辩的自由？教派或政党是否被发现过对执法公正有影响？那些替人辩护的律师是否受过衡平法[1]常识的教育？他们是否只了解一省、一国，或者其他地方性习俗？律师或者法官们认为自己有任意解释法律的自由，那他们是否也参与起草法律？他们是否有时会为一桩案件辩护，一会儿又反驳这桩案件，他们会不会援引判例以证明出尔反尔的意见依然有理？律师这帮人是富人还是穷人？他们为人辩护，发表意见，是否得到金钱方面的报酬？特别是他们能否被选为下院议员？

他接着对我国的财政制度进行攻击。他说，他觉得我的记忆力不行了，因为我算出我们的税收每年在五百万到六百万英镑，可是我提到的各项支出，他发现比这多出一倍还多。这一点他记录得特别详细。因为他本来是希望了解一下我们的做法或许对他是有用的，计算时不会被人欺瞒。但是，如果我说的是真的，他就不明白了，一个国家怎么会像私人那样超支呢？他问，谁是我们的债权人？我们到哪儿弄钱还债？听我说到耗资巨大的大规模

1 英国的一种法律，通常适用于民事案件。

战争时，他非常吃惊，说我们一定是个好争吵的民族，要不四邻就都是坏人，而我们的将军一定比国王还来得阔气。他问，我们除了进行贸易、订条约，或者出动舰队保卫海岸线，在岛国之外还有什么事情？最令他不解的是，他听我说起一个正处于和平时期的自由民族还要到国外去招募一支常备军。他说，既然统治我们的是我们自己认可的代表，他不明白我们还要怕谁，要和谁去战斗。对此，他愿意听听我的意见：一个家由自己或子女家人来保护，难道不强过花少许薪饷到街上胡乱找几个流氓来保护？这些流氓把全家人杀了，不就可以多赚一百倍的钱吗？

我通过计算几个教派和政党的人数来推算全国的总人口。他笑话我这种计算方法，称这种方法为“离奇的算术”。他不明白这种政治为什么要强迫那些对公众怀有恶意的人，要么改变自己的主张，要么使他们的观点公之于众，而不让他们把自己的主张隐匿起来。任何一个政府，要是它强迫人改变自己的意见，那就是专制；而任人公开自己对大众有害的意见就意味着软弱；因为尽可以让人在衣橱里私藏毒药，却不能让他拿毒药当兴奋剂去四处兜售。

他说，在我们的贵族绅士的各种娱乐中我说到了赌博。他想知道，他们大致从什么年龄开始玩这种游戏？玩到什么时候才收手？玩这要花掉他们多少时间？会不会玩到倾家荡产？邪恶堕落的人会不会因为玩的手段高明而变成巨富，以致我们的贵族老爷有时也得仰人鼻息，终日与下流人为伍，完全不思上进？赌输之后，贵族老爷们会不会也去学那些卑劣手段并用之于他人？

他对于我诉说的近百年来我国的大事记感到十分惊讶，不以为然地说，那不过是一大堆阴谋、叛乱、暗杀、大屠杀、革命和流放，是贪婪、党派纷争、虚伪、背信弃义、残暴、愤怒、仇恨、嫉妒、淫欲、阴险和野心所能产生的最恶的恶果。

国王又一次召见我时，不厌其烦地对我所说的一切扼要地总结了一下。他把他提出的问题和我的回答进行了一番比较，接着把我拿在手上，轻轻抚摩着我，发表了这样一席话，这番话连同他说话时的神态我永远忘不了："我的小朋友格里尔德瑞格，你对你的祖国发表了一篇最为堂皇的颂词。你已经十分清楚地证明：无知、懒惰和腐化有时也许正是一个立法者必备的唯一条件；那些有兴趣和有能力曲解、混淆和逃避法律的人，才能最好地解释、说明和应用法律。我想你们有几条规章制度原本还说得过去，可是那一半已经废除了，剩下的也全被腐败政治所玷污和抹杀了。从你所说的一切来看，在你们那里获取什么职位似乎都不需要什么道德，更不要说人要有美德才能封爵了。教士升迁不是因为其虔诚或博学，军人晋级不是因为其品行或勇武，法官高升不是因为其廉洁公正，当上议会议员不是因为其爱国，参政大臣也不是因为其智慧而分别得到升迁。至于你，"国王接着说，"一生中大多数时间在旅行，我非常希望你迄今为止还没有沾染你们国家的许多罪恶。但是，从你所叙述的和我费了好大劲儿才从你嘴里挤出的回答来看，我不得不得出这样的结论：你的同胞，大部分人是大自然从古至今容忍在地面上爬行的小小害虫中最有害的一种。"

第七章

因为我热爱祖国，所以就不能把我的故事的这一部分隐去不说。当时我就是表示愤慨也是枉然，换来的总是一阵嘲笑。我只好耐着性子，听凭别人对自己高贵而可爱的祖国进行莫大的侮辱。我真的感到非常痛苦，无论哪位读者处在我这样的情形一定也会非常痛苦。但是这位国王偏偏又特别好奇，对于每件琐碎的事情都要问个明白。要是我不尽量答复得使他满意，我就是知恩不报，就是失礼。不过我还可以为自己辩白的是，我巧妙地避开了他的许多问题，对于每一个问题的回答，严格地讲都比事实不知要好多少倍。我总是对自己祖国有所偏袒，这是一种值得称颂的美德。哈立卡那修斯[1]的狄奥尼修斯（古希腊历史学家和修辞学家）就劝说历史学家多说祖国的好话，这一点是很有道理的。我决心掩饰祖国在政治方面的缺陷和丑陋，竭力宣扬她的美德和长处。在和这位国王的多次谈话中，我曾尽最大努力这样做，但是不幸没有成功。

1 小亚细亚的一个城市。

但是我们还应该多多原谅这位国王，他和世界上的其他地方完全隔绝，对其他国家的最常见的风俗人情全然不知。由于这种无知才产生了许多的偏见和狭隘的思想。如果把住在这样遥远地方的一位君主的善恶观念，当成全人类的标准，那一定是令人难以接受的。

为了证实我说的话，进一步说明狭隘的教育会产生什么样的悲惨结果，我在这里插进来一段令人简直难以相信的叙述。为了讨好国王以获得更大的宠幸，我告诉他：三四百年前，有人发明了一种调配的粉末。一点儿火星落到一堆粉末上，哪怕这堆粉末高得像座山，也会立刻燃烧起来，烈焰腾空，声音和震动比打雷还厉害。根据管子的大小，把一定量的这种粉末塞进铜管或者铁管里，就可以射出一枚铁弹或者铅弹，那股力量又快又猛，什么也阻挡不住。用这种方法将最大的弹丸打出去，不仅可以立刻消灭一支军队，而且可以将最厚的墙夷为平地，可以将载有一千名士兵的船只击沉。如果把所有的船用链子穿在一起，弹丸能穿过桅杆和船索，将几千人拦腰炸断，把一切消灭干净。我们常常将粉末装进空心的大铁球里，用一种机器把大铁球向我们正在围攻的城市发射出去，准会把道路炸断，把房屋炸得粉碎，碎片四处纷飞，所有走近的人都会被炸得脑浆迸裂。我知道这种粉末的成分，那是一种很便宜、很普通的东西，我也知道配制的方法，并且可以指导工人制造出和陛下王国的事物大小相称的炮管，最长不超过两百英尺。只要二十到三十根这样的炮管，装进适量的粉末和铁球，就可以在几个小时内摧毁领土内最坚固的城墙。如果首都的人民胆敢违抗陛下的旨意，甚至可以将整个首都炸毁。我谨将这一策略献给国王陛下，略表寸心，来报答我多次受到的恩典和庇护。

国王听到我谈论这种可怕的机器和我提出的建议，却大为震惊。他很诧异像我这么一个卑微无能的小虫（借用他的说法）竟有如此不人道的念头，并且说得这么随随便便，似乎将这种毁灭性的机器所造成的流血和破坏的结果看得很平常，丝毫无动于衷。他说，最先发明这种机器的人一定是魔鬼之流、人类的公敌。至于说到他自己，他坚决地说，虽然没有什么比艺术或自然界的新发现更令他愉快了，但他宁愿抛却半壁江山，也不想参与这样一件秘密。他命令我，要想保全性命，就永远不要再提此事了。

死板的教条和短浅的目光就产生这样奇怪的结果！这位君主具有种种令人尊敬、爱戴和敬仰的品质，具有卓越的才能、无穷的智慧、高深的学问、治理国家的雄才，也受到人民的拥戴；只因为有一种毫无必要的顾忌，竟将已经到手的机会轻易失去了，这真是我们欧洲人想不到的。如果抓住这个机会，他就会成为自己属下人民生命、自由和财富的绝对主宰。我这么说丝毫不想降低这位卓越君王的种种美德。我很清楚，在这一点上，英国的读者可能会因此小看这位君王的品德。我认为他们有这种缺陷是因为无知，他们至今还没能像欧洲一些比较精明的才子将政治发展成一门科学。我记得很清楚，有一天我和国王谈话时偶然提到，关于政府这门学问，我们已经写过几千本书。完全出乎我的意料，这竟使他轻视我们的智慧。他说一切矫揉造作、阴谋诡计都叫他厌恶和鄙夷，不管这是出于一位君王，或是一位大臣。他既没有敌人，也没有敌国，所以他不明白我说的国家机密是什么。在他看来，治理国家的知识范围很小，不外乎常识和理智、正义和仁慈、从速判决民事和刑事案件，以及其他一些不值一提的简单事项。他还提出这样的建议：谁能使原本生产一串谷穗、一片草叶的土地长出两串谷穗、两片草叶来，谁就比所有政客更有功于人类、对国家的贡献就更大。

这个国家的学术十分贫乏，只有伦理、历史、诗歌和数学等几个门类。应该承认，他们在这几方面的成就是很卓著的。他们的数学仅仅用在有益于生活的事情上，用在改良农业和一切机械技术上，所以在我们看来是不足称道的。至于什么观念、本质、抽象、先验，我却无法将哪怕一点点概念灌输进他们的大脑。

他们的字母表上一共就只有二十二个字母，他们的法律条文也没有一条的字数超过这个数目。实际上，仅有很少几条法律有这么长。他们的法律都是用最简洁明白的文字写成，这个国家的人民也没那么聪明，能在条文里找出一种以上的解释；同时对任何法律条文妄加解释都要处以极刑。至于民事诉讼或刑事审判的程序，他们的判例很少，所以两方面都没有什么值得夸耀的特别技巧。

他们记不清从何时起就和中国人一样有了印刷术。可他们的图书馆并不大，大家都认为国王那一个最大了，才不过一千多卷藏书，陈列在一个一千二百英尺长的长廊里。我可以从那里自由借阅我喜爱的图书。王后的细木匠在格兰黛克利齐房间里设计制造了一个二十五英尺高的木机械，像一个立着的梯子，每层踏板五十英尺长。这实际上就是个可以挪动的梯子，梯子底端离开墙壁十英尺。我将要看的书斜着靠在墙壁上，先爬到梯子的最顶端，脸对着书，从一页书的顶端看起，按照书上一行的长度，从右到左移动八到十步，直到我的视线不能再低了，我就下来一层一直到最底下一层。之后我再爬上梯子，用同样的方法开始阅读另一页。遇到翻页的时候，我必须用双手才行，因为书页像纸板一样又厚又硬。最大的对开本书籍的书页长短也没有超过十八到二十英尺的。

他们的文章风格清丽、雄健、流畅，但是并不华丽，因为他们最忌堆砌不必要的辞藻，最忌使用各种不同的说法。我仔细研读过不少他们的书，尤其是关于历史和道德方面的书籍。其他方面的书，我最喜欢老是摆在格兰黛克利齐卧室里的一本小小的旧书了，那是格兰黛克利齐的女教师的，这位老成持重的太太喜欢阅读关于道德和宗教的著作。这本书论及了人类的弱点，除了妇女和俗人中外，并不怎么受人推崇。不过我却很想知道这个作家关于这样的题目能有什么样的论述。作者讨论的是欧洲道德学家常常议论的各种主题，指出人本身是个多么渺小、卑鄙、无能的动物，既不能抵御恶劣的天气，又不能抵挡凶猛的野兽；其他动物，论气力、论速度、论视力、论勤劳，各有所长，都远远胜过人类。他又说，近代世界一切都在衰败，连大自然都退化了。跟古时候的人类比起来，现在的大自然降生的只能是些矮小的早产儿。他说："不仅原始的人种比现在大得多，而且从前确有巨人存在，他认为这种说法是合理的；因为不但历史和传说都有记载，在全国各地发掘出来的巨大骨骼和骷髅，都足以证明原始人类超过现在瘦小的人类。"他认为，自然规律绝对要求我们刚开始时长得更为高大更为强壮，那么房上掉下一片瓦，小孩扔过来一块石头，或失足跌进一条小溪这样的意外就不至于使我们送命。根据这种推论，作者提出了几条对人生处世有用的道德法则，在这里就不必加以转述了。至于我自己，不由得在心里想，这种因与自然发生争吵而吸取道德方面的教训的才能，天底下倒是都一样。但事实上，人们也只是发发牢骚，口出怨言罢了。经过严密的调查，我认为他们和自然的争吵，也和我们一样，都是毫无根据的。

至于他们的军事，他们夸耀说国王的陆军有步兵十七万六千人，骑兵有三万两千人马。我们称它陆军也很勉强，实际上这支军队是由各个城市的手艺人和乡下农夫组成的，指挥官由贵族和乡绅担任。他们不领薪饷，也不受赏赐。他们的操练无可挑剔，纪律也很好，不过我却看不出有什么了不起的优点。既然每个农夫都由自己的地主指挥，每一个市民都由本城的领袖统率，这些领袖又都是像威尼斯城的规矩那样通过投票选出来的，他们怎么会违反纪律呢？

我经常看到劳布拉格鲁德的民兵整队到城郊一片面积二十平方英里的广场上去操练。总人数不会超过两万五千名步兵和六千名骑兵。但是我无法计算出确切数目，因为他们占的地盘太大了。骑士骑在大战马上约有九十英尺高。我见过一整队这样的骑兵，一声令下，同时抽出剑来，在空中挥舞。我简直想象不出用什么来描绘这样壮丽辉煌、惊心动魄的场面！看起来就像万道闪电同时在天空中向四面八方耀射。

我倒觉得奇怪，既然任何外国和这个国家都无路可通，这位君王为何想到军队，或者为何教导人民进行军事训练呢？但是不久之后我就通过谈话和阅读历史知道了其中的道理。原来几十个世纪以来，他们也犯了全人类的通病：贵族争夺权势，人民争取自由，君主则要绝对的专制。无论王国的法律把这三个方面协调得多么好，总会有一方出来破坏法律，由此酿成的内战不止一次。最近的一次内战由当今国王的祖父平定了。于是三方达成共识：此后设置民兵团，严格执行它的职责。

第八章

我总是无法抑制自己有一天能恢复自由的强烈渴望。虽然我还想不出办法，也提不出任何能够实现这个愿望的计划。我搭乘的那艘船据说是第一艘漂流到这一带海岸附近的船。国王也严令规定，任何时候再发现一艘这样的船，一定要将它俘虏上岸，所有水手和乘客都要装进囚车运往劳布拉格鲁德。他一心要给我找一个和我身材相称的女人，来为我传宗接代。可是我宁死也不想遭受这样的耻辱，留下像金丝雀一样温驯的后代，让人养在笼子里；也许必要时，还将被当成稀罕玩意儿售卖给国内的天潢贵胄。我的确受到优待，是伟大国王和王后的宠臣，承蒙整个朝廷上下喜爱，但是我落得如此地步，却有损人类的尊严，我从未忘记，曾向在家乡守候我的妻儿许下诺言。我愿自己可以平等地与人们交谈，在街道和田野里行走，我不会像轻易被人踩死的青蛙或小狗一样被恐惧擒获。然而，从大人国脱险的经历，却出乎我的预料提前到来，获救的过程也不同寻常。我将如实、完整地叙述此事件发生的过程。

我在这个国家已经居留了两年。大概在第三个年头开年时，格兰黛克利齐和我陪同国王与王后到王国的南部海岸巡行。与往常一样，居住在旅行小箱里，由他们带领着行动。此前我曾详述过这箱子的情形，一只长宽均约十二英尺、设计便利、舒适的房子。应我要求，人们为我置办一张吊床，用丝绳系在箱顶四角。当骑马的仆人满足我的愿望，把我放在他面前的马背上带着我行路时，躺在吊床上可以减缓颠簸之苦。而且，途中我经常在吊床上被摇晃着睡着了。在箱顶上，正对着吊床的位置，我请求细木匠开一个一英尺见方的天窗，好让我在热天睡觉时，让箱内空气流通起来。天窗上安装了一块木板，顺着一道滑槽，我可以来回拉动木板，这样操作，就能随时关上天窗。

我们的行程结束时，国王觉得最好还是到弗兰夫拉斯尼克附近的行宫去住几天。弗兰夫拉斯尼克城距离海岸不到十八英里。格兰黛克利齐和我都很疲倦，我有点儿着凉，而可怜的小姑娘则病得无法出门了。我很想前去眺望大海，倘若万一有一天，有机会逃离，那将是唯一可能发生奇迹的地方。我假装病得相当严重，希望得到那位仆人帮助，带我去海边呼吸新鲜空气。我很喜欢这个仆人，有时人们信任他，也把我托付他照看。我永远忘不了格兰黛克利齐是怎样才勉强答应的，也永远忘不了她一再嘱咐仆人要小心照看我，当时她泪如泉涌，仿佛依稀预见到，有什么事儿即将发生。仆人提着我的旅行箱子，行走大约半小时，来到岩石矗立的海岸边。我请他将我放下来。我把一扇窗户向上推，向大海投去徒然神往又黯然的目光。我心中有些难过，就对仆人说：我想在吊床上小睡一会儿，希望会好过一点儿。我爬上吊床，仆人怕我受凉，把窗户关紧。我很快睡着了。后来发生了什么，我只能猜测，可能我熟睡时，仆人以为不会发生什么危险，就去岩石中寻找鸟蛋了。事先，透过窗户，我也曾见他四处寻找，且从岩缝里捡出一两个鸟蛋。就当作事情便是这样发生的吧，重点是，我被有东西猛力拉扯箱上铁环的动静骤然惊醒。那铁环原是为了方便携带安装上去的。我感觉箱子被凌空高举，接着疾飞前冲。最初的剧烈震动差点儿把我从吊床上掀翻在地，随后旅行箱滑翔得非常平稳。我尽量提高嗓门大喊几声，但毫无用处。我朝窗外看去，除了天空和云朵，什么也看不见。我听到从头顶传来翅膀扇动的声响，这才意识到自己的悲惨下场。原来是一只鹰叼起箱子上的铁环，打算像对付缩在壳里的乌龟一样，把箱子摔在岩石上，再啄出我的尸体，吞吃了我。鹰这种机智灵活的鸟类，嗅觉异常灵敏，距离很远也能锁定猎物，即使那些猎物躲在比我这两英寸厚的木板更安全的隐蔽处也枉费心机。

过了一会儿，我感觉到鹰拍打翅膀的频率加快，箱子摇摇欲坠，像狂风中的路标牌子一样。我听到撞击声，猜测鹰受到了袭击（我现在完全肯定用嘴衔着箱子上的铁环的一定是只鹰）。接着，我突然感觉自己径直往下掉，这样过了一分多钟，坠落速度之快令人难以置信，我几乎来不及喘气。随着“啪”的一声巨响，终止了降落，那声音听起来比尼亚加拉大瀑布[1]还要响亮。随继又一分钟，我的眼前一片漆黑，然后箱子开始上升，升至我从箱顶的窗户可见光亮的高度。这时我才发现自己是掉进了海里。箱子浮在水面上，由于我的体重、箱子里的物品，加上为了使箱子牢固而钉在箱盖四角和箱底的厚铁板的重量，致使箱底浸没水中大约五英尺。我那时这样猜想，现在也这样以为，大概另

1 在美国靠近加拿大的边境上，是世界上最大的瀑布。

外两三只鹰也想瓜分一块甜点心，就来追赶衔着箱子的鹰，衔着箱子的鹰为了自卫，不得不丢弃我，同它们搏斗。箱底铁板十分坚实牢固，所以箱子跌落中得以保持平衡，撞击水面上也没有粉身碎骨。箱子的接缝处咬合得很严实，门也不是用铁制合页钉上去的，而是像窗户那样能够上下推拉的，所以小箱子被关闭得严严实实，一点儿水都没有渗漏进来。因为空气稀薄，我快要闷死了，于是吃力地从吊床上爬起来，先冒险拉开了箱顶上那块用来透气的活动木板。

这时候我不住地想念格兰黛克利齐，多希望和她在一起啊，我离开她才不过一个钟头！说句心里话，我自己虽然正遭遇不幸，但更为我可怜的小保姆忧心。她失去了我一定会非常痛苦，如果王后发怒，她这一生的前途就全毁了。也许，许多旅行家未曾体会过，我此时遭遇的巨大困难和痛苦。在这危险时刻，我担心我的箱子随时会被撞碎，狂风与巨浪袭来，最好的结果，是将它掀翻。只要窗玻璃上出现一道裂口，马上就会要了我的命。幸亏窗户外边缠绕着铁丝网，那本来是用来防备旅行中发生意外用的。没有它，窗玻璃早就保不住了。我发现水从箱子几处缝隙渗进来，虽然水量不多，我还是得尽可能设法将缝隙堵住。我无法推开箱盖，否则我一定会打开它，坐到箱顶上，至少那样可以让我痛快地活几个小时，总比关在目前可称为船舱的箱子里要强。就算我在一两天里躲过了种种危险，到头来除了饥寒交迫悲惨地死去，我还能指望别的什么呢？我已经在这种处境下煎熬了四个钟头，无时无刻不被死到临头的惊吓折磨，倒真不如死掉算了。

我已经告诉过读者，箱子没有开窗的一面安着两个结实的铁环，经常骑马带我出去的仆人就从铁环里穿进一条皮带，把箱子绑在他腰间。我正在发愁，忽然听到，至少我以为听到了，箱子安着铁环的一侧轧轧作响。稍后，我猜想有什么东西拖着箱子在海水里移动，因为我能感到拖曳的力作用在箱子上，激起的浪花几乎淹没了窗顶，差不多又使我陷入黑暗。虽然我不明白到底怎么回事，但因此我心中升起一线获救的希望。我冒险拧开了把椅子钉在地板上的螺丝，将椅子挪至天窗的下面，再用螺丝把椅子固定好。我爬上椅子，嘴巴尽量凑近窗口，用我懂得的各种语言高声呼救。我又把手帕绑在随身携带的手杖上，伸出窗外，在空中摇动了好几下。要是附近有什么船只，水手们就会猜到箱子里面关着个倒霉鬼。

虽然我所做的一切都没有起到什么效果，可我分明觉察得出箱子正在向前移动。一个小时过去了，或者更久一些，箱子安装铁环、没有开窗的一面撞在什么硬东西上。我担心是礁石，箱子颠簸得更厉害了。我清楚地听到箱子盖上有响动，像是缆绳穿过铁环的嘎吱声。接着我感觉到自己一点点上升，至少比原来升高了三英尺。我又把绑着手帕的手杖伸出去，大声呼救，喊得嗓子都嘶哑了。终于有人回应了，我听到外面有人大叫了三声，顿时使我欣喜若狂。没有亲身体验过，实在无法体会这种难以名状的快慰。这时头顶传来脚步声，有人竟用英语对着窗口喊：“下面有人吗？快说话呀！”我回答说我也是英国人，命运不济，遭遇了人类从未遭遇的大灾难。我说尽了好话，央求他们快把我从这个黑暗牢笼里解救出去。上面的声音回答说，我现在安全了，因为我的箱子已经拴到他们的船上；木匠马上就来，在盖子上锯一个洞就可以把我拉出来。我回答说，这是不必要的，太浪费时间。只要一个水手用指头钩住铁环，把箱子从海里提上船，拖进船长室就行了。水手听我这样胡说，以为我疯了；还有人大笑起来。我完全没有想起，在我周围的人都和我一样身材，体力相仿。木匠来了，几分钟就在箱子上锯了个四英尺见方的缺口，接着放下一架小梯子，我顺着向上爬，就这样在船员的帮助下，登上了船。此时，我的身体衰弱极了。

水手们一个个都非常惊奇，问了我无数问题，我却无心回答。一下见到这么多矮小的人，我的吃惊程度并不亚于他们。长久以来，我的眼睛已经看惯了巨人们，这才刚离开他们，所以就把我的同类当成小矮人了。船长托马斯·威尔柯克斯是个诚实可敬的施罗普郡人，见我快要晕倒了，就把我带进他的船舱，给我吃了一种强心药，让我安定下来，又让我睡在他的床上，劝我休息片刻，而这正是我最需要的。睡前我告诉他，我的箱子里有几件贵重家具，丢了未免可惜。一张漂亮的吊床，一张精致的行军床，两把椅子，一张桌子，还有一个柜橱。箱子的四壁都挂着——也可以说垫着绸缎和棉花。如果水手去把我的箱子运进舱里，我可以当着他的面把它打开，把我的家当展示给他看。船长听到我说的话稀奇古怪，以为我肯定是疯了。不过（我想他当时是为了稳定我的情绪），还是答应按照我的要求，吩咐手下去办这件事。他来到甲板上，派了几个人到我的小箱子里，把我的东西都搬了上来，并且把墙上的衬垫也扯了下来（这些是我后来知道的）。但是椅子、柜橱和床都是用螺丝固定在地板上的，水手们不懂，硬扯了起来，全都损坏了。他们又敲下几块木板，搬运到船上备用。将可用的东西全拿光后，他们就把空箱子扔进了海里。因为箱底和四壁全是裂缝，箱子马上就沉到了海底。说真的，我很高兴没有亲眼看见他们的破坏行动，否则那将会引起我的百般感慨，一件件往事都将涌上心头，而我宁愿将它们忘得一干二净。

我睡了几个钟头，但是总睡不安宁，不断梦见我离开的那个地方和刚刚躲开的种种危险。不过一觉醒来，我觉得精力大为恢复。这时大概是晚上八点。船长认为我应该好长时间没吃东西了，立即吩咐给我开饭。他和蔼地招待我，觉得我态度并不粗野，说话也并非前言不搭后语。当房间里只剩下我们两人的时候，他要我把旅行的情况告诉他，说说我是怎么乘坐那只大得惊人的木箱子在海上漂流的。他说，中午十二点左右，他正拿着望远镜瞭望，忽然发现了远处那只大箱子，还以为是一艘帆船，心想船上存的饼干已经快吃完了，这艘帆船离开他的航线不远，可以赶上前去，希望购买一些食物。靠近了才发现他看错了，就派人坐了长舢板船去探个究竟。水手们回来都非常害怕，发誓说他们看到了一座漂流的房屋。他大笑起来，以为他们说胡话，就亲自坐了小船去察看，同时吩咐水手随身带上一根结实的缆绳。当时风平浪静，他绕着箱子划船兜了几圈，观察到箱子上的窗户和防护用的铁丝网格，又发现箱体一面全用木板封闭，没有透光的地方，上面却钉着两个铁环，于是吩咐水手划到那一面，用缆绳拴住一个铁环，叫他们把我的“木柜子”（他这么称呼我的箱子）往大船方向拖。拖到船边后，他命令再拴一根缆绳到箱顶的铁环上，利用滑车把“木柜子”吊起来。可是水手们一齐动手也只将我的箱子提升了两三英尺。他说，他们看见我把手杖和手帕从洞里伸出来，就断定一定有什么不幸的人被关在里面了。我问起最初发现我的时候，他和船员们可曾看见天上有什么大鸟飞过。他回答说，我睡觉的时候，他和水手们谈过此事，一个水手说他看见三只鹰朝北飞了，然而没有报告有关它们体形比普通鹰巨大的情况。我想那一定是因为它们飞得太高的缘故。他当时猜不透我为什么会提出这样的问题。我接着问，船长估计我们距离陆地有多远。他说尽可能精确的计算数据说明，至少有三百里格。我告诉他，他几乎多算了将近一半的路程，因为自我坠落大海的时刻算起，离开原先居住的那个国家还不到两个小时。听我这么一说，他又开始认为我脑子出毛病了，他暗示我可能神经错乱，建议我在到船舱里为我安排的休息处睡觉。我告诉他，由于他对我的友好相待以及所颇费时间与精力的陪伴，我早已恢复过来了，此刻就像生平最神志清醒之时那样状态良好。这时，他的态度变得严肃起来，表示希望我坦诚地回答：是不是因为犯了什么大罪，受到哪国君主的处分，他们把我丢到那个柜子里面，就像有的国家对待重罪犯一样，受罚被关进一条渗漏的、没有食物储备的破船里，流放到海上漂泊。他虽然懊悔搭救了一个罪人，不过还是会说到做到，将我安全送达将要抵达的第一个港口，安排我上岸。他补充说，起初我对水手们胡说八道，后来又对他讲什么关于壁橱、箱柜之类的胡话，再加上晚餐时我神情、举止古怪，他觉得我越来越可疑了。

我请求他耐心听我讲自己的故事。我把我最近一次离开英国，直到他发现我那一刻为止的经历老老实实地详细叙述了一遍。事实总是能说服理性的头脑。这位诚实可敬的先生有几分学问，头脑清醒。我的坦率与真诚立刻赢得了他的信任。为了进一步证明我所说属实，我恳请他吩咐人把我的柜橱拿进来，柜橱的钥匙还在我的口袋里（他已经告知我水手们是怎么处理我的箱子的情况）。我当着他的面打开柜橱，把我在大人国收集的珍奇玩意儿拿给他看。我居然能从大人国被解救回国，说起来这真算得上传奇的经历。我的收藏品中，有我用国王的胡子茬做的一把梳子；还有一把也是同样材料，只不过梳子背是王后剪下大拇指甲做成的；还有一些缝衣针和别针，长度一英尺到半码不等；四根黄蜂刺，像木匠用的大头针一样粗细；几根王后梳头时散落的头发；一枚金戒指，这是有一天王后格外恩赐给我的礼物，她从小指上取下，向我抛来，套在我头上，像项圈一样。为了报答船长对我的款待，我请他收下这枚戒指，可他坚决拒绝了。我又拿出亲手从一位侍从女官脚上剔除的鸡眼给他看，鸡眼有肯特郡[1]出产的苹果那么大，非常坚硬。回到英国后，我把它挖空做成了一只杯子，并且用白银镶了起来。最后我请他看了我当时穿在身上的紧身裤，那是用一只老鼠的皮做成的。

无论我送他什么他都不肯接受，只有一颗仆人的牙齿，我见他十分好奇地端详，觉得他非常喜欢，就请求他收下。他千恩万谢地接受了，这么一件不起眼的礼物其实是不值得如此感谢的。那牙齿是一位医术平庸的牙医从格兰黛克利齐一位害牙疼病的仆人嘴里拔下来的，实际上，这颗牙齿与仆人嘴里其他牙齿一样，全都没有健康问题。我把这颗牙清洗干净，收进柜橱。仆人的牙齿大约有一英尺长，直径四英寸。

船长与我进行一番坦诚交谈后十分满意，他说希望我回到英国后，能够将我的经历书写成书，公开发表。我回答说，我认为游记类书籍已经出版太多了，非寻幽探奇类的文章没有人看，而我怀疑一些作家追求名利，或是迎合无知读者的趣味，写作时根

1 英国东南部的一个郡。

本不考虑什么真实性。我的游记里除了记述公共事件，没有别的什么新奇刺激的内容。我不会像大多数游记作者那样，笔下尽是关于花、木、鸟、兽，或者未开化民族的野蛮风俗、偶像崇拜等堆砌辞藻、华而不实的描写。尽管如此，我还是非常感激他的好意，并答应考虑写书的事。

他说，有件事他觉得奇怪，那就是我说话的声音为什么那么响。他问我是不是那个国家的国王和王后耳朵有点儿聋。我告诉他说，两年多来我一直习惯了这样大声说话，刚才还觉得奇怪，船长和水手们说话声音就像耳语，可我又听得很清楚。在那个国家里，我说话就像一个人站在大街上对着从教堂尖塔的窗子向外观望的另一个人讲话一样。除非他们把我放到桌子上，或者托在什么人的手里，声音才不必那么响。我告诉他，我还关注到了另外一件事，就是我刚上船时，水手们围着我站着，我还以为他们是我平生见过身材最不起眼的小人呢。的确，在大人国君王的土地上，双眼已经看惯了庞大的物体，照镜子成了最令人痛苦的活动，因为相比之下实在自惭形秽。船长邀请我们一块儿吃饭的时候，他发觉我看什么东西都带着惊奇的目光，好像总忍不住要笑。他当时觉着莫名其妙，只好将这解释为我有点儿精神失常。我回答说他说得很对。我当时觉得奇怪，菜盘只有三便士银币大小，一条猪腿不够一口吃的，酒杯还没有胡桃壳大，这叫我怎么受得了。我接着又用同样的语气把船长其余居家用品和食品形容了一番。尽管侍奉王后时，她吩咐人给我预备了一整套小型日用品，可我始终只留意关注周围的大型物件，我对自己的渺小故意视而不见，就像人们从来不挑剔自己的缺陷。船长完全领会我这善意的玩笑话，愉快地引用了一句古老的英国谚语来回敬我，说他怀疑我眼大肚子小，因为他看得出我虽然饿了一天，胃口却不见得好。他又开玩笑说，假如能够观看到鹰叼起我的箱子，再从高空把它扔进大海的情景，他甘愿破费一百英镑，那绝对是惊心动魄的奇观，值得记录下来，流传后世：这显然可以跟法厄同[1]的故事媲美。他认为自己这个比喻使用得生动、恰当，颇为自得，不过，我却不大欣赏这穿凿附会的比喻。

船长这次去的是越南的东京[2]，目前正在返回英国的途中。船正朝东北方向行驶，前往北纬四十四度、东经一百四十三度的地方。我上船两天后就遇到了信风。我们就向南行驶了很长时间，又沿着新荷兰[3]海岸航行，方向一直是西—南—西，过了好望角才转向南—南—西。航行一路顺利，日子也就平淡无奇，所以没有必要将这时期的航海日记拿来阅读，耗费读者精力了。船长在一两个港口停过船，派人坐长舢板去采购食物和淡水。不过我在到达唐兹前一直没有下过船。我们于一七〇六年六月三日到达唐兹，至此我已经脱险大约九个月了。我提出把我那些物品留下作为乘船的费用，但是船长坚拒，表示绝不收取分文。我们依依惜别，同时我请他答应，今后一定来瑞德里夫我的家里看望我。我还向船长借了五先令[4]，雇了一匹马和一个向导引路，带我回家。

一路上，我所见到的房屋、树木、牛羊和行人都那么矮小，觉得自己仿佛是在利立普特境内似的，担心踩到每一个遇到的行人，于是总是大声叫喊，叫他们给我让路。我这样傲慢无礼、遭

1 希腊神话中太阳神赫利厄斯的儿子。他得到父亲的许可，驾驶太阳车一天，但他支持不住而从太阳车里跌落并被烧死。

2 越南首都河内的旧名。

3 今澳大利亚。

4 旧时英国货币单位，1英镑=20先令，1先令=12便士。

人愤恨，有一两次差点被打得头破血流。

我不得不向人打听我自己的家在何处。当我来到自己家门前，一个仆人开了门，我怕门框磕着我头，就猫腰进了门（像一只鹅站在门前的姿势）。我的妻子跑出来拥抱我，可是我把腰一直弯到她的膝盖以下，以为如果不这样她就够不到我的嘴。我的女儿跪下来要献上祝福，可是我这么长时间以来，已经习惯于站着仰起头看六十英尺以上的高处，所以直到她站起身，我才看见她，这时才走上前去用一只手将她拦腰抱起。我居高临下看着我的仆人和家里来的一两位客人，就好像他们是矮子，我是巨人一样。我对妻子说，她太节省了，因为我发现她把自己和女儿都饿得不成样了。总而言之，我的举动令人莫名其妙。他们都和船长初次见我时一样，认为我精神有些失常。我提到这件事，是为习惯和偏见所拥有的力量提供例证。

过了不长时间，我与家人、朋友就彼此理解，趋于正常了，可是妻子却坚决反对我再去航海了。但是我命中注定是要受苦的，她也没有力量阻止我，这一点读者以后就可以知道。我的不幸的航行的第二卷就写到这里吧。

第三卷

勒皮他[1]、巴尔尼巴比、拉格奈格、格勒大锥、日本游记

1 作者通过该岛游历描写，可能影射英格兰的高压统治时期爱尔兰农业的衰败。

第一章

我在家待了还不到十天，载重三百吨的坚固巨轮“好望号”的船长，康沃尔郡[1]人威廉·罗宾逊来到了我家。他以前是另一艘船的船长，那船四分之一权益归他所有。我曾在他那艘船上当过外科医生，跟他一起到过黎凡特[2]，他待我更像兄弟而不是属下船员。听说我回来了，他就前来拜访。我原以为那只是出于友谊，老朋友这么长时间没见面了，看望一下，并没有什么要紧事儿。可他不断来访，表示看到我身体很好，感到非常高兴，问我是否准备就这样安顿下来过日子了。此外，他还告诉我，自己打算两个月内去东印度群岛[3]一带航海。终于有一天，他挑明了来意，虽然对烦劳我做事感到歉意，却还是邀请我到他船上担任外科医生。他提出，除两名助手，我手下还会有一名医生，而我的薪水也会比一般船员的高出一倍。他知道我有丰富的航海知识，至少与他不相上下，所以愿意与我签订任何形式的约定，保证听取我的意

1 英国英格兰西南端的郡，位于德文郡以西。

2 地中海东部地区，包括希腊、埃及以东诸国及岛屿。

3 亦称香料群岛是十五世纪前后欧洲国家对东南亚盛产香料的岛屿的泛名。

见，让我觉得操持这艘船就好像我俩该共同承担责任一样。

他说了很多谦恭的话，我知道他的言辞是诚恳的，所以很难拒绝他的邀请。虽然，在之前的海上生活中我经历过种种不幸的遭遇，可我探索这世界的渴望，还一如既往地强烈。唯一需要克服的困难，就是说服我的妻子。不过，我最终还是征得了她的同意，她为儿女们的前途着想，也就答应我去了。

我们于一七〇六年八月五日起航，一七〇七年四月十一日到达圣乔治要塞[1]。因为不少水手生病了，我们就在那里停留了三周，休息整顿之后继续开往越南的东京。由于船长想买的许多货物还没有买到，并且他估计几个月内也不可能把事儿都办完，于是决定在东京继续居留一段时间。为了应付一些必要的负担，他买了一艘单桅帆船，通常东京人就是乘坐这种船去往邻近的岛上做生意的。他把几种不同的货物装上这艘船，并布置十四名水手在这艘船上工作，其中三名是当地人。他任命我做船长，并且授权：两个月内该船的运输与货物交易由我负责，而他自己则在东京处理一些自己的事务。

我们航行还不到三天，海上就起了大风暴。我们向正北偏东方向漂流了五天，过后又被吹到了东边。此后天气晴朗，但仍有西风刮来，风力相当猛烈。到了第十天，我们被两艘海盗船追赶，由于我们的单桅帆船负载重，航行速度慢，同时缺乏自卫条件，所以海盗船不久就追上了我们。

两艘海盗船上的人几乎同时上了我们的船，他们在海盗头目的带领下，气势汹汹地走过来了。可当他们看到我们全都脸朝下

1 印度东南部大城市马德拉斯旧名。

趴在甲板上（是我下的命令）时，就用结实的绳子把我们捆绑起来，只留下一人看守，其余的都搜刮船上的财物去了。

我发现这伙人中，有一个荷兰人，他虽然不是两艘海盗船中的任何一艘的头目，不过似乎还是有点势力的。从我们的衣着打扮和相貌上，他推断我们是英国人，就用荷兰话对我们叽里呱啦地咒骂了一通，发誓一定要把我们背对背地捆起来扔进海里去。[1]我的荷兰话说得还不错，于是就告诉他，我们是些什么人，又求他看在我们是基督徒和新教徒的面上，且英、荷两国是比邻的紧密联盟的份上，替我们向两位船长说说情，怜悯我们一些。我这番话却惹得他大为光火，反而再次强调，对我们会毫不手软，同时转向他的同伙，语气激昂地说了些什么。我猜他们说的是日本话，并听到他们屡次提到“基督徒”这个词。

一位日本船长指挥着两艘海盗船中较大的一艘。他会讲一点荷兰话，但说得很是词不达意。他走到我跟前，问了我几个问题，我都低声下气地回答了。之后，他表态他是不会把我们处死的。我向船长深深地鞠了一躬，接着转身对那荷兰海盗说，我真感到遗憾，竟然一个非基督徒对待一个基督徒也要比同为基督徒的弟兄仁慈。可是我马上就后悔自己所说的蠢话：这个居心不良的恶棍好几次都企图说服两位船长把我抛进海里（他们既然已答应不把我处死，自然不会让他称心如意了）；虽然没有得逞，可到底还是占了上风：他说服船长，要以一种人类问世以来最难以忍受、比死还使人难过的惩罚措施来惩处我。我的水手被平均分作两半分别送上了两艘贼船，那艘单桅帆船则另派了新的水手。至

1 虽然英国与荷兰当时结成军事联盟，然而商业上却竞争激烈。所以在作者笔下，荷兰的形象总是显得不太友善。

于我，则被判独自待在一只有帆、桨和四天给养的独木舟里，随波逐流，听天由命。那位日本船长的心肠倒是很好，他从自己的存粮中取出来配给我的食物是先前惩罚规定中建议的两倍，并且不准任何人对我进行搜身。我上了独木船，那荷兰人还站在甲板上，把他所掌握的荷兰话里能用来诅咒和辱骂的话全都泼在我脑门上。

在我们发现海盗船以前大约一个小时，我曾经测过一次方位，当时我们地处北纬46度，东经183度。我离开海盗船相当远了，我用袖珍望远镜看到，东南方向有几座岛屿。当时正是顺风，我就扬起帆，打算把船开到最近的一座岛上去。我花了大约三小时，好不容易到了那里。岛上到处是岩石，不过我倒是捡到了不少鸟蛋，并用火石点燃石南和干海藻，将鸟蛋烤熟。因为决意尽量节省储备的粮食，晚饭除了鸟蛋，我什么也没吃。我在一块岩石下面找了个避风处，在地上铺些石南草，躺在上面过了一夜，倒睡得还不错。

第二天，我时而扬帆，时而划桨，向另一座岛驶去，接着又驶向了第三、第四座岛。但我就不劳读者听我赘述当时所处的困苦情形了。总之，到了第五天，我来到了目力所及的最后一座岛屿，它位于之前我已经登陆的四座岛屿的正面偏东方向。

那座小岛远得出乎我的意料，我航行将近五小时才抵达那里。差不多环岛一周，我才找到一处便于登陆的地方。那是一个小港汊，大约有我那独木舟三倍宽，岛上处处巉岩，石缝里点缀着几簇稀疏的杂草，某种药草芬芳的气味在空气中飘散，依稀可闻。我把自己那点口粮取出来，稍微吃了点。这里岩石洞穴随处可见，于是，我把剩下的粮食仔细储藏在某个洞里。我在岩石上找到了好多鸟蛋、干海藻和枯草，打算第二天用干海藻和枯草生火，尽可能把鸟蛋烤熟（我随身带有火石、火镰、火柴和取火镜）。整夜，我躺在存放食物的洞中，预备做燃料的杂草和干海藻，这会儿就充当了我的床铺。我几乎没怎么睡，心乱如麻：在这荒无人烟的地方，我要如何才能活下去，我的命运必将异常悲惨，这些念头让我筋疲力尽，甚至没有多余的心思顾得上疲惫的身体。我感到如此沮丧，真想放弃一切，就这样死气沉沉地躺着，再也不站起来。然而，我终于还是强打精神从草铺上爬起来，爬出洞外去。这时，天早已大亮。我在林立的岩石间走着，天空如此明净，太阳如此炽热，我只得别过头，避开阳光的锋芒。就在此刻，我忽然感到日色变得朦胧，那感觉与云翳蔽日的情况完全不同。我回头朝太阳的方向望去，只见一个巨大的、光线不能穿透的物体，遮掩住了太阳，正朝着我所在的岛飞来。它看上去大约有两英里高，飞过太阳的时候，我觉得阳光被遮挡了六七分钟，但空气并没有变得凉爽一些，天色也没有变得更昏暗，当时的情形就像站在一座山的背阴处差不多。随着它越来越向我靠近，我观察到它居然呈固态。它的底部平滑，在下面海水的映衬下闪闪发光。我站在距离海岸约两百码的一处高地上，看到这庞然大物渐渐下降到与我差不多平行的位置，间隔不过半英里。我取出袖珍望远镜观测，清清楚楚地看到不少人沿着它身体侧边的倾斜表面上上下下，可是我看不明白他们在做什么。

当我看到天空中出现这样的一座岛，上面住满了人，并且这些人还可以随意操作这座岛升降或者飞行前进的时候，它给我的惊讶程度读者也许都难以想象。但求生本能，使我内心深处被一种燃起了希望的兴奋情绪打动。我觉得在某种意义上，眼前发生的奇迹也许能够解救被困荒岛的我。不过，我当时可没有心思对此现象进行一番逻辑严谨、理性客观的哲学研究，我更关心它将要朝哪个方向飞，因为它似乎悬空一处，静止不动有一会儿了。不过，没过多久，它开始移动，到达离我近一些的地方，我观察到岛上到处是一层层的走廊，每隔一段距离由一段可供上下的楼梯连接。我瞧见最下面的一层走廊上，有人手持长长的钓竿，正在钓鱼，引得一群人在一旁围观。我朝着那岛挥舞便帽（我的礼帽早就戴破了）和手帕；当它离我更近些的时候，我就拼命又喊又叫，随后留神观察岛上我视线范围以内聚集的一群人的反应。显然，他们也发现了我，正对我指指点点，又互相比画手脚。尽管并没有人回应我的呼喊，不过我看到四五个人急匆匆沿楼梯一直跑到岛的顶部，随后就不见了。与我猜的一样，这几人果然是为我的事被指派向当权者请示去了。

越来越多人聚拢起来。随后岛向我飞来，不到半小时，就爬升到最下面的一层走廊与我的位置平行的高度，相去不过一百码。这时我尽量卑微谦逊地、用哀求的腔调说话，恳请帮助，可是无人应答。几位高高在上、靠近我站立的人，从他们言行举止看来，似乎身份显贵。他们不时地打量我，又彼此热烈地交谈，最后，其中一位高声向我喊话，他说话的声音洪亮清晰，语调柔和文雅，口音听起来与意大利语相似，因此我就用意大利语作答，希望相似韵律、节奏的语言至少会让他们听着舒服点。虽然我们彼此都听不懂对方说了些什么，可他们看出我所处的困境，也就很容易地猜出我想表达的意思。

他们打手势，引导我从那岩石上走下来，向海边走过去。我照他们的指示做了。那飞岛升到适当的高度，边缘正好就在我头顶上，从最下面一层的走廊里垂下一条链子，链子末端拴着一个座位，我把自己在座位上系好，他们就用滑轮车把我拉了上去。

第二章

我一上岛，就被一群人团团包围住，其中站在最靠近我之处的人，貌似身份更高贵。他们打量着我，一脸不胜讶异之色。其实我也像他们一样感到惊奇，因为我还从未见过人类中如此反常的种族，这些人从外形、服装到面貌，都那么古怪。他们的头不是右偏，就是左歪；他们的眼睛一只向眼眶内翻，另一只却总是仰望天顶。他们的外衣上满是太阳、月亮和星星的图案，还有许多诸如提琴、长笛、竖琴、军号、六弦琴、羽管键琴及众多欧洲人见都没见过的乐器的装饰图案。我发现到处都有不少仆从打扮的人，手里拿着短棍，短棍的一端缚着一个吹得鼓气的气囊，形同一把链枷。每一个气囊里都装有少量的干豌豆或者小石子儿（这是我后来才得知的）。他们时不时地用这些气囊拍打站在跟前之人的嘴巴和耳朵。这举动令我费解，好像这些人心思都花在冥思苦想上，假如不给他们发声与听音的器官来点刺激，他们就不会自己说话，也听不到别人说话。正是因为这样，那些阔绰的人，家仆里都有一名作为拍手（原文是“克里门脑儿”）的侍从，出门访友都带着。这侍从的职责是当两三人或更多人在一起时，轮到谁说话，就用气囊先轻拍一下他的嘴，再拍一下听他说话的人的右耳朵。主人走路的时候，拍手同样得殷勤侍候，有时要在主人的眼睛上轻柔地拍打一下，原因是这位主人总是深陷沉思，显然会有坠落悬崖或者头撞柱子的危险。走在大街上，也很有可能不是冲撞旁人，就是被人冲撞，跌进水沟里去。

事先向读者说明这个情况颇为必要的，要不他就会和我一样对这些人的举动感到莫名其妙：就像他们引我沿楼梯去往岛的顶部，再从那儿走向王宫的一路上，竟几次三番忘了自己正在干什么，总是撇下我一个人，自顾自地想着什么事儿，直到后来被拍手们提醒，把他们拉回眼下的现实中来！我这异域服饰与古怪面容，引得老百姓大呼小叫，可他们对这一切似乎无动于衷；那些老百姓倒显得悠闲从容，不似他们那般心事重重。

我们终于来到王宫，走进接见大厅。我见国王[1]正坐在宝座上，高官显贵们侍立两旁。王座前摆设一张大桌子，上面放满了天球仪、地球仪与各样数学仪器。虽然我们走进时，宫廷里众人都拥了上来，那动静可不小，可是国王陛下正在思考问题，竟对周围发生的一切丝毫没有察觉！我们足足等候了一个钟头，他才解决了那问题。国王两边各站一名年轻的侍从，手里都拿着拍子，他们见国王从沉思中回过神来，其中一个就轻轻地拍了拍他的嘴，另一个则拍他右耳朵。这一拍，他好像突然惊醒了似的，朝我和围着我的人们查看，才想起他事先已经得到报告，正准备接见我。他说了几句话，立刻就有一个手持拍子的年轻人走到我

1 此处的国主形象可能是影射乔治一世。他从汉诺威回到英国继承王位，时年五十四岁。乔治一世不能完整、流利地说英语，对英国文学一窍不通；他热衷资助音乐与科学相关事业，虽然事实上对这两者一窍不通。

的身边，在我的右耳朵上轻轻地拍了一下。我尽力打手势，想让他明白，我并不需要被这样提醒。事后我才发现，我这一举动招来国王和朝中所有人的鄙视，他们都认为我智力低下。我猜想国王正在询问我什么问题，就尝试用自己懂得的每一种语言回答，终于我们认识到彼此谁也没法理解对方或者被对方理解，国王就命令把我带去宫内某房间（这位君王以对陌生人的好客程度超过之前历任国王而出名），同时指派两名仆人侍候我。他们为我送来晚餐。赏光与我共进晚餐的那四位身份尊贵之人，我记得他们曾随侍国王左右[1]。晚餐共上了两道菜，每道菜三盘。第一道菜是一块切成等边三角形的羊肩肉、一块呈长菱形的牛肉和一个摆线形[2]的布丁。第二道菜是两只鸭子，给捆扎成了小提琴形状，香肠和布丁扮演长笛和双簧管的角色，竖琴用一块小牛胸肉做成。面包被仆人们切成圆锥形、圆柱形、平行四边形和其他一些几何图形。

用餐时，我壮着胆子问他们有几样东西在他们的语言里叫什么，那些尊贵的人在拍手们的协助下，倒很乐意回答我的提问。他们设想，如果我能够与他们交谈，我就会更加拜服像他们这样的博学多才之人了。没过多久，我就可以随意吩咐人拿面包、拿酒来，想要什么就有什么了。

饭后，与我共餐的人告辞了。国王又派了一人前来，由一名拍手跟随。他带来了笔墨纸张和三四本书，打着手势告知我，他奉命教我学习他们的语言。我们在一起共处四个小时，我把大

---

1 乔治一世任命许多汉诺威亲信为英国重臣。

2 在数学中，摆线（Cycloid）被定义为，一个圆沿一条直线运动时，圆边界上一定点所形成的轨迹。它是一般旋轮线的一种。摆线亦称圆滚线。历史上出现了众多有关摆线发现权的争议，甚至抹杀他人工作的现象，而因此摆线也被人们称作“几何学中的海伦”（The Helen of Geometers，美国数学史家弗洛里安·卡乔里《数学史》）。

量的单词竖着一排排地写下来，并标注上对应的译文。我的老师让我的一个仆人做出各种动作，如取物、转身、鞠躬、坐下、起立、走路等，这样我就又设法学到了几个简短的句子，我把这些句子也都写了下来。他又把一本书上太阳、月亮、星星、黄道、热带、南北极圈等图形指给我看，此外又教我许多平面、立体图形的名称。他向我描述某些乐器功能，告诉我它们的名称，以及演奏每一种乐器时所用的一般性技术用语等。他走后，我就将所有的单词连同译文全按字母顺序排列起来。这样学习几天之后，凭着可靠的记忆力，我对他们的语言多少有了一些了解。

“飞行岛”或“漂浮岛”的这个词，原文是“勒皮他（Laputa）”[1]，可这个词的词源，我总没能搞清楚。“勒普（Lap）”在古文里，意思是“高（High）”；据说，人们以讹传讹，认为“勒皮他（Laputa）”这个词是由“勒盆他（Lapuntuh）”派生而来，“盆他（Untuh）”这个词根是“长官”的意思。我并不赞成这种派生说法，因为这未免有些牵强附会。我曾冒昧地向他们的学者提出了我的看法：“勒皮他（Laputa）”是“古阿西·勒普·欧太德（Quasi Lap Outed）”；“勒普（Lap）”正确的意思应该是“一束束阳光在海面上舞蹈”；“欧太德（Outed）”表示“翅膀”。不过我并不想将自己的意见强加于人，提出来仅供有见识的读者参考。

受国王之托照应我的人见我衣衫褴褛，就吩咐一名裁缝次日前来为我量体裁衣。这位技工的测量方法和欧洲裁缝截然不同。他先用四分仪量我的身高，接着再用尺子和圆规量我全身的长、

1 laputa，有人说其中put这个词根和lilliput中的“put”同意思，指渺小；另外，西班牙语中laputa拆开为“la puta”则意为“妓女”。

宽、厚与轮廓，将数据一一记录在纸上。六天后衣服才被送来，而且做工极差，因为那位技工在计算时不小心弄错了一个数字[1]，搞得整套衣服都不成样子。令我感到欣慰的是，我已经见过太多这类事，习以为常，所以也就不怎么在意。

因为没有合适的衣服穿，出不了门，又逢身体不适，我便在家多待了几天，这倒使我的词汇量增大了许多。第二次进宫时，我就能听懂国王说的许多话，同时还能回答他几句。国王下达命令，让本岛向东北偏东方向航行，在拉格多正上方位置停留。拉格多是王国的首都，建造在坚实的土地上，位于大约九十里格远处，往那里去得航行四天半。本岛在空中航行时，我一点儿也没有移动的感觉。次日上午约十一点的样子，国王本人和随侍的贵族、朝臣以及官员预备好了他们所有的乐器，连续演奏了三个小时，喧闹声震得我头都晕了。要不是我的老师告诉我，我简直不明白这仪式有什么意义。他说，岛上居民早已将它奉为天籁之音，所以每隔一段时间总要演奏一次，这时宫里的人都各司其职，着手准备演奏自己最拿手的乐器。

在前往首都拉格多的途中，国王曾下令本岛在几个城镇和乡村的上空停留，以便接受下方臣民提交的请愿书。为此，他们将几根绳索放了下去，绳子的末端系着小块的重物。当底下的人民把请愿书系在绳子上，上方岛民即刻就把它们拽着升天，那情形真像小学生把碎纸片系在风筝线上那样。有时我们还接受底下奉献的酒食，那些东西是用滑轮提升上来的。

在学习他们的词汇方面，我的数学知识帮了大忙。这些词

1　作者不喜欢牛顿，因为牛顿支持英国政府对伍德铜币的立场。牛顿曾经写了一篇论文，印刷工人不小心排错了一个符号，造成太阳与地球之间的距离被弄错了。

汇大多与数学和音乐有关，而我对音乐倒也并不生疏，他们的思想永远跟线和形状相关。比方说他们要赞美妇女或者其他什么动物，总爱用菱形、圆形、平行四边形、椭圆形以及其他一些几何术语来形容，要不就用来源于音乐的艺术名词，这里就不再赘述了。我曾在御膳房里看到各种各样的数学仪器和乐器，他们把大块肉切成这些器具的形状，供奉到国王的餐桌上。

他们的房屋建造得糟糕极了，墙壁歪斜，在任何房间里也无法找到哪怕一个标准直角，这个问题产生的原因是由于瞧不起实用几何学，他们认为实用几何学粗俗而机械；可他们下达的指令又太精细，凭着工匠的智商根本无法理解，所以老是出错。虽然他们使用规尺、铅笔和两脚规在纸上画图时，显得熟练又精巧，可在日常生活的举止行为方面，我还没见过有人比他们更笨手笨脚的。他们对除了数学和音乐以外的其他任何学科都反应极其迟钝，脑子一团糨糊。他们可不是讲得通道理的人，对持反对意见者态度粗暴、激烈。假如他们是持正确观点的一方，那么这种暴躁反应也还情有可原，不过这种情况实在是太罕见了。对于想象、幻想和发明，他们全然无知，他们的语言中也没有任何可以表达这些概念的词汇。他们的思维与心智完全封闭在前面提到的两门学问范围内。

但他们中的大多数，尤其是研究天文学的人，都对占星学十分迷信，不过这一点他们却羞于公开承认[1]。最令我惊奇并感到不可思议的是，他们对时事政治十分热心，对公众事务追根究底，对国家大事高谈高论，为某一政党的主张与人辩论起来寸步不让。确实，据我观察，我所认识的大多数欧洲数学家身上也有这

1 天文学家哈雷预言，1715年会发生日食，然而当他告诉公众，日食不具备占星学意义时，却遭到了耻笑。

么一股类似的脾气，但是我怎么也看不出，数学与政治这两门学问有任何相似之处——除非这些人以为：最小的圆圈和最大的圆圈都同样八面玲珑，规范与管理世上的工作，归结到底只需要解读一个球体并将它旋转于股掌之间就行了，无需其他特殊本领。不过我宁可认为，这种行为癖好来源于人性中普遍存在的缺陷：人总是试图掺和那些轮不到他掺和的事儿，总是煞费苦心地研究那些根本不适合人类研究的问题。

这些人总是惶惶不安，一刻不得安宁，而搅扰他们的那些事儿，其他人看来简直就不是个事儿：他们担忧天体会发生什么变化，比如随着太阳不断向地球靠近，地球是否最终会被太阳吸食或者吞灭；太阳表面会不会逐渐被它自身散发的臭气笼罩，形成一层外壳，阳光就再也不能普照大地了；最近地球十分侥幸地逃过了一次彗星尾巴的扫荡，假设没躲过，现在早已化为灰烬；据他们推算，再过三十一年，彗星将再次出现，那时我们很有可能被毁灭。他们之所以感到害怕，是因为根据计算，当彗星运行与太阳之间保持一定距离的近日点位置，彗星所吸收的热量，相当于炽热烙铁热量的一万倍，而彗星离开太阳后，拖在后面的一条炽烈的尾巴约有一百万零十四英里长。如果地球从距离彗核或者彗星主体十万英里的地方经过，其必然在运行过程中被烧成灰烬。太阳发光，每天都在消耗能量，却得不到任何补充，直到最后全部能量耗尽，太阳也就完蛋了，而地球以及一切蒙受太阳光线照耀的行星，也都将因此而毁灭。[1]

各种各样即将临头的危险，使得他们没完没了地担惊受怕，既

1 当时英国天文学家曾对他们所谓危及地球的太空灾难展开探讨。

不能安眠，也无心体会普通人的愉悦与满足。早晨，相识的人碰了面，一开口总问太阳的健康情况，日出、日落时它气色如何，可有什么好消息，帮助人们躲避不久后来自彗星的打击。他们谈论这些话题的心情，和那些爱听妖魔鬼怪故事的男孩子一样，感到又兴奋又刺激，非常想听，可是听了之后又害怕得不敢上床睡觉。

飞岛上的妇女活力四射，她们瞧不上自己的丈夫，对陌生人反倒青眼有加。从底下陆地来拜访飞岛的客人总是很多，他们或是为了市镇和团体，或是为了个人私事，上飞岛来朝觐；不过由于不像岛上居民那样天资非凡，所以颇受怠慢，而尊贵的女士们就从这些人中间挑选自己的情人。但恼人的是，这些女人的丈夫永远沉浸于凝思之中，只要给他提供纸和仪器，而拍手又不在身边的话，情妇情夫们就尽可以放心大胆地打情骂俏，恣意妄为，全然不用有什么顾虑。

虽然在我看来这是世界上最宜人的岛国了，可岛上为人妻女者，却都哀叹自己被困在岛上了。她们住在这里，生活富裕，应有尽有，想干什么就干什么，可她们还是渴望到下面的世界去看看，领略完全不同的风土人情，体验丰富多彩的消遣娱乐。不过她们首先得获得国王特许，否则不能如愿，而获得国王特许可不是件容易的事儿，因为这岛上身份高贵的人们，近来已经接受经验教训，认识到劝说夫人们从底下的世界返回岛国是多么困难。我听说，有一位朝廷贵妇，儿女满堂，夫君就是王国首相[1]。首

1 这里讽刺罗伯特·沃波尔（Robert Walpole）的家庭生活。这位英国辉格党政治家，罗伯特·沃波尔爵士（Sir Robert Walpole）是他在1742年以前更为人所知的称谓。后人普遍认为他是英国历史上第一位首相，尽管“首相”一衔在当时并没有得到法律的官方认可，也没有在官方场合使用，但有见于他在内阁的影响力，被认为是事实上内阁的掌权者。

相作为本岛最富有的国民，举止言行优雅体面，对她亦是恩爱有加。这位夫人居住在岛上最华美的宫殿，却借口调养身体，到下面的拉格多去了。她这一去就藏在那里好几个月，直到国王签发了搜查令，才找到了衣衫褴褛的她，正躲在一家偏僻、无名的饭馆里，为了养活一个年老而又丑陋的跟班，将自己的衣服都典当了。那跟班每天揍她，就这样，当她被人抓回时，竟然还舍不得离开他。虽然她丈夫仁至义尽地接她回家，丝毫都没有责备她，但没过多久，她竟带着自己所有的珠宝又偷跑到底下去，还是找那老情人去了，从此下落不明。

读者们也许觉得，与其说这故事发生在那么遥远的一个国度，还不如说它发生在欧洲或者英国。不过这样想来倒也有趣，女人反复无常的脾性，并不受气候或民族的限制。原来全天下女人都一个样，这实在是超乎我们想象的。

大约过了一个月，我已经相当熟练地掌握了他们的语言，有机会侍奉国王时，也都能用这种语言回答他提出的大部分问题了。国王对我曾访问过的各个国家的法律、政府、历史、宗教或者风俗一点儿也不好奇，没兴趣过问，他关心的只是数学。尽管他的两旁都有拍手不时地提醒他，他对我叙述的内容表现出的心不在焉、冷淡且不屑的态度，还是显而易见的。

第三章

我请求国王准许我辞别，离开王宫，去这座令我新奇不已的岛上四处参观，他十分和蔼并愉快地答应了，并且命令我的老师陪我前往。我主要想知道，这岛的运行原理，它的日常运行是靠人工技术还是自然力量。现在我就向读者提供建立在哲学理论上的解答。

飞岛[1]，或称浮岛，呈正圆形，直径约七千八百三十七码，或曰四英里半，因此面积约一万英亩。岛厚度为三百码。从下方看来，岛的底部或称之为下表面，是一块厚约二百码的平滑、匀称的金刚石。金刚石板表面覆盖着矿物叠层岩，岩层的地质构造保持着其自然形成过程的原始风貌，岩层以上是十到十二英尺厚、松软肥沃的土壤层。岛的上表面从边缘到中心呈斜坡状，因此雨露降落在这岛上，就会顺着斜坡，沿着小河沟流向岛的中心地带，随后，降水汇聚流入四个周长约半英里、距岛的中心约两百码的大水塘。白天，由于太阳照射的缘故，水塘中的水分不断蒸

1 作者有意模仿英国皇家学会会报所载论文的写作风格，描述飞岛有关情形。

发，所以不会满得溢出来。此外，国王有本事让岛升得高过层层云雾，从而随心所欲地阻止雨露降落在岛上。博物学家们一致认为，云层无论如何也不会升至两英里以上的高度，至少本国内还从来没有听闻如此高度的云层。

岛中心有一个直径约为五十码的窟窿，天文学家由此进入一个穹顶大洞，叫“佛兰多纳·革格诺尔”，意思是“天文学家之洞”。这个洞位于金刚石板上表面以下一百码的深处。洞内有二十盏灯长明不熄，强烈的灯光经由金刚石板表面反射，向四面八方发散。这地方收藏着五花八门的六分仪、四分仪、望远镜、星盘以及其他天文仪器。然而其中最稀奇的是左右该岛命运的一块巨大的磁石，形状像织布工用的梭子。这磁石长六码，最厚的地方至少有三码。一根极其坚硬的金刚石轴贯穿磁石，而磁石就是围绕着这根轴转动的。因为磁石和金刚轴组合精巧、配合精密，所以即使力气最小的人也能够独立操作。磁石套在一个深四英尺、厚四英尺、直径十二码的水平放置的金刚石圆筒中。圆筒底部用八根六码长的金刚石柱子支撑，中部为一道深十二英寸的凹槽，轴的两端就镶嵌其中，可根据需要随时转动。

任何力量都无法将磁石从原处移开，因为圆筒、支柱和岛底部分金刚石板已经连成了一体。

飞岛借助该磁石升降，或从一处移动到另一处。飞岛上的君王统治的这片土地，与磁石一端相互吸引，与另一端却彼此排斥。如果磁石竖立，与地面相吸的一端指向地球，岛就径自下降；反之，与地面相斥的一端指向地球，岛就直往上升。假如磁石的位置是倾斜的，那么岛的运动趋势也是斜向的：因为这磁石产生磁力的作用方向总是平行于其方位方向。

操作飞岛斜向运行，就能驾驶它在国王领土的不同地区之间飞行。为了解释岛的运行原理，让我们假设AB代表横贯巴尔尼巴比领地的一条线，CD线代表磁石，D是与地面相斥的一端，C是与地面相吸的一端，飞岛正停在C地上空。假如将磁石CD与地面相斥的一端向下倾斜，那么，岛就会斜向上升被推到D处。到达D处以后，让磁石在轴上转动，使与地面相吸的一端倾斜指向E地，岛就会斜向朝E地飞行。这时候如果再转动磁石，使它的方向转变为由E地指向F地，让与地面相斥的一端朝下，飞岛就会斜向上升飞向F地。到F后，只要把与地面相吸的一端指向G地，飞岛就朝G地运行。再转动磁石，令那与地面相斥端垂直向下，飞岛就会从G升至H。这样根据需要随时改变磁石的方位方向，飞岛就可以随之斜向或升或降。通过这种交替升、降（倾斜度不是很大）运动，飞岛就从一处领地飞抵另一领地。

但是一定要注意，飞岛只能在下方领土所对应的空域范围内飞行，飞升高度也不得超过四英里。天文学家认为这是以下原因造成的（关于这块磁石，他们曾系统研究并书写过大量著作）：在四英里以上的高度，磁石的磁力作用就会失效；能对磁石发生作用的矿物并非遍布地球各处，而是仅仅存在于国王领土这一带地球的岩层内部，以及离海岸六里格范围的海水区域。因为国王占有磁石，也就具有绝对的优势，于是能轻而易举地让处于磁石磁力作用范围内的国土上所有人民都归顺他。

如果操作磁石，使它保持与水平面平行位置，飞岛就静止不动，因为在这种情况下，磁石的两端离地球的距离相等，一端往下拉，一端往上推，作用力相等，也就不会产生任何运动了。

这块磁石由几位专职天文学家管理，他们不时按照国王的指令，移动它的位置。他们一生中的绝大部分时间都用在观察天体上，他们观察天体用的是由各种透镜组合而成的仪器，远比我们的设计、制作精良。他们最大的望远镜也不过三英尺长，观测效果却超过了我们欧洲长度为一百英尺的望远镜，因此能够更加清晰地分辨天空中的星宿。观测仪器先进这一优越条件，使他们在探索星空的发现上，远远超过了我们欧洲的天文学家。他们曾编制过一份万座恒星表，而我们最大的恒星表中所列的恒星还不到此表列举数目的三分之一。他们还发现了两颗较小星体，或称卫星，围绕火星[1]转动；靠近主星的一颗距主星中心的距离，恰好是主星直径的三倍；最外面的一颗距主星中心的距离为主星直径的五倍；前者公转周期为十小时，后者则为二十一点五小时；这样，它们公转周期的平方，就差不多相当于它们距火星中心的距离的立方；由此可见，就像其他天体一样，它们显然也受着万有引力的支配。

他们观察到了九十三颗不同的彗星，并非常精确地确定了它们的周期。如果这一研究成果属实（对此他们非常有把握），我们将殷切希望他们能将成果公之于世，那么目前还比较粗糙的彗星[2]学说，也许就有可能像天文学其他领域一样，日臻完善，最终成熟。

---

1 乔纳森·斯威夫特1726年在《格列佛游记》中提出火星拥有两颗卫星的想法，将近100年后，即1877年，美国天文学家阿萨夫·霍尔所发现，火星确实拥有两颗小卫星，分别命名为火卫一和火卫二。

2 哈雷彗星（Halley's comet），第一颗经推算预言必将重新出现而得到证实的著名大彗星。当它在1682年出现后，英国天文学家哈雷预言它将在1758年底或1759年初再度出现。虽然哈雷死于1742年，没能看到它的重新出现，但在1759年它果然又回来，这是天文学史上一个惊人成就。

假如国王说服内阁与他保持一致，他就可能成为称霸宇宙的最专制君王。可阁臣们在下方大陆上都各有产业，再加上宠臣的地位又非常不稳定，所以他们从来不肯跟随国王一起奴役自己的国家。

一旦哪座城市发生叛乱或暴动，引起内讧或者拒绝像平常一样效忠纳奉，国王可以选择采取以下两种手段之一降服他们：第一种比较温和，就是让飞岛在这座城市及其周围土地的上空悬浮，剥夺当地居民享受阳光和雨水的权利，他们就会因此遭受饥荒和疾病的侵袭；假如臣民罪有应得，岛上居民就可以将大石头从岛上往下扔，把地面上的房屋砸得粉碎。那些臣民无力自卫，只好爬进地窖或洞穴去藏身。若是他们仍然执迷不悟，顽固抵抗，甚至谋反，国王就要使出杀手锏——让飞岛直接降落在他们的头上，连人带房舍一起统统毁灭。不过，国王很少采用这种极端手段，实际上不仅他不想，大臣们也不敢建议他那么干，因为底下有自己的产业，飞岛砸下去，不仅要被自己的属民痛恨，产业也将大受损失。而飞岛是属于国王的产业，并不会受到任何影响。

然而，国王之所以不到万不得已不会实施这终极可怕的手段，事实上，这里还有一个更重要的原因，即如果他想毁灭的城市中万一耸立着什么高大岩石[1]，就像在大一点的城市里通常都有的那种情况，也许当初正是为了避免这样的灾难才选定这样的地点；或者城市里到处是高高的尖塔[2]或石柱[3]，那么，飞岛骤然降落的过程中，就可能危及岛底部或下表面。虽然我之前交代过，岛

1 影射势力强大的世袭贵族。

2 影射著名的英国国教教士。

3 影射草根出身，后来群众影响力极大的人。

的底部是两百码厚的整块金刚石板结构，但过大的震动也是有可能把它撞碎的；或者因为离底下房屋中的炉火过近而爆裂，就像我们的烟囱，尽管是用铁石做的，但靠火太近也可能爆裂。老百姓对这一切原理都心知肚明，尤其事关他们的自由和财产，更知道可以顽固抵抗到何种程度。即使国王已经忍无可忍，决心把一座城市碾作废墟，他也会以体贴人民为由，命令飞岛缓慢降落，实际上他是怕撞坏飞岛的金刚石底部，万一如此，哲学家们都认为，磁石就再也不能让飞岛升起，整座飞岛就要坠落。

大约在三年前我还没有来到这里的时候，在国王巡视他的领土途中，曾发生过一次非常事件，几乎导致改朝换代。国王陛下首先巡视的是王国的第二大城市林达洛因[1]。他离开三天后，一向抱怨其高压政策的当地居民就关起城门，把总督抓了起来，同时以惊人的速度劳作，在城的四角建起了四座巨塔[2]（这座城是正方形的），高度都和矗立在城中心的那座坚固的尖顶岩石相等。在每座塔以及那岩石的顶端，都安装了一块大磁石。他们还预备了大量最易燃的燃料，为的是一旦磁石计划失败，能用它们来烧裂飞岛的金刚石底板。

八个月后，国王才得知林达洛因叛乱[3]的消息。于是他下令让飞岛悬浮在这个城市的上空。林达洛因人民团结一致，已经储备好了粮食。城市的中心也有一条大河穿过。国王指挥飞岛停留了几天，不让城里的人们享受阳光和雨露。他命人把许多绳子降下

1　指都柏林。

2　指大陪审团、爱尔兰枢密院和爱尔兰议会上下两院。

3　这里影射伍德铜币事件。1723年，英国政府委派流氓伍德为爱尔兰铸铜币，弄得民不聊生。斯威夫特连续发表几封公开信，鼓励爱尔兰人民起来反对铸币阴谋。他成了爱尔兰民族独立自由运动的领导者。

去，可是没有一个人递上请愿书，相反，他们甚至大胆地提出了很多要求：他们要求赔偿损失、大幅度地减免赋税，要求选举自己的总督，还有许多类似的过分要求。国王因此命令岛上全体居民从最底层走廊上往城中抛掷巨石，但居民们对此毒计早有所防范，他们携带家人和财物一起躲进了那四座巨塔以及其他坚固的建筑物与地窖。

这时国王已下定决心要镇压这些骄傲的臣民。他命令飞岛自离巨塔和岩石不到四十码的空中慢慢降落。但是负责这项工作的官员发现，飞岛下降的速度比平时快了许多，就是转动磁石也很难使它稳定下来，飞岛倾向于进入自由落体运动。他们立即把这件惊人状况报告给了国王，请求陛下准许，把岛往上升高一点儿。国王同意了；他召集会议，并命令负责管理磁石的官员参加。其中有一位年纪最大、经验也最丰富的官员获得国王的批准做了一个试验。当飞岛上升至城市上空磁力范围以外，这位官员取一根一百码长的结实绳子，末端系上一块由铁矿石、岛底底部成分相同的金刚石成分组成的合金石，再从底层走廊慢慢地将绳子往巨塔塔顶送下去。这金刚石放下去还不到四码，这位官员就感到有一股力把金刚石往下拖，力量强大得他几乎没法把它拉回来[1]。他接着又往下扔了几块小的金刚石，发现它们全都被吸到塔顶上去了。他又在其他三座巨塔以及岩石上做了同样的试验，结果都是一样。

这次事件使国王的计划彻底破产（其他情况就不再细说

1　都柏林大陪审团虽然受到来自英国殖民者方面的巨大压力，却不仅拒绝对发出了爱尔兰人民争取自由独立雄伟呼声的《垂皮尔书简》相关人员提出诉讼的命令，还正式发表声明，反对伍德铜币和主张推行这种铜币的势力。

了），被迫答应这个城市提出的条件。[1]

一位大臣对我说过，那次飞岛若是降到离城市近得不能恢复爬升的状态，居民们就决定把它永远固定住，杀死国王和他的所有走卒，彻底推翻政府。

这个国家的一项基本法律规定，不允许国王与两位年纪较长的王子都离开飞岛，王后也不得离开飞岛到下方领地，除非她已经过了生育的年龄。

1 英国政府迫于形势，放弃伍德半便士铜币计划。

第四章

虽然不能说我在这座岛上受了虐待，可事实上，我确实觉得他们太不把我当回事了，多少带几分轻蔑。国王与他的子民除了数学和音乐，似乎对其他任何学问都不感兴趣，而在这门学问上，我是远不如他们的，因此，他们很不把我放在眼里。

另一方面，见识了这岛上所有稀奇古怪的事儿之后，我迫切希望离去，因为我从心眼儿里厌烦这些人。的确，他们精通的那两门学问，也是我极其推崇的，并且我在数学和音乐方面也不是一窍不通。但是我还从未遇见如此一味冥思默想，毫无生趣的同伴。住在那里的两个月中，我宁愿与女人、商人、拍手和宫中侍从们交谈，虽然这样一来，我就更叫人看不起了。然而只有与这些人在一起，我才能合情合理地获得互动与交流机会。

我颇下一番苦功，掌握了他们的语言知识。然而我实在厌倦受困在这说什么都是对牛弹琴的岛上，下决心一有机会就立刻离开这里。

宫中有位大贵族[1]，是国王的近亲，就因为这个，别人才尊敬他。此外，这大贵族被公认为是最无知、最愚笨的人。他为国王立过不少功劳，天分、学历都很高，集忠诚、荣耀于一身，可就是对音乐一窍不通，因此诽谤他的人散布传言，说他连拍子都常常打错；教师费尽力气也没法教会他证明那些最浅显的数学定理。他乐于对我表示友好，时常光临我的住处，希望听我讲欧洲发生的事儿、我去过的那些国家的法律和风俗、礼仪与学术。他听我讲话的时候非常专注，也总能针对我讲话内容发表切中主题的睿智见解。他身边也有两名拍手侍候，照规矩在一旁伺候着摆摆排场，可除了在朝廷里或者正式拜访的场合，他从来都不用他们帮忙。我们俩单独在一起时，他也总是叫他们暂时退下。

我就请这位高贵人士代我说情，求国王准许我离开这里。虽然他答应了我的请求，但是对此表示非常遗憾。的确，他曾向我提供了几件于我大有好处的差事，我却只能婉言谢绝，并对他的好意表示感激。

二月十六日，我向国王和朝廷里的人们辞行。国王送了我一份价值约两百英镑的礼物，我的恩主，尊敬的亲王也送了我价值相仿的礼物，还有一封推荐信，捎给在首都拉格多的他的一位朋友。这时飞岛正停在离首都约两英里的一座山的上空，我从飞岛最底下一层走廊被送离飞岛，就像我最初被接上来时一样。

这块大陆在飞岛君主统治下，一般称作巴尔尼巴比，首都叫作拉格多，这我前面已经说过了。我的双脚踏在坚实的土地上，心中颇感称心如意。由于我的着装与本地人无异，也能用他们的

1 指威尔斯亲王弗雷德里克（The Prince Frederick, Prince of Wales）。

语言交流，于是就毫无顾虑地走进京城里。我很快就找到了我将要投靠的那位贵人的住宅。我呈上飞岛上他的尊贵朋友的推荐信，就受到了热情欢迎。这位贵人叫孟诺迪，他在自己家里给我预备了一间房子，在首都停留期间，我一直住在那里，并受到主人的殷勤款待。

我到达后的第二天，他驾着马车，带我参观这座城市。这城大概有伦敦一半大小，不过房子建得比较奇特，大多年久失修，街上的人步履匆匆，样子粗野，目光凝滞，其中许多人还衣衫褴褛。我们经过一座城门，出城行走约三英里，就来到了乡下。我见不少人手拿各样农具在地里劳作，却看不出他们忙活什么。尽管土壤看起来极其肥沃，但出人意料的是，我也看不到从那里可能长出一丁点儿庄稼或草木的苗头。城里和乡下的这些稀奇的景象，真让我大开眼界。我忍不住冒昧地请向导为我解惑：为什么满大街、田野里人头攒动，人们神色匆忙、手中活计不停，俨然一派热火朝天的农忙景象，却见不着什么好结果；正相反，我从没见过如此荒芜的田地、破败的房屋，我也从没有见过哪个民族人民的面容如此憔悴、衣着如此褴褛，显然生活过得极其悲惨和穷困。

这位孟诺迪老爷是位上层人士，曾做过几年拉格多城行政长官，由于阁员们的阴谋排挤，说他没有什么能力，结果被解职。国王对他倒还宽容，觉得他是个厚道人，只是见识低劣可鄙罢了。

听了我不客气地发表对这个国家及其人民指责批评的话语之后，他没有作答，只说些这种情形下，人们常说的套话，比如“我来到这里日子还不长，对所见所闻下结论不免为时过早，世界上不同民族的风俗也各不相同”之类。然而当我们回到他府上，他却询问我对他这宅院有何感想，有没有察觉什么荒唐可笑之处，或对他家人装束打扮有何意见和建议。他完全可以放心大胆地问这个问题，因为无论他的家、家人，抑或与他相关的一切，都给人端庄、大方、有教养的感觉。我答道："阁下精明审慎，出身高贵，朱门绣户，自然不会有那种缺陷，本来那些缺陷也都是愚蠢和贫困造成的。"他说如果我愿意随同他前往大约二十英里外他的乡下住宅走一趟（他的产业就在那里），我们就可以更深入地探讨这个话题了。我表示悉听尊便。于是第二天早上，我们就出发了。

旅途中，他要我注意农夫掌管他们土地的情形，可我却怎么看都觉得莫名其妙，因为除开极少的几处，我看不到一穗谷子、一片草叶。但走了三小时后，景色焕然一新。我们走进了一片风景如画的田野；农舍毗邻，建造整齐，被围起来的田地里种植着葡萄、谷物，或者牧草。我记不得自己什么时候曾经见过比这更赏心悦目的景象。那位阁下见我脸色变得明朗起来，就叹了口气对我说，这些是他的产业，从这里一直到他的住宅都是这副模样。可是他的同胞们都讥讽他、瞧不起他，说他把自己的产业料理得不像样，根本没给王国树立个好榜样，所以跟随他、以他为榜样的只能是些和他一样老朽、执拗又羸弱的人。

我们终于来到他的乡下宅邸。那的确是一座高雅的建筑，合乎杰出古代建筑典范的规格。喷泉、花园、小径、大路和树丛都布置得富有内涵与品位。我对目所能及的一切，都适度地赞赏一番，可这位贵人却心不在焉，直到晚餐之后，没有其他人在场时，他才愁容满面地向我倾诉：他正犹豫是否应该拆掉自己城里和乡下的房舍，将所有的种植园也一并毁掉，改建成现在流行的样式，此外还得教导他所有的佃户也都这么做，不然就会遭人责难，被人说成是傲慢做作、改弦更张、无知愚昧、反复无常，说不定还会为此更加得罪国王，不受待见。

他还对我说，等他把具体的一些事告诉我之后，我也许就不会那么夸赞他了，这些事我在朝廷时可能闻所未闻，因为那里的人一心埋头沉思，从不注意体察下方民情。

他谈话的内容总括起来大致如下：大约四十年前，有人或是因为事务，或是为消遣的目的，到勒皮他岛上去了。一住就是五个月，虽然数学只学了点儿皮毛，却带回了飞岛上好冲动、轻浮的风气。这些人一回来，就开始对地面上的任何东西都厌烦，艺术、科学、语言、技术统统都要所谓创新。为了达到目的，他们努力取得了皇家特许，在拉格多建立了一所发明家科学院。这一古怪的想法在百姓中倒十分流行，结果是王国内没有一座重要的城市不建有这么一所科学院。在这些科学院里，教授们设计出新的农业与建筑的规范和方法，为一切工商业设计了新型的工具和仪器。应用这些方法和工具，他们保证一个人可以干十个人的活儿。一座宫殿七日内就可以建成，并且建筑材料经久耐用，永远也不用维修；地上所有的果实，想让它什么时间成熟它就什么时间成熟，产量比现在还要多一百倍。他们还提出了无数其他巧妙的建议。唯一让人觉得烦恼的是，所有这些计划到现在为止一项都没有完成，全国上下一片废墟，房屋毁损，百姓缺衣少食，景象十分悲惨。他们眼见这一切不仅不灰心，反而在希望与绝望的共同驱使下变本加厉、激情热烈地投入那些计划。至于这位贵人本人，因为没有什么进取心，满足于老式的生活方式，住在先辈们建造的房子里，生活方式承袭祖辈，缺乏革新。也有少数一些贵族和绅士像他这么做，不过也都像他一样遭人冷眼和讽刺，被认为是艺术的敌人，是国人中无知的败类，全国普遍都在改革发展，他们却一味懒散，自顾逍遥。

这位贵人非要我去参观一下大科学院，说我肯定会感兴趣的。他就不再详细地谈论以前的事了，以免扫我的兴。他只叫我去看一看大约三英里外山坡上的一所破烂不堪的房子，并对此做了这样的说明：从前，在离他的房子不到半英里的地方有一座十分便利的水磨，靠从一条大河里来的水力推动，完全可以自给自足，并能帮助他的佃户。可是大约七年前，来了一伙这样的发明家，向他建议说，把这水磨毁了，在那座山的山坡上重建一个，打算在山冈上开一条长长的水渠，再用水管和机器把水送到山上蓄在渠里，最后就用这水来给水磨提供动力，说是因为高处的风和空气可以把水激荡起来，更适合于水的流动，又因为水是从斜坡上下来的，和平地上的河水比起来，只需一半的水产生的动力就可以推动水磨了。他说他那时和朝廷的关系不太和睦，又有许多朋友的劝慰，也就接受了这个建议。他雇了一百个人，花了两年工夫，结果失败了。发明家们走了，把责任全都推到他身上，并且一直都责怪他。他们又去拿别人做试验，同样说是保证成功，结果却一样令人失望。

几天后，我们回到了城里。这位贵人考虑到自己在科学院名声不好，不肯亲自陪我同去，只介绍了他的一位朋友随我前往。这位老爷喜欢向人介绍说，我是个设计发明的崇拜者，十分好奇而擅长学习。他这话并不是全没有道理，我年轻时也曾是个热衷设计发明的人。

第五章

这所科学院不是一整幢独立的建筑物，而是一条街道两旁连成一片的几所房屋，因为年久失修，才出售给科学院做研究使用[1]。

科学院院长很客气地接待了我，我就在科学院里待了一段时间。每一个房间里都有一位或一位以上的发明家，我相信我参观的房间不在五百间以下。

我见到的第一个人形容枯槁，双手和脸黑得像烟熏过似的，头发胡子一般长，衣衫褴褛，衣服上有几处都被火烤糊了，他的外衣、衬衫和皮肤全是一种颜色。八年来他一直在研究，如何从黄瓜里提取阳光，装到密封的小玻璃瓶里，碰上阴雨湿冷的夏天，就可以释放出来让天气变得温暖。他告诉我，他相信再过八年，他就能以合理的价格向总督花园提供阳光了。不过他又抱怨原料不足，邀请我为这个项目提供赞助，表示对这一天才发明的鼓励，尤其是现在正值黄瓜价格特别贵的季节。我送了他一份薄

1 在这里，作者影射当时英国的皇家科学院正处于科学研究的困境中，多数科学家研究并不是为了生产实践，而是出于不切合实际的想法或为统治阶级服务的目的。

礼。我那位尊敬的老爷很有经验，特意给我准备了足够的经费，他知道，无论谁去参观，这些科学家都会讨要捐赠。

我走进了另一间屋子，但是立刻被一股可怕的臭气熏得几乎退出来。我的向导硬要我走进去，低声恳请我不要得罪他们，否则会被恨之入骨的。我被这警告吓得连鼻子都不敢捂住了。这间屋里的设计家是科学院里资格最老的学者，他的面容与髭须灰黄，双手和衣服上沾满了污秽。向导将我介绍给他的时候，他紧紧拥抱了我（我多么渴望请求他免礼啊）。他到科学院工作以来，一直从事把人的粪便还原为食物的研究。他将粪便分成几个部分，去除从胆汁里来的颜色，让臭气蒸发，再把浮沫撇去。人们每周都给他供应一大布里斯托尔酒桶粪便。

在科学院，我拜访了一位研究如何把冰烧成火药的学者。他还给我看了他撰写的一篇关于火的可锻性的论文，他打算发表这篇论文。

还有一位最巧妙的建筑师，他发明了一种建造房屋的新方法，即先从屋顶造起，自上而下一直盖到地基。为了证明这种建造技术是多么合理，他举例说，自然界最卓越的建筑大师蜜蜂和蜘蛛这类的昆虫就是这么做的。

有一个天生目盲的绘画艺术家，他的几名学徒工也都如此。学徒工的工作是为画家调颜色，而他们的画家导师则教他们靠触觉和嗅觉来区分不同的颜色。真是不幸，那一阵子我看到学徒们功课进展得很不顺利，就是教他们的画家自己也常常出错，不过他本人却作为优秀的艺术家在学术界同仁中备受重视和推崇。

在另一个房间里，我饶有兴致地看到有位发明家设计了一种用猪来耕地的方法。那方法不用犁和牲口，也省劳力，只需要在一亩地里，每隔六英寸，在深入八英寸处埋上一些如橡子、枣子、栗子这类动物最爱吃的果实及蔬菜，然后把六百多头猪赶进田地。猪为了觅食，几天工夫就可以把所有田地翻个遍，翻松的土地不仅适于播种，猪拉屎的地方也相当于给土上了肥。虽然实验过程中，研究者发现这么做既费力又多花钱，而且几乎没有研究出什么特殊成果，可大家都相信这一发明大有改进的可能。

我走进了另一个房间，这里边除了有一条狭小的通道供学者进出，其他的地方，像墙上、天花板上全都挂满了蜘蛛网。我刚一进门，就有人大声叫喊让我不要搞乱了他的蜘蛛网。这位学者惋惜世界上的人长久以来抽丝剥茧，是犯了极大错误，而事实上我们有的是比蚕不知强多少倍的昆虫，它们既懂纺又会织。他又进一步建议，利用蜘蛛，染丝的花销全省了。随后，他把大量颜色艳丽的飞虫展示给我看，我才完全明白，原来这些飞虫是用来喂蜘蛛的；他解释说蛛网因此就能色彩缤纷，又因为他这里各种颜色的飞虫都有，能满足各种不同的需要。并且，只要他能给飞虫找到适当的食物如树脂、油或者其他黏性物质，就能使蜘蛛纺出来的丝线牢固而坚韧。

还有一位天文学家，他承担了一项设计，要在市政厅房顶的公鸡形大风标上安装一架日晷。因为风向转变与太阳、地球运动规律有关，那么通过校正观测仪器上地球和太阳的周年视运动[1]与周日视动[2]的观测位置，就能使它们与意外转变的风向看起来保持一致。

---

1 太阳除参与因地球自转引起的周日视运动外，还存在因地球公转引起的在恒星背景天体视运动上的相对运动，即周年视运动。

2 地球的自转活动造成太阳每天早上从东方升起，晚上从西方落下的自然现象。

我忽然感到一阵腹痛，就对向导说了，于是被带去一间屋子，那儿住着一位以治疗这种毛病出名的了不起的医生。他能用同一种器具施行作用相反的两种手术。他有一个很大的、装有细长象牙嘴的手动鼓风机。他把这象牙嘴插入肛门内八英寸，能将肚子里的气吸出来。他肯定地说他这样能把肚子吸得又细又长，像一个干瘪的膀胱，不过要是病情来得又凶猛且顽固，他就要把吹风器先鼓满气再将象牙嘴插入肛门，把气打进病人的体内，然后抽出吹风器重新鼓满气，同时用大拇指紧紧地堵住肛门。这样重复打气三四次，打进去的气就会喷出来，毒气就被一同带出（就像抽水机一样），病人的病也就好了。我看到他在一只狗的身上同时做了这两种试验：第一种不见任何效果，第二种手术后，那畜生胀得都快要炸了，接着就猛屙了一阵，可把我和我的同伴熏坏了。狗当场就死了，可我们走的时候，那医生还在设法用同样的手术让它起死回生呢！

我还参观了许多其他的房间，所见到的都是一些稀奇古怪的事，这里就不再向读者一一说明了。因为我很想把事情说得简单一点儿。

至此，我只参观了科学院的一部分，另一部分是专门开辟给倡导沉思空想的学者们使用的。我再来介绍一位著名的、他们称其为“万能学者”的人物，然后再谈其他学者。这位“万能学者”告诉我们，三十年来他一直在研究怎么样才能改善人类的生活。他占有两大间屋子，里边放的尽是些奇奇怪怪的东西，有五十个人在那里工作。他们首先从空气中提取硝酸钠，同时滤掉其中的液体分子，以此来将空气凝结成干燥而可触摸的物质。有些人研究把大理石软化做枕头和毛毡。还有些人试图把一匹活马的马蹄僵化，这样马奔跑起来就不会跌倒。这位学者自己此时正忙着两个伟大的计划：第一个是用谷壳来播种，他坚持说谷壳才有真正的胚胎作用，他还通过多项实验来证明他的主张，不过可能我脑子笨，搞不懂；另一项计划是，在两头小羊的身上涂上一种树脂、矿石和蔬菜的混合物，不让羊长毛，他希望经过相当一段时间之后，能繁殖出一种无毛羊推广到全国各地。

我们走过一条通道，就到了科学院的另一部分，我前面已经说过，空想发明家就住在这里。

我见到的第一位教授和他的四十名学生在这里工作。寒暄过后，他见我出神地望着那个占了房间大部分空间的架子，就说我自然会对他正在研究的、如何运用实际而机械的方法来拓展人们有关思辨知识的项目感到惊讶，不过世人不久就会见识它非凡的用途。他又自吹自擂地说，还没有任何人想到过这么高妙的研究方向呢。大家都知道，通常只有通过艰苦卓绝的努力，才能在艺术和科学上取得成就，然而假若采用他的方法，哪怕是最无知的人，只要付出适当学费，再出点体力，就可以不借助任何天才或学历，写作哲学、诗歌、政治、法律、数学和神学书籍。接着他领我走到了架子前，架子的四边一排排都站立着他的学生。这架子二十英尺见方，摆放在房子中央，表面是由许多木块拼接做成的，每一块大约有骰子那么大，不过有些还要大一点儿。这些木块全都用细绳连在一起，每一方块的面上都糊着一张纸，纸上写满了他们语言中所有的单词及其不同的语态、时态和变格，不过没有按某种次序排列。教授接下来要我注意看，因为他现在要准备开动机器了。一声令下，学生们各抓住了一个铁把手。原来架子的四边装有四十个把手，每个学生转动一个把手，单词的排列方式就全部改变了。接着他又吩咐三十六个学生轻声念出架子上出现的一行行文字，一旦听见有三四个词连起来可以组成句子成分，他们就让剩下的四名做抄写员的学生记录下来。这一工作要重复做三四次。由于机器构造巧妙，每转动一次，木方块就彻底翻个身，上面的文字也就会更换至其他位置。

这些年轻的学生一天把六个小时花在这项劳动上。教授把几卷对开本的大书拿给我看，里边已经收集了不少支离破碎的句子，他打算把它们全都拼凑到一起，用这丰富的材料，编撰一部包括所有文化和科学门类的百科全书贡献给这个世界。不过，要是公众能筹一笔资金在拉格多制造五百个这样的架子来从事这项工作，同时要求负责这些架子的人把他们各自搜集到的材料都贡献出来，那么，这项工作将得以改进，并加速完成。

他还对我说，他从青年时代起，就把全部心思都用到这项发明上来了；他已经把所有的词汇都写到了架子上，并极其精确地计算过书中出现的虚词、名词和动词与其他词类的比例情况。

我万分谦恭地向这位为我做如此详尽解说的名人表示了感谢，还向他保证：要是我有幸还能回到祖国去，我一定会说句公道话，说他就是这架神奇的独一无二机器的发明者。我还请求他准许我把这机器形状和构造描画到纸上。我对他说，虽然我们欧洲的学者有互相剽窃发明成果的习惯，他们要是知道了有这么一架机器，想要多少捞点便宜，到时候谁是它真正的发明者就会很有争议了。尽管如此，我一定会多加小心，不让那些人与他争抢荣誉。

接着我们来到语言学校。三位教授正坐在那儿讨论如何改进本国的语言。

第一项计划是简化言辞，将多音节词缩成单音节词，省去动词和分词，因为一切可以想象到的东西事实上全是名词。

另一项计划则是，无论什么词汇，一概废除。他们坚决主张，不论从身体健康还是表达简练的角度考虑，这一计划都大有好处。因为大家都清楚，我们每说一个词，或多或少会对肺部有所侵蚀，这样就缩短了我们的寿命。因此他们就想出了一个补救的办法：既然词只是事物的名称，那么，大家在谈到具体事情的时候，把表示那具体事情所需的东西带在身边，不是来得更方便吗？本来这一发明肯定早就实现了，百姓们会感到很舒服，对他们的健康也大有好处，可是妇女们联合那些庸俗、没文化的人，要求像他们的祖先那样能有用嘴说话的自由，否则他们就要起来造反。这些庸人常常就是与科学势不两立的敌人。不过，许多最有学问、最有智慧的人还是坚持这种以物示意的新方法。这方法只有一点不便，就是如果一个人要办的事多，涉及门类又广泛，他就不得不将一大堆东西背在身上，除非他有钱雇上一两个身强力壮的仆人在旁帮忙。我就常常见着两位大学问家，背上的负荷压得他们腰都快断了，就像我们这里的小贩一样。如果他们在街上相遇，就会把背上的东西放下来，然后打开背包，在一起谈上个把钟头，再收起各自的东西，互相帮忙将负荷重新背上，然后分手道别。

但是，如果谈话时间很短，工具往口袋里一揣，或者朝胳肢窝下一夹也就够了。倘若在家中，也不会感到为难。因为使用这种方式交谈的人，房间里都准备好了谈话时所需的一切东西。

这种发明还有一个大好处：它可以作为所有文明国家通用的世界性语言，因为各国的货物和器具大体相同或类似，所以它们的用途也就很容易理解。这样，驻外大使们即使对别国的语言一窍不通，仍然有办法同它们的君王或大臣打交道。

我还到了数学学校，那里的先生用一种我们欧洲人很难想象的方法教他们的学生。命题和证明都用与头皮一样颜色的墨水清清楚楚地写在一块薄而脆的饼干上。学生得空腹吞食这种饼干，此后三天，除面包和水之外什么都不准吃。饼干消化之后，那颜色就会带着命题走进脑子。不过到现在为止还不见有什么成效，一方面是因为墨水的成分有错误，另一方面也因为小孩子们性情倔强，这么大的药片吃下去总觉得太恶心，所以常常是偷偷地跑到一边，不等药性发作，就朝天把它吐了出来。他们也不听劝告，不愿像处方上要求的那样等待那么长时间不吃东西。

第六章

在政治设计学院，我遭到了冷遇。在我看来，教授们已完全失去了理智，那情景一直到现在都让我感到悲伤。这些内心不满的人为了劝说君主根据一个人的智慧、才能和德行来选择宠臣，正在提出各自的构想；他们教导大臣们学会考虑公众利益；他们提倡对建立功勋、才能出众、贡献杰出的人做出奖励；他们启发君王们把自己的切实利益同人民的利益放在同一基础上加以认识；他们建议选拔有资格、能胜任的人担当有关职位；他们脑袋里还冒出来许多狂妄荒诞、不切实际的念头，都是从前人们闻所未闻、难以想象的。这倒应验了一句老话："世界上没有什么疯狂悖理的事，因为总有一些哲学家认定那就是真理。"

但说句公道话，对科学院中的这些人，我得承认，他们并非全是幻想家。有一位头脑极其聪明的医生，他似乎对政府的性质和体制了然于胸。这位杰出人物非常善于应用自己的学识，为各种公共行政机关所有常见弊病和腐化堕落行为开具有效的药方。导致这些弊病的原因有两方面：一方面因为执政者犯罪或者过失，另一方面也由于被统治者恣意妄为。例如，所有的作家和理论家都一致认为，人体和政体严格地说具有普遍相似性，那么，既然人体和政体都必须保持健康，同一处方就能治愈二者，这不是明摆着的事吗？大家都承认，参议员和大枢密院的官员们沾染了各种邪气，比如说话啰里八嗦，语无伦次，做起事来情绪激动，难以自持。他们的头脑毛病不少，心病更多；他们有时剧烈地痉挛，双手神经与肌肉会痛苦地抽搐，右手尤其严重；还有时他们大动肝火、肚腹胀气、头昏眼花、胡言乱语；他们也会身上流脓，脚底生疮；他们还会消化不良，口吐白沫，隔气反酸；他们的疾病症状太多就不必一一列举了。因此，这位医生建议：每次参议院开会，头三天请几位大夫列席；每天辩论完毕，由他们替每位参议员诊脉。之后，经过深思熟虑，讨论出各种病症的性质和治疗方法，然后，在第四天带上药剂师，准备好相应的药品赶回参议院，在议员们入席之前，根据各人病情的需要，分别让他们服用镇静剂、轻泻剂、去垢剂、腐蚀剂、健脑剂、治标剂、通便剂、头痛剂、黄疸剂、祛痰剂、清耳剂，再视服用后效果的情况决定是否再服、换服，还是停服。

这项计划不会对公众造成大的负担，依我个人愚见，在参议员参与立法的国家里，这对提高办事效率大有好处，因为有助于营造全体一致的和谐气氛，缩短辩论的时间；可以帮助缄默者开口，让多舌者闭嘴；可以抑制青年人狂妄，纠正老年人自负；可以唤醒愚顽人，提醒冒失鬼。

还有，因为大家都对君王宠臣记性差颇有抱怨，那位医生就建议，任何人谒见首相大臣，简单明了地报告完公事以后，告辞时应该拧一把这位大人的鼻子，或者踢一下他的肚子，也可以踩一脚他的鸡眼，或者揪住他两只耳朵扯三下，还可以弄根大头针扎他屁股，要不就把他的手臂掐得青一块紫一块，这全都只是为了避免他总犯不记事儿的毛病。以后每一个上朝的日子都这么来一下，一直等到出结果：要么事情受理办妥，要么索性明确被拒。

他还指出，每一位出席大国民议会的参议员，在发表完自己的意见并为之辩护之后，表决时必须投票支持与自己意见完全相反的主张，因为如果那样做了，结果肯定对公众有利。

如果一个国家里党派纷争激烈，医生还提出了调和秘方。办法是这样的：从每个党派中各挑出一百名头面人物，其中头颅差不多大小的，两党各一人，配对成双；接着请两位技术精良的外科手术师同时将每一对头面人物的部分后脑锯下，锯时要注意将大脑平均一分为二，然后将从不同头上锯下的半脑对换，分别安装到反对党人的头上。这项手术一定要做得精准。不过教授向我们保证，只要手术做得利落，其疗效是绝对可靠的。他这样论证道：本来属于两个人的半拉脑袋，现在放到一个人的脑壳里去辩论一番，很快就会达成一致，于是它们就会心平气和、逻辑清晰地共同思考问题。我们是多么希望那些自以为降临人间就是为了监管并支配世界的人，都能如此心平气和、逻辑清晰地考虑问题啊！至于两派领袖人物的脑袋质量和大小不一样，那医生很肯定地对我们说，就他个人所知，那实在是无足轻重的。

我听到两位教授之间一场热烈的辩论，引起争论的是最方便、有效而又不使百姓受苦的筹款办法应该是怎样的呢？第一位说，最公正的办法是，对种种罪恶和丑行征收一定的税款。每个人应缴税额由其邻居组成陪审团合理地裁定。另一位却持完全相反的意见：有人自夸体力超常和智力卓越，那就应该征税，征多少税，根据他自以为自己才能出众到何种程度决定。最受异性宠爱的男子应缴纳最高的税，至于税额多少，则应根据其恋爱的次数和爱情的性质而定，在这点上也允许他们自爆绯闻。他还建议，对聪明、勇敢和优雅应该收重税，具体数额，纳税人可以尽情显摆，说明自己究竟拥有什么样的优秀品质。不过至于荣誉、正义、智慧和学问，则无须征税，因为这类品质太少见了，人们既不赞赏拥有如此品质的其他人，也不重视自己是否具有这些素质。

他主张对妇女应据其模样俊俏的程度和梳妆打扮的本事纳税，这方面她们可享有与男子同样的特权，即凭她们自我评价，倾诉自己有多美，多会打扮，并据此确定交税额度，至于对忠贞、节操、是非辨别能力和温良品性这些德行就免税了吧，因为税额太大，她们根本就缴不起。

为了使参议员能一直为王室的利益服务，他建议议员们以抽签的方式获得职位。每个人首先都得宣誓，保证不论抽不抽得中，都一定投票拥护朝廷，等下次有官位空缺时，没有中签的人还有机会再抽一次。这样一来，他们既然还有希望当官，也就没有人会抱怨朝廷不守诺言，没有抽中签也只好完全归咎于自己的运气，而运气的肩膀总比内阁的肩膀要来得宽阔结实，受得住指责与非难。

另一位教授拿了一大沓文件给我看，内容关于如何侦破反政府阴谋诡计。他劝谏大政治家们要对一切可疑人物进行检查，看他们什么时间吃饭，睡觉时脸朝哪边，用哪只手揩屁股。要严格检查他们的粪便，从粪便的颜色、气味、味道、浓度、软硬以及消化的程度，来判断他们的思想和计划，因为经过无数次实验，这位教授发现，比起其他时候，人们在拉屎的时候更倾向于严肃、周密并专心致志地思考问题、研究学术；假如这个人在谋划什么才是暗杀国王最好的办法，他的粪便就会呈绿色；但他盘算的如果只是煽动叛乱或者焚烧京都，那粪便的颜色就大不相同了[1]。

这篇论文写得十分犀利，其中不少见解对政治家来说既有趣又有用，不过我觉得有些地方还不够完善，就冒昧地对作者表述了自己的看法，并且提出，要是他不介意，我愿意提供一点儿补充意见。他很谦虚地接受了我的建议，这在作家中，尤其在项目专家之流的作家中，是十分罕见的。他表示非常乐意听听我还有什么意见。

我告诉他，我曾短暂旅居列不颠[2]王国，当地人管这个国家叫兰敦[3]，那里的人大部分是由侦探、见证人、告密者、上诉人、检举人、证人、控诉者以及他们的一些爪牙组成的。他们全都接受正副大臣们的庇护、指使并从他们那里领取津贴。在那个王国里，阴谋通常都是企图抬高自己大政治家身份的人所为。他们企图使一个摇摇欲坠的政府恢复元气、镇压或者转移群众的不满情绪、把没收来的财物填进自己的腰包、左右公众舆论以尽量满足一己私利。他们先取得一致意见，定好应控告哪些图谋不轨的嫌疑人，接着采取有效手段查找这些人的书信和文件[4]，然后把他们囚禁起来，文件则交给一伙能巧妙地从词语、音节以及字母中找出神秘意义的能手去处理。比如说，他们会破译出“马桶”是指“枢密院”；“一群鹅”指“参议院”；“瘸腿狗”指“侵略

1 可能影射1723年阿特伯立主教参与保皇党阴谋受审的事件。

2 Tribnia（列不颠），影射英国，Tribnia（列不颠）与Britain（不列颠）所包含的字母相同，排列顺序不同。

3 兰敦：Langden，影射伦敦（London）。

4 审讯阿特伯立主教的时候，收缴大批据说用密码书写的信件并进行检查。

者”；“呆头”指“——”[1]；“瘟疫”指“常备军”；“秃鹰”指“大臣”；“痛风”指“祭司长”；“绞刑架”指“国务大臣”；“夜壶”指“贵族委员会”；“筛子”指“朝廷贵妇”；“扫帚”指“革命”；“捕鼠器”指“官职”；“无底洞”指“财政部”；“阴沟”指“朝廷”；“滑稽演员戴的系铃帽”指“宠臣”；“折断的芦苇”指“法庭”；“空酒桶”指“将军”；“流脓的疮”指“行政当局”。

假如这种办法行不通，他们还有另外两种更为有效的办法，该地的学者称它们为“离合字谜法”和“颠倒字谜法”。用第一种办法，他们能把所有单词首字母的政治含义破译出来，依据这种办法，N就是指“阴谋”，B指“一个骑兵团”，L指“海上舰队”。要不他们就采用第二种办法，通过将可疑文件上字母顺序颠倒排列，就能揭露那些对当局极度不满之党徒最隐蔽的阴谋。例如说，如果我在给朋友的一封信中说：“我们的汤姆兄弟最近得了痔疮。”一个精于此道的人，同时那个句子里的那些字母，经他一分析，就会变成下面这样的话：“反抗吧！阴谋已经成熟。塔[2]。”这就是“颠倒字谜法”。

教授非常感谢我给他提了这些意见，满口答应要在他的论文中提及我的名字以表敬意。

我看这个国家再没有什么东西值得留恋的，就不想再住下去了，于是动了返回英国老家去的念头。

1 “——”代指国王。

2 塔（The Tour）是波陵布诺克流亡法国为阴谋复辟詹姆士二世的时候用的假名。

第七章

这个王国是一片大陆的一部分。我相信，这片大陆向东一直延伸到美洲加利福尼亚以西的无名地带，它北临太平洋，是离拉格多不到一百五十英里的地方的一座港口，这里一派繁忙的景象。它与位于其西北方大约北纬29度、东经140度的拉格奈格大岛之间有频繁的贸易往来。拉格奈格大岛东南方大约一百里格就是日本。日本天皇与拉格奈格国王结成了紧密的同盟，两个岛国间因此常有船只来往。就这样，我决定走这条路线回欧洲去。我雇了一名向导带路，两头骡子驮行李。我同那位关怀我的高贵主人道别，过去他对我一直那么好，临别时还送了我一份厚礼。

一路上，我没有碰到什么值得一提的故事或奇遇。到达马尔多纳达港口时（港口的名称就是这么叫的），却没有要去拉格奈格的船，再过些时日也不见得会有。这座港口城市和朴次茅斯[1]差不多大。不久我就结识了一些朋友，受到了他们的热情招待。其中一位知名的先生对我说，既然一个月内都不会有船去拉格奈

1 英国南部重要军港和城市，扼英吉利朴次茅斯港口。

格，我要能去西南方距此约五里格的格勒大锥小岛一游，说不定会很有意思。他主动提出他和另外一位朋友可以陪我前往，并且可以提供一艘轻便的三桅小帆船。

“格勒大锥”这个词，据我的理解，意思最相近的译名是“巫人岛”。它的面积大概有怀特岛[1]的三分之一那么大，物产非常丰富。岛上的居民全是巫人，由部落首领管辖。他们只和本部落的人通婚。同辈中年龄最长的继任岛主或长官。岛主拥有一座富丽宏伟的宫殿，一座面积大约三千英亩的花园，周围是二十英尺高的石头围墙。花园内又圈出几处牧场、麦田和园艺栽培用地。

侍候长官及其家属的是一些不同寻常的仆人。长官精通魔法，有能耐随意召唤鬼魂，连续使唤他们二十四个小时，但时间再长，魔法就失效了，而且三个月内，他只能召唤某一鬼魂一次，除非出现特殊情况。

我们来到岛上的时候，大约是上午十一点。陪我前来的先生中的一位去拜见了长官，请求接见我这位特地前来拜访他的陌生人。他马上答应了这个请求，于是我们三人一起进了宫。宫门两侧分别站一排武器和装束荒诞的卫士，看一眼他们的面孔，便让人心惊肉跳，那种恐惧的感受简直难以形容。我们走过几间内殿，一路上两边也都站着同前面一样的卫士，这样一直来到大殿上。我们先深深地鞠了三个躬，他又问了几个常见的问题，然后就让我们坐到他宝座下最低一层台阶旁的三个凳子上。他懂得巴尔尼巴比的语言，尽管那和他这座岛上的语言不同。他要我讲讲我旅行的情况。为了向我表明不必拘礼，他手指一动就让所有随

1 靠近英格兰南海岸的一个小岛，面积一百四十七平方英里。

从全都退了下去。这情形却让我大吃一惊，因为转眼之间，他们就都消失得无影无踪，仿佛从梦中惊醒，梦境骤然完全消失了一样。我一时不能缓过神儿来，长官就安慰我，叫我放心，保证我在这里不会受到任何伤害。我又见两位同伴泰然自若（他们过去也经常受到如此接待），这才壮胆向这位长官简短叙述了我几次历险的经过。不过我还是心有余悸，时不时扭头朝鬼魂卫士站立的地方瞅瞅。非常荣幸，我有机会与长官一起进餐，另一些鬼魂卫士出现，他们送上肉食，并站立一旁，随时伺候。我觉得此时我已经没有上午那么害怕了。我在此做客直到太阳落山，不过当长官邀请我留宿宫中的时候，我还是谦恭地婉言谢绝了。我和我的两个朋友当晚住在附近镇上的一处私宅内，那镇也是本岛首府。第二天早上，我们再去长官那儿侍奉，他倒也乐意指教我们。

就这样我们在这岛上住了十天，每天大部分时间同长官在一起，晚上才回到住处。不久以后看到鬼魂我也就习惯了，而见了三四次之后，我完全可以做到无动于衷。虽说还有些害怕，但好奇心远远超过了恐惧。长官叫我随意召唤我想见的鬼魂，无论人数多少，从创世纪以来直到如今，所有的鬼魂他都能招来，并且可以命令他们回答一切我认为合适的问题，条件只有一个，问题涉及内容仅限于他们生活的那个年代。毋庸置疑的是，鬼魂回答问题时一定说实话，因为说谎这种才能在阴间派不上用场。

我诚惶诚恐地向长官表达对他所施恩宠的感谢。我们进了一间内殿，这里很适合观赏花园景致。因为我首先想看的是宏伟壮观的场面，就要求见一见阿尔贝拉战役[1]后统率大军的亚历山大大

1 马其顿国王亚历山大军队与波斯帝国国王大流士三世军队的战斗。

帝[1]。长官随即手指一动，我们窗下即刻出现了宏伟战场的大局面，亚历山大应召进殿来。是因为我自己也不太会希腊语吧，他的希腊语对我来说很不容易懂。他以自己的名誉向我担保：他不是被毒死的，而是饮酒过度发高烧病死的。

接着我又见到了正在翻越阿尔卑斯山的汉尼拔[2]。他对我说，他的军营里一滴醋都没有了。

我又看到恺撒[3]和庞培[4]统率着各自的大军，正准备交战。我见到了最后一次大获全胜的恺撒。我要求参观罗马元老院在一间大厅里开会的情形，同时为了比较，也要求观看另一间大厅里现代议会[5]开会的情形。结果前者看起来像是英雄和半神半人在聚会，后者却像是一伙小贩、扒手、拦路强盗和恶霸。

在我的请求下，长官做了一个手势，让恺撒和马克·布鲁图斯[6]一起向我们走来。一见到马克·布鲁图斯，我不觉肃然起敬，从他五官的每一处细节，我都很容易体会他那至高无上的品德、坚定而大无畏的胸怀、最真诚的爱国情怀以及对于人类的热爱。我非常高兴看到这两个人已经能够互相理解。恺撒还坦率地向我承认：布鲁图斯因为结果恺撒的性命而获得的荣誉，比恺撒自己一生中最伟大的功绩还要光彩夺目。我很荣幸和布鲁图斯长时间

1 前356—前323，马其顿国王，即位后先后征服希腊、埃及和波斯并入侵印度，建立亚历山大帝国。

2 前247—前182，被罗马所灭的迦太基的名将，军事家。

3 前102—前44，罗马共和国末期杰出的军事统帅、政治家，与庞培、克拉苏结成“前三头同盟”。

4 前106—前48，古罗马政治家、军事家，与恺撒同时期人。

5 意指英国议会。

6 前85—前42，反恺撒阴谋集团的首领之一。

交谈；他告诉我，他和他的祖先尤尼乌斯[1]、苏格拉底[2]、伊巴密浓达[3]、小伽图[4]、托马斯·莫尔爵士[5]永远在一起，世上历朝历代都找不出第七个人够资格加入他们这个六人集团。

为了满足我希望古代世界各个历史时期都尽显眼前的奢望，许多著名的人物都被召唤来了，如果一一加以叙述，读者定会感到沉闷乏味。我大饱眼福，最重要的是瞻仰了那些推翻了暴君和篡位者的人和那些为被压迫、被侵略民族讨回主权的人。遗憾的是我心中酣畅痛快，却无以言表，以飨读者！

---

1 生年不详。据罗马朱尼亚氏族Roman gens Junia族谱，这位布鲁图斯在族谱中辈分较高，功业最高、名声最大。他是公元前509年罗马共和国初建时选举的两位执政官之一。现代史学家多认为他就是策划古代共和制的主要革命家，是罗马共和国国父。

2 前470—前399，古希腊哲学家。

3 前418—前362，古希腊西比斯城大将、政治家。

4 前95—前46，古罗马哲学家。

5 英国哲学家，《乌托邦》的作者。

第八章

我渴望拜见古代著名圣贤与先哲。为此我特地安排了一天时间。我求见荷马[1]和亚里士多德[2]，请他们领着那些研究、注解他们著作的人显现在我们眼前。不过他们人数众多，好几百人只好暂时在院子和几间外殿里等候。我一眼就认出了这两位伟人，并且不仅能认出他们，而且能很清楚地分辨他俩谁是谁。两者中，荷马显得身材较高大且相貌更俊美，考虑到他的年纪，他走起路来身板相当硬朗、挺拔。我所见过的人中，没有人比他的目光更敏锐、更犀利的了。亚里士多德腰弯得厉害，拄着一根拐杖。他容貌清瘦，头发又稀又长，嗓音低沉。我很快就发现两位至尊的学者并不认识其余的人，以前从没见过，也没有听说过。有一位鬼魂，名字无须透露，悄悄对我说，这些评论家实际上知道，在向后世推介这两位先贤的时候，他们的议论总是离题万里、错误百出，因此深感羞愧，在阴间也总是远远躲着这两位标杆一般的

1 公元前9世纪，古希腊吟游盲诗人，著有著名史诗《伊利亚特》和《奥德赛》。

2 前384—前322，古希腊哲学家和科学家，著有《诗学》《修辞学》等。

伟人。我将迪迭摩斯和尤斯台修斯[1]介绍给荷马，并劝他对他俩好一点，可他很快看出他们缺乏天分，无法走进一位诗人的精神世界；而当我把司各特斯和拉摩斯[2]介绍给亚里士多德时，他一听就急了，不耐烦地问他们：这一伙当中其余人是否都是和他们一样的大傻瓜？

接着我又请长官把笛卡尔[3]和伽桑狄[4]召来，我说服他们把自己的思想体系解释给亚里士多德听。这位高尚的哲学家坦率地承认自己在自然哲学方面也犯了错误，因为像所有的人一样，在许多事情上他也不免臆测。但他同时发现，伽桑狄传承并发扬的伊壁鸠鲁[5]学说和笛卡尔的旋涡说一样都不值一驳。他预言，当代学者那么热衷的万有引力学说[6]也将遭到同样的命运。他说新的自然体系不过是一时风尚，随时代变化而变化，就是那些自以为能用数学的原理来证明这些体系的人，也不过独领一时风骚，一旦他们理论体系完善定型，他们过气背时的光景也就在眼前了。

我又用了五天时间同许多其他古代的学者进行了交谈。罗马早期的皇帝我大部分都见到了。我动员长官把伊里奥伽巴娄斯[7]的厨师召来为我们摆设筵席，但由于材料不够，他们无法在我们面前大显身手。阿格西劳斯二世[8]的一个农奴给我们做了一盆斯巴达

1 研究荷马史诗的学者。

2 研究亚里士多德著作的学者。

3 1596—1650，法国哲学家、数学家，唯理论的创始人。

4 1592—1655，法国唯物主义哲学家、科学家，在伊壁鸠鲁的学说中找到了唯物主义的支柱。

5 前342—前270，古希腊哲学家，唯物主义者和无神论者。

6 万有引力定律是英国的物理学家牛顿（1642—1727）发现的。

7 218—222，罗马皇帝，以奢侈腐化闻名。

8 前444—前360，斯巴达国王。

式肉羹，但是我喝了一调羹就再也喝不下去了。

陪我来到这岛上的两位先生因为急于办理一些私事，三天之后就得回去。我利用这三天时间会见了一些业已过世的近代名人，他们都是过去两三百年中我国和欧洲各国最显赫一时的人物。因为我一向对古老的名门望族十分痴迷，就请求长官把一二十位国王连同他们的祖宗八代一起召来。但令我大失所望的是，我亲眼所见那长长的皇族世系队列中并非人人都头顶王冠。在一个家族里，我看到的是两名提琴师、三名衣冠楚楚的朝臣和一名意大利教士；在另一个家族中，我所见到的是一名理发匠、一名修道院主和两名红衣主教。因为我对头戴王冠者心怀难以名状的崇敬之情，所以不便就这个敏感的话题再展开议论了，不过，对于公爵、侯爵、伯爵、子爵之流，我就没那么多顾忌了。某些家族之所以成为名门望族，是由于他们具有某些特征，溯流穷源，我承认，这倒使我不无快意。我能看得清清楚楚，这一家的长下巴是怎样发展而来的；那一家为什么有两代总出恶棍，再传下去两代又净是傻子；第三家人为什么恰恰都发疯；第四家人又偏偏全是骗子；何以正如坡里道尔·维吉尔[1]在说到某家名门时所讲的那样："男子不勇敢，女子不贞洁。[2]"残暴、欺诈、懦弱怎么会像盾牌纹章那样，成了某些家族标志性的特征，是谁第一次给一个高贵的家族带来了梅毒，由此代代相传使子子孙孙都生上毒瘤。我看到皇家世系出了这么些小厮、仆人、走卒、车夫、赌棍、琴师、戏子、武夫和扒手，也就一点儿不觉得奇怪了。

最令我作呕的要算是现代历史了。我仔细观察了一下一百年

1 16世纪居住在英国的一位意大利传教士，他用拉丁文写了一部英国历史，闻名于世。
2 这句话并未被证实出自维吉尔著作。

来君王朝廷里所有的大人物，发现世界怎么能被这样的一帮堪比娼妓的作家骗了？！他们这样诉说着：懦夫的丰功伟绩、傻瓜绝顶聪明的建议、阿谀奉承者的真挚内心、卖国者身上那传承自古罗马时代的美德、背弃神明之人坚定而虔诚、强奸犯贞洁操行、告密者口出真言。多少崇高且无辜之人由于大臣对腐败的法官施加影响或党派间相互倾轧被杀戮、遭放逐；多少罪孽深重的恶棍步步高升、受青睐、掌大权、有钱有势、作威作福；朝廷、枢密院和上议院里发生的大事和那里大臣们搞的活动，其中许多都可以同鸨母、妓女、皮条客、龟孙子、寄生虫和小丑的行为相媲美！世界上的所谓伟大事业和革命事业的动机原来不过如此，他们取得成功也只不过卑鄙地利用那些偶然事故。我得知这样的真相，对于人类的智慧和正义甚至嗤之以鼻！

我在这里还发现，那些装模作样要写什么逸闻秘史的人原是多么诡诈而无知。许多国王都被他们用一杯毒药送进了坟墓，君王和首相在无人在场时的谈话也能被他们记录下来，驻外使节和国务大臣的脑袋和密室都能被他们撬开，不幸的是他们永远不能摆脱犯错误导致的厄运；这里我还发现了许多举世震惊的大事件背后隐秘的真相：一名妓女怎么把持着后门的楼梯，后门的楼梯怎么控制着枢密院，枢密院又怎么操纵了上议院；一位将军当着我的面承认，他打的一次胜仗纯粹是由于怯懦且指挥无方；一位海军大将说，因为没有正确的情报，他本打算率舰队投敌，谁知稀里糊涂竟打败了敌人；三位国王对我明言，他们在位期间从来就没有提拔过一个有功之人，除非是一时犯糊涂，或者中了某个亲信大臣的诡计；假如他们再活在世上，将再也不会那么做。为此他们提出确凿论据：不腐化，王位就保不住，因为道德灌输给人的那种积极、自信和刚强的性格，对办理公务将是一种永久的阻碍。

我由于好奇，就特别问起他们，这么多人获取高官显爵和巨大产业，到底用的是什么手段？我的提问只限于近代，不触及当代，因为我得保证做到，即使是外国人也不能得罪。当然，我这里所说的没有一点是针对我的祖国来的，这一点我想就不必向读者解释了吧。大量有关的人物都被召唤来，我只稍稍一看，就发现真是一片狼藉，以致我每每想起，都不免神情严肃、心情沉重。伪证、欺压、唆使、欺诈、拉皮条等罪行还算是他们提到的最可以容忍的手段，毕竟有说得过去之处，我也就宽宏地原谅了他们。可是，有人承认，他们的伟大富贵都是因为自己不伦的行为，有的则强迫自己的妻女去卖淫，有的是背叛祖国或者君王，有的是给人下毒药，更有人为了消灭无辜者不惜滥用法律。地位高贵的人仪表堂堂，本该受到我们这些卑贱之人的尊敬，然而我看到的这种种现象不免使我没多少心情崇敬他们；我这么做，希望大家能够原谅。

我经常从书上读到一些忠君爱国的伟大功绩，因此就想看见那些建立功勋的人物。一打听我才知道，他们的名字都没有被记载下来，仅有的几处历史记载却又都把他们写成了最卑鄙无耻的恶棍和卖国贼。另外的一些人我压根儿就没有听说过。这些人看上去全都神情沮丧，不衫不履，大多数人都跟我说，他们最后都穷困潦倒而死。剩下的则上了断头台或者绞刑架。

在这些人中间，有一个人的经历显得有点不同寻常。他的身旁站着一个十八岁左右的青年。他对我说，他在一艘战舰上当过多年的舰长，在艾克丁姆海战[1]中，曾幸运地冲破敌军的强大防线，将三艘主力舰击沉，又俘获了一艘，致使安东尼[2]大兵溃败，逃亡他乡，他们大获全胜，站在他身边的那位青年是他的独子，也在这次战役中阵亡了。他接着说，他自恃有功，战争一结束就到了罗马，请求奥古斯都[3]调他到另一艘更大的战舰上任职，那艘战舰的舰长死了。可是朝廷对他的要求不予理睬，竟将舰长一职给了一名连大海都从未见过的青年，他是皇帝的一个情妇的仆人李柏丁那的儿子。回到自己原来的舰上，他就被加上了玩忽职守的罪名，战舰则移交给了海军副将帕勃利可拉的一位亲随。从此他退居到远离罗马的一个穷乡，并在那里结束了自己的一生。我极想知道这个故事的真相，就请求长官把那次战役中任海军大将的阿格瑞帕召来。阿格瑞帕来了，他证明舰长所说毫无虚假。他还说了舰长许多别的好话；舰长因为生性谦逊，自己的大部分功劳不是少说就是整个儿不提。

我很奇怪在这个帝国里，奢侈之风新近才流行起来，腐化堕落怎么一下就会发展得这么厉害，这么迅速，所以，在各种罪恶早已猖獗的其他国家里，出现种种与之类似的情形，我倒也不觉得有什么奇怪的了。在那些国家里，颂扬和掠夺来的财富都被总司令一个人独占着，而事实上最不配拥有这两者的很有可能就是他本人。

每个被召见的人，出现时的样子和他活在世上的时候完全一样。看到我们人类在这一百年中退化了那么多，心情不免万分忧

1 公元前31年，奥古斯都的军队在希腊西部的艾克丁姆海战中击败了安东尼。

2 前82—前30，古罗马统帅和政治领袖，古罗马后三雄之一。

3 前63—前14，罗马帝国的第一个皇帝，原名屋大维，也是罗马后三雄之一。

伤。各种名称相异、表征不同的花柳病，彻底改变了英国人的面貌，使他们变得身材矮小、精神涣散、肌肉松弛、面色灰黄、肉体浊臭。

我居然卑贱到这种程度，竟希望召唤几位古代英国农夫来相见。他们风俗淳朴、衣食简单，做买卖从来都奉行公平交易，具有真正的自由精神，勇敢、爱国，他们的这些美德在过去曾经是扬名天下的。我把活人和死人一比，真是无比感慨。祖宗所有这一切淳朴本色的美德，都被他们的子孙为了若干铜钱给卖光了。他们的子孙后代出卖选票、操纵选举，只有在朝廷里才能学得到的罪恶和腐化行为，每一样他们也早就沾染上了。

第九章

动身的日子到了，我向格勒大锥的长官阁下辞别，与我的那两位同伴一同回到了马尔多纳达。我在那里等了两个星期，终于等到有一艘船要开往拉格奈格去了。两位先生还有其他几个人非常慷慨和善，他们给我准备了食物，送我上了船。这次航行足足有一个月。我们遇上了一次强风暴，只好向西航行，才乘着信风一直又往前驶了六十多里格。一七〇九年四月二十一日，我们驶进了克兰梅格尼格河。这是一座港口城市，位于拉格奈格的东南角。我们在离城不到一里格的地方抛锚，发出信号要求派一名引水员来。过了不到半个小时，两名引水员就来到了船上。航道十分危险，他们领着我们穿过部分暗礁与岩石，最后才进入一个开阔的内湾。在这里，就算是一支舰队都可以在离城墙不到一条锚索长的地方安全停泊。

我们船上有几个水手，不知是有意要害我还是一时不小心，对两位引水员说我是个异乡人，还是个大旅行家。引水员把这话向一名海关官员做了汇报，结果我刚到岸上就受到了十分严格的检查。这位官员用巴尔尼巴比语同我说话，因为两地间有频繁的贸易往来，这个城市的人，尤其是水手和海关人员，一般都懂得巴尔尼巴比语。我简要地向他说了我的一些情况，尽量把事情讲得可信并且前后一致。不过，我觉得有必要隐瞒我的国籍，就自称是荷兰人，因为我的计划是到日本去，而我知道欧洲人中只有荷兰人才被准许进入这个王国。于是我就对海关官员说，我的船在巴尔尼巴比海岸触礁沉没了，我被遗弃在一块礁石上，后来获救被带到勒皮他，也叫飞岛（他们经常听说有这么一座飞岛），现在正想办法去日本，也许到那里才可以找到回国的机会。那官员说，在接到朝廷命令之前，必须先把我拘禁起来。他说他马上给朝廷写信，希望过两个星期就能得到朝廷的指令。我被带到一处舒适的住所，门前有哨兵看守，不过住处有一个大花园，我可以在里面自由地活动。我受到了相当人道的对待，拘禁期间的费用都由皇家负担。也有一些人前来访问我，那主要是出于好奇，因为听说我来自十分遥远的国度，那地方他们从来都没有听说过。

我雇了和我同船来的一位青年担任我的翻译。他是拉格奈格人，但在马尔多纳达住过几年，所以精通两地语言。凭借他的帮助，我可以与前来看我的那些人进行交谈，不过谈话的方式只是他们提问，我回答。

朝廷的文件在我们预计的时间内到了。那是一张传票，要求由十名骑兵把我连同我的随从押解到特拉尔德拉格达布，或者叫特利尔德洛格德利布（就我记忆所及，这个名字有两种读法）。我仅有的随从就是那个做翻译的苦命的小伙子，还是经我劝说才答应帮我忙的。在我的请求下，我俩一人弄到了一头骡子骑。一位信使早我们半天先出发了，他去报告国王我就要到了，请陛下规定一个日子和时辰，看看他什么时候高兴接见我，好让我有幸去“舔他脚凳子跟前的尘土”。这是这个国家朝廷的规矩，不过我发现它并不仅仅是一种形式，因为我到达后两天被引见的时候，他们命令我趴在地上朝前爬，一边爬一边舔地板，但因为我是个外国人，他们倒注意事先将地板清理得干干净净，这样尘土的味道倒还不是很讨厌。不过，这是一种特殊的恩典，只有最高级的官员要求入宫时才有这般待遇。不仅这样，要是被召见的人碰巧有几个有权有势的仇敌在朝，有时地板上还被故意撒上尘土。我就看到过一位大臣满嘴尘土，等他爬到御座前规定的地点时，已经一句话都说不出来了。这也没有什么办法，因为那些被召见的人如果当着国王陛下的面吐痰或抹嘴，就会被处以死刑。另外还有一种风俗，说实话我也不能完全赞同：如果国王想用一种温和宽大的方法来处死一位贵族，他就下令在地板上撒上一种褐色的毒粉，舔到嘴里，二十四小时后毒发身亡。但是说句公道话，这位君王还是非常仁慈的，对臣子的性命相当爱护（在这一点上，我很希望欧洲的君王都能向他学习）。为了他的荣誉，我一定要说一下：每次以这种方法将人处死后，他都严令将地板上有毒粉的地方洗刷干净，侍从们要是大意了，就会因惹恼了国王而受刑。我曾亲耳听他下令要把他的一个侍从鞭打一顿，因为有一次执行完刑罚，轮到他去叫人洗刷地板，他却故意不通知，这一玩忽职守的行为，使一位前途无量的贵族青年在一次被召入宫时不幸中毒身亡了，而国王那时倒并没有打算要他的命。不过这位好国王非常宽厚，免了那个可怜的侍从一顿鞭子，只要他保证，以后没有特别的命令，不再干这样的事。

闲话少说，当我爬到离御座不到四码的地方时，就慢慢地抬起身来，双膝跪着，在地上磕了七个响头，接着按照前一天晚上他们教我的样子说了以下的话："Inckpling gloff.throbb spuutserumm blhiop mlashalt zwin tnodbalkuffh slhiophad gurdlubh asht."这是一句颂词，当地法律规定，所有朝见国王的人都要这么说；翻译成英语意思就是："祝天皇陛下的寿命比太阳还要长十一个半月！"国王听后回答了一句什么，虽然我听不懂，可还是照别人教我的话答他道："Fluft drin yalerick dwuldom prastrad mirpush."严格地说，意思就是："我的舌头在我朋友的嘴里。"我说这话的意思就是希望国王能允许我将我的翻译叫来。于是，前面已经提到的那位青年就被带了进来，通过他从中传话，在一个多小时的时间里，我回答了国王陛下提出的许多问题。我说巴尔尼巴比语，我的翻译把我的意思译成拉格奈格话。

国王很高兴与我交谈，就命令他的"Bliffmarklub"（内侍长）在宫中给我和我的翻译安排一处住所，每天提供我们饮食，另外还给了一大袋金子供我们日常使用。

我在这个国家住了三个月，那完全是遵从国王的旨意。他对我恩宠有加，并几次要我就任高贵的官职，可我觉得我同妻子家人共度此生余年更稳妥慎重一些。

第十章

拉格奈格人既讲礼貌又十分慷慨。虽然，他们不免也沾了几分所有东方国家的人特有的那种骄傲，但对于异乡人他们还是很客气的，特别是受到朝廷重视的那些外乡人。我结识了不少高官显贵，我的翻译又一直陪在我身边，所以我们的谈话倒还挺愉快。

一天，我和许多朋友在一起，有一位贵族问我有没有见过他们的“斯特鲁德布鲁格”，意思是“长生不老的人”。我说我没见过，就请他给我解释一下，在凡人头上加上这么一个名称到底是什么意思。他告诉我，虽然很少见，但有时会有人家恰好就生下这么一个孩子来：他的额头上有一个红色的圆点，就长在左眉毛的正上方，这一标记即绝对表明，这孩子将永远不死。他描述道：这个圆点大约有一枚三便士的银币那么大，不过会随着时间的改变而变大、变色。孩子长到十二岁时，它就变成绿色，那样一直到二十五岁，之后又变成深蓝色。四十五岁时渐渐变成煤黑色，大小如一枚英国的先令，以后就不再变了。他说这种孩子生得极少，相信全王国内男女“斯特鲁德布鲁格”不会超过一千一百个，他估计首都有五十名，其中有个小女孩是大约三年前生下来的。这类婴儿并非任何一家的特产，生这样的孩子纯属凑巧，就是“斯特鲁德布鲁格”自己的孩子，也和别人一样都是有生有死的。

我坦率地承认，听他这一番叙述我真是有说不出来的高兴。我的巴尔尼巴比语说得很不错，而跟我说那番话的这个人恰好又懂巴尔尼巴比语，于是我就情不自禁地叫出了几句，未免有些过分。我像发了狂一般地高声喊说：“幸福的民族啊，你的每一个孩子都有希望长生不老！幸福的人民啊，你们能享受到那么多古代美德的典范，能有大师们随时来把所有过去时代的智慧教给你们！但最最幸福的还要数那些伟大的‘斯特鲁德布鲁格’，他们从出生开始就不用受人类那共有的灾难，不用时刻担心终有一死，所以心无负担，精神畅快。”但我表示惊奇，这么一些杰出的人物，我在朝廷里怎会一个都没有见到？前额上有颗黑痣是个非常明显的特点，我是不可能看不到的。而这样一位贤明的国王，又怎么可能不找一大帮这样智慧而能干的帮手在自己身边呢？不过，也许是那些受人敬重的圣贤的品德过于整肃，与朝中腐化放浪的作风格格不入吧。根据经验，我们也常常看到，年轻人总是太有主见，并且意志不坚定，不肯接受老年人认真严肃的指导。但是，既然国王准许我接近他，那么，我决定以后一有机会就要通过翻译就这件事坦率而详尽地向他提出自己的看法。不论他愿不愿意接受我的劝告，有一件事我是拿定了主意的：既然国王陛下一再要我留在这个国家任职，我就感恩戴德地接受他的恩典，只要那些“斯特鲁德布鲁格”超人愿意接纳我，我就一辈子住在这里同他们相处。

在前边我已经叙述过，我与之谈话的那位先生会讲巴尔尼巴比语。他面带着一种微笑——这种微笑一般都是出于对无知者的怜悯——解释说，我只要有机会留下来和他们在一起，他是会很高兴的，他同时要我允许他把我刚才说的话向大家解释一下。他解释过后，他们又在一起用本国语言交谈了一会儿，不过我什么都听不懂，从他们脸上我也看不出我的话到底给他们留下了什么印象。一阵短暂的沉默之后，还是这位先生对我说，他的朋友们和我的朋友（指他自己，他觉得这样比较恰当）在听了我关于长生不老的幸福和好处的一番高谈阔论后，都欣喜至极，很想具体知道，如果我命中注定生下来就是个“斯特鲁德布鲁格”，我会打算怎样来安排我的生活。

我回答说，这样一个内容丰富、令人高兴的话题是很容易发挥的，特别是对于我，因为我常常喜欢设想，假如我做了国王、将军或者大臣，我会做什么。就这件事来说呢，我也做过全盘的考虑，如果我可以长生不老，我该做些什么事，怎样来度过我的时光。

我说，如果我运气好，成了“斯特鲁德布鲁格”中的一员，一旦我明白了生与死的区别，由此发现自己是幸福的，那么第一，我就要下决心用尽一切办法发财致富，在这过程中，靠着勤俭节约与苦心经营，大约两百年之后，我就很有可能成为全王国最富有的人。第二，我从小就喜欢艺术和科学研究，这样到最后我将在学问上超过其他所有的人。第三，我要仔细记录下公众的每一项重要活动和事件，公正地根据自己的观察所得，将历代君王和大臣的性格描绘出来。我要准确无误地记录下风俗、语言、服装、饮食和娱乐方面的种种变化。有了所有这一切学问，我将成为知识和智慧的活宝库，并无疑要成为民族的先知。

六十岁之后我就决不再结婚。好客待人，但还是要讲节俭。我要培养和教导有希望的青年，运用自己的记忆、经历和观察并证之以无数范例，使他们相信，公私生活中，道德还是非常有用处的。但是我挑选出来经常和我相伴的，却必须是同我一样长生不老的弟兄。我要从古代到我同时代的人中选出这么十二个同伴。如果这些人中有谁没有产业，我会在我自己的产业附近给他准备一处方便舒适的住所。我会请一些和我最要好的朋友一同进餐。至于你们这些凡人，我只能与少数几个对社会最有贡献的交往，不过时间一长我的心肠也就硬了，你们死了我也不怎么惋惜，或者一点都不惋惜，对你们的后代也是一样。这就像一个人年年都在花园里种石竹和郁金香玩儿，前一年种的花枯萎了，他并不会感到悲伤。

这些“斯特鲁德布鲁格”与我将保持不断交流，议论各自观察思考的成果，与记忆中的一切。我们会谈论腐朽的作风是怎样逐渐悄然侵入这世界，并坚持警示并教导人类，时刻准备着防范腐朽。我们将以身作则，扩大影响力，从而就有可能遏止历代以来人性持续堕落的趋势。

除此之外，我还能看到许多帝国和小邦发生革命；上流、下流社会发生种种变化；古城变废墟；无名村庄变成君王的帝都；著名河流渐渐干涸，降级为浅水小溪；海洋的一边变成旱地，另一边被海水吞没；人们不断发现至今还不为人知的国家；野蛮民族侵入文明国家，而所谓最野蛮的人却渐渐文明起来。看到这一切我该有多高兴呢！那时我一定会见证黄经[1]、永恒运动和万能灵

1 在黄道坐标系统中用来确定天体在天球上位置的一个坐标值。

药被发现，以及许许多多其他尽善尽美的伟大发明。

在天文学上，我们将会有多么奇妙的新发现！我们活着就可以看到自己曾预言的事实得以实现；可以观测到彗星运行和再现，以及日月星辰的运动与变化。

长生不老的自然欲望和尘世的幸福又使我在许多其他方面滔滔不绝地发表见解。我说完之后，那位先生又同先前那样把我谈话中的要点翻译给了其他的人听。接着他们就用本国话交谈了好一阵子，并时不时地嘲笑我。最后，刚才为我翻译的那位先生说，大家都要求他来改正我的几点错误，我所以会犯这些错误，都是由于人性中那共有的愚蠢，这样倒也可以不叫我负什么责任。他说，“斯特鲁德布鲁格”这一人种是他们国家所特有的，巴尔尼巴比和日本都没有，他曾有幸受国王派遣在这两个国家做过大使，发现这两个国家的人对此事都难以置信。最初他向我提及此事时，我也是惊讶不已，可见我当时也觉得这事非常新奇、难以置信。他在上面提到的那两个王国居留期间曾与人广泛交谈，发现长寿是人类普遍的愿望。无论任何人，一只脚都已进了坟墓，却肯定还要尽全力保持抬起另一只脚。年岁极高的人依然希望能再多活一天，把死亡看作是不幸至极的事，受天性的驱使，他每时每刻都在躲避死亡。只有在这拉格奈格岛上，活着不死的欲望才不那么急切，因为他们的眼前总有“斯特鲁德布鲁格”作为儆鉴。

他说，我设想的那种生活方式是不合理的、不真实的，因为那必须以永远的青春、健康和精力为先决条件——一个最不切实际的人，也不会想入非非到如此程度。所以问题不在于一个人是否能永葆青春、永远健康幸福，而在于他在老年身心健康衰退、机能减退等不利现实条件下，如何来安顿他那永生不死的生命。虽然极少有人愿意在极度衰老的情形下长生不老，可是在前面提到的巴尔尼巴比和日本这两个王国里，他发现每一个人都希望推迟死期，死亡来得越晚越好。他也几乎没听到有人心甘情愿地死掉，除非受到了极度的痛苦和折磨。他请我告诉他，在我旅行过的那些国家以及我自己的国家，是否也发现了这种相同的、普遍存在的人类心理。

开场白刚一结束，他给我详细叙述了他们那儿“斯特鲁德布鲁格”的情况。他说，大约三十岁之前，他们一般和普通人没有什么两样，之后就一点点变得忧郁和沮丧，并逐渐加深，一直到八十岁。这是他们亲口说的，否则，一个时代仅有不到两三个长生不死者诞生，人数这么少，是无法通过统计观察法得到普遍适用的结论的。当他们活到八十岁时（在这个国家，八十岁就被认为是寿命的极限了），他们不但具备其他老人的所有毛病和荒唐行为，而且还因心中对自己永生不死的可怕前途感到恐惧，就更添了许多特殊的缺点。他们不但性情顽固、暴躁、贪婪、忧郁、愚蠢、多嘴，而且丝毫不讲友谊和爱情，顶多不过是对儿孙还有点儿感情。嫉妒和妄想是他们主要的情感。但引起他们嫉妒的事情，主要是年轻人是多么不道德和老年人居然还能死去。想想年轻人，他们自己再也没有办法像他们那样寻欢作乐了；而每当看到一支送葬的队伍时，他们就伤心、羡慕，别人都能得以安息了，自己却永远都没有指望。他们除了自己在青年及中年时代学到和看到的东西，别的全都忘记了，而就是那一点点记忆也残缺不全，所以任何事实，要想知道真相和细节，稳妥起见还是相信传统的说法，最好别指靠他们的记忆。他们中最幸运的也就是那些年老昏聩、记忆丧失的人，他们因为不像别人那样保留诸多恶习，倒还较为能够让人心生怜悯且伸手援助。

如果一个“斯特鲁德布鲁格”恰好跟他的同类结婚，按照王国的恩典，等到夫妇二人中较年轻的一人活到八十岁时，婚姻就可以解除。法律认为这种优惠待遇是很合理的，因为那些无辜受惩罚要在世上永远活下去的人，不应再受妻子的连累而使自己加倍痛苦。

他们年满八十岁，法律上就认为已经死亡，后嗣马上就可以继承其产业，只留极可怜的一点儿钱供他们维持生活，贫穷的则由公众来负担。过了八十岁，大家认为他们不能再担任任何工作，因为人们相信他们已经无法再为公众谋福利了。他们不能购买和租赁土地，也不准他们为任何民事或刑事案件做证，甚至都不允许他们参加地界的勘定。

他们活到九十岁，牙齿、头发全脱落。活到这把年纪已不能辨别气味，有什么吃什么，有什么喝什么，没有食欲，谈不上胃口；他们老毛病常犯，既不减轻也不加重，一直就这么拖延下去；他们谈话时连一般事物的名称、人们的姓名都忘掉了，即使是自己的至亲好友的姓名也记不起来；由于这同样的原因，要他们读书自娱也是不可能的，由于记忆力太差，一个句子看到后面已经忘了前边，这一缺陷把本来还有可能享有的唯一乐趣也给剥夺了。

这个国家的语言时刻都在变化，所以一个时代的“斯特鲁德布鲁格”听不明白另一个时代同类说话的意思，两百年一过，他们也不能同周围的普通人交谈，顶多不过说几个一般的词儿。因此，他们生活在自己的祖国却倒像外国人一样不方便。

这就是我记忆所及他们给我做的关于“斯特鲁德布鲁格”的一番叙述。后来我见到了五六个不同时代的这些人。最年轻的还不到两百岁，他们都是由我的几个朋友在不同的时间里领到我这里来的。可是，虽然他们听说我是个大旅行家，世界各地都见识过，却一点儿也不感到好奇，半个问题都不提。他们只希望我能给他们一个“斯兰姆斯库达斯克”，就是一件纪念品。这其实是一种委婉的乞讨方式，以躲避严禁他们这样做的法律惩罚。尽管国家给他们的津贴确实很少，然而他们确实是由公众供养的。

人人都轻视、痛恨他们。生下一个这样的人，大家都认为是不祥之兆。他们出生的情况记载得十分详细，所以查一查登记簿就可以知道他们的年龄。不过登记簿上记载的还不到一千年，要不就是因为年代久远或者社会动乱，一千年前的记载早都被毁掉了。但是，通常计算他们年龄的方法，还是问一问他们脑子里记得哪些国王或者大人物，然后再去查历史，因为他们记得的最后一位君王，毫无疑问地总不会在他们八十岁以后登基。

他们是我生平所见到的最令人痛心的人，而其中女人比男人还要悲惨。她们除了具有极度衰老之人所有的共同缺陷，更可怕的是，女人衰老导致缺陷的糟糕程度，简直难以形容，并且与她们的年龄成正比。我在五六个人当中很快就能辨出谁年龄最大，虽然她们彼此之间相差还不到一两百年。

读者不难相信，自从我亲耳听到、亲眼看到这种人以后，我长生不老的欲望为之大减。我为自己先前那些美妙的幻想感到由衷的羞愧，心想与其这样活着真还不如死掉，无论什么暴君发明什么可怕的死法，我都乐于接受。我和我的朋友们在这件事上所谈论的一切，国王都听说了，他于是得意扬扬地挖苦我，说希望我能带一对“斯特鲁德布鲁格”回自己的国家，使我国人民从此不再怕死。不过这似乎是这个王国的基本法律所不允许的，否则我还真乐意费些力气和钱财把他们运回来。

我不得不赞成这个王国制定的关于“斯特鲁德布鲁格”的法律具有最强有力的依据，任何别的一个国家面临类似情况，都有必要执行那些法律。要不然，性格上的贪婪作为老年的必然结果，那些长生不老的人最终就会成为整个国家的财产的业主，独霸全民的权利，却又因为缺乏经营管理的能力，最终必然导致整个社会的毁灭。

第十一章

关于“斯特鲁德布鲁格”的叙述，我想一定会使读者感到有几分意思，因为这似乎多少有点儿不同寻常，至少在我读过的游记中，我记得还没有碰到过这一类的叙述。如果我记错了，我就恳请大家原谅，因为旅行家们在叙述同一个国家时，常常免不了会在相同的一些细节上长篇大论，并且不会受到借用或抄袭前人著作的指责。

这个王国与日本之间确实有着贸易往来，所以很有可能日本的作家已经有过关于“斯特鲁德布鲁格”的叙述；不过我在日本停留的时间很短，而且一点也不懂他们国家的语言，所以没有办法去进行调查。我倒是希望荷兰人经我这样介绍，能产生好奇心，同时也能够来弥补我的不足。

国王陛下三番五次强烈要求我接受他朝廷的官职，可他见我决意要回自己的祖国，也就准许我离开了。我很荣幸地得到他亲笔为我给日本天皇写的一封介绍信。他又赐给我四百四十四块大的金子（这个民族喜欢偶数），还有一枚红色钻石，我回英国后卖了一千一百英镑。

一七〇九年五月六日，我郑重辞别了国王和我的朋友。这位君王真是高尚，派了一支卫队把我送到了这座岛西南部的皇家港口格兰古恩斯达尔德。六天以后，我搭上了一艘把我带到日本的船。路上我们航行了十五天。我们在位于日本东南部的一个叫滨关的港口小镇上了岸。那个镇位于港口的西端，那儿有一条狭窄的海峡，向北通向一个长长的海湾，首都江户[1]就坐落在这海湾的西北岸。上岸后我马上就将拉格奈格国王给天皇陛下的信拿给海关官员看。他们对上面那印章非常熟悉。印章有我的手掌那么大，图案是一个国王从地上扶起一个瘸腿的乞丐。镇上的地方长官听说我有这么一封信，就以大臣之礼来款待我。他们为我备好车马和仆从，免费护送我去江户。到那儿后我就被召见了。我递上书信，接下来的拆信仪式十分隆重，一名翻译将信的内容解释给天皇听。随后，翻译转达天皇的命令，通知我说，无论是什么要求，只要我说出来就会照办（这当然是看他拉格奈格王兄的面子）。这位翻译是专门同荷兰人打交道的，他从我的长相立即就猜出我是个欧洲人，于是又用纯熟的低地荷兰语把天皇陛下的命令重复一遍。我按照事先想好的主意回答说，我是一名荷兰的商人，在一个遥远的国家航海时翻了船，之后从那里先海路后陆路一直到了拉格奈格，再后来就坐船来到了日本。我知道我的同胞时常在这里经商，就希望有机会能随他们中的一些人一起回欧洲去。说完我就极为低声下气地请求天皇开恩，希望他能下令把我安全地送到长崎。我还提出了另一个请求，能否看在我的恩主拉格奈格国王的面上，免我履行踩踏十字架[2]，我的同胞到这儿来都

1 即现在日本首都东京。

2 这是日本人探明外人是否为基督徒的一种仪式。

得履行这样的仪式，可我是因为遭遇了不幸才来到他的王国的，丝毫没有做生意的意思。当翻译把我的后一个请求说给天皇听之后，他显得有几分吃惊，说他相信在我的同胞中我是首个不愿履行这种仪式的人，因而开始怀疑我是不是真正的荷兰人，他更疑心我是个基督徒。尽管如此，由于我提的那些理由，而更主要是看在拉格奈格国王的面上，他特别开恩就迁就了我这与众不同的脾性。不过事情还得安排得巧妙，他吩咐他的官吏把我放过去，就当作忘记了让我履行那仪式，因为要是我的同胞荷兰人发现了其中的秘密，他们一定会在途中将我的喉管割断。我通过翻译感谢天皇对我的格外开恩。那时恰巧有一支军队要开到长崎去，天皇就命令指挥官护送我前往那里，关于十字架的事还特别做了关照。

一七〇九年六月九日，经过长途跋涉，我到了长崎。不久，我就认识了一些荷兰的水手，他们都是阿姆斯特丹的载重达四百五十吨的“阿姆波伊纳号”大商船上的人。我在荷兰住过很久，那时在莱顿求学，所以我的荷兰话说得很好。水手们不久就知道我是从哪儿来的了。他们十分好奇地询问我的航海及生活经历。我尽量地把故事编得简短而可信，却把真相的绝大部分隐瞒了下来。我在荷兰认识不少人，我可以捏造我父母的名字，假说他们是盖尔德兰省出身寒微的百姓。我本来准备付给船长（一个名叫西奥朵拉斯·凡格鲁尔特的人）我到荷兰应付的船费，可他听说我是一名外科医生后，就高兴得只收了一半，条件是我在我本行业务方面为他服务。开船前，有几名船员一再问我有没有履行以上提到的那种仪式。我避开了这个问题，只大概地回答他们说，天皇和朝廷的每一点具体的要求我都满足他们了。尽管这样，还是有一个磕头虫[1]一样歹毒的流氓跑到一位官员前，对他说，我还没有踩过十字架。可是官员早已接到放我出境的命令，反而用一根竹子在这流氓的两个肩膀上打了二十下；此后就再也没有人拿这样的问题来烦我了。

航行途中没有发生值得一提的事情。我们一帆风顺驶到好望角，为了取淡水，我们在那儿停了一会儿。四月十六日，我们安全抵达阿姆斯特丹，路上只有三名水手病死，还有一名在离几内亚海岸不远的地方从前桅上失足掉进了海里。之后不久，我搭乘阿姆斯特丹的一艘小船从那里启程回英国。

一七一〇年四月十日，我们进入唐兹锚地。第二天早晨我上了岸，在离开了整整五年零六个月以后，终于又见到了自己的祖国。我马上动身去瑞德里夫，当天下午两点就到了家，看到妻子儿女全都身体健康。

1 害虫。

第四卷

慧骃国游记[1]

1 斯威夫特在《罗马兴志》中赞颂吕库戈斯体制是“现存体制中最好的”，极其重视作为一种社会和政治范例的古代斯巴达。斯巴达政制与《格列佛游记》中的政治学和伦理学具有重要而特别的联系。在小人国游记、大人国游记、飞岛游记中，都有斯巴达政制的体现，在慧骃国游记中所呈现的政制、社会组织，和吕库戈斯式的斯巴达有高度一致性。

第一章

我在家中与妻儿共度大约五个月的美好时光，如果我懂得珍惜当时的快活日子该有多好。我却告别了我那可怜的挺着大肚子的妻子，接受了一份待遇优厚的工作，在载重三百五十吨的“冒险号”大商船上当船长。这是因为我航海经验丰富；另外，虽然偶尔我也可以兼任随船医生，但我已经逐渐厌倦在海上做专职外科医生，于是我就请了一位医术精湛的青年罗伯特·漂尔佛伊到船上任外科医生。一七一〇年八月二日，我们从朴次茅斯[1]起航；十四日，我们在田纳瑞夫岛[2]遇到了来自布里斯托尔[3]的坡可克船长，他正要到坎披契湾[4]去采伐洋苏木[5]。但在十六日，一场风暴将我们吹散了。我结束此行，返回之后，才听说他的船沉没了，除了一名船舱服务生，其余船员全部遇难。他为人诚实，还深谙航海术，只是有点儿固执己见，可恰好是这一性格弱点把他毁了。

1 英国英格兰东南部汉普郡，南临索伦特海峡。

2 靠近非洲海岸大西洋中的加那利群岛七个岛屿中最大的一个岛屿。

3 英国英格兰西南区域的名誉郡。

4 墨西哥湾南部的支湾。

5 原产在中南美洲和印度群岛等地区的热带植物。

很多人都一意孤行，如果当时他听从我的劝告，也许现在就能平平安安地与家人团聚；我自己又何尝不是呢。

我的船上有几名水手患热病死了，所以我不得不在巴巴多斯岛[1]和背风群岛[2]招募新水手。我的雇用商曾指示我可以这么做，但不多久我就后悔了，因为后来发现新水手中大部分曾是海盗。我手下一共有五十名水手。我的任务是与南洋地区的印度人做生意，并且尽可能拓展新业务。新招募来的这帮流氓，把船上其他水手全都拖下了水，他们共谋不轨，企图霸占这条船，并囚禁我。一天早上，他们动手了，冲进船舱，把我结结实实绑了起来，还威胁说，只要我动一动，就把我扔进海里去。我告诉他们，我已经是他们的俘虏了，情愿顺服。他们强迫我发誓不反抗，然后才给我松绑，不过用链子把我的一条腿拴在床前。同时，在舱门口设了一个门卫，命令他枪弹上膛，如果我想逃跑，就开枪打死我。他们给我送饭，而船上的事务则由他们说了算。他们的计划是去做海盗，抢劫西班牙人，不过计划得逞之前，他们还得纠集更多人。原来自我被囚禁后，他们中死了几个人，于是其余人决定先抛售船上货物，再去马达加斯加招募新水手。他们航行了好几个星期，同印度人做了些买卖，因为我被监禁在船舱里并严加看守，因此除了一动不动、等着像他们威胁我的那样被干掉，什么也干不了，所以不知道他们走的是哪一条航线。

直到一七一一年五月九日，一个名叫詹姆斯·威尔契的人来到了船舱里，声称奉船长之命押我上岸。我向他哀告，却是徒劳无果。他也不肯告诉我新船长是谁。他们让我穿一身最好的衣

1 西印度群岛中的一个小岛。

2 西印度群岛的一个岛群，位于巴巴多斯的西北方。

服——那看起来差不多真像新的一样，还让我带上一包内衣，可是除了腰刀之外不准携带任何武器，然后就逼我上了一艘长舢板。不过他们还算比较文明，没有搜查我的口袋，我在里面放了我所有的钱和其他一些日常用品，我把它们带上了。他们划船行进大约一里格，就把我丢在一片近海浅滩上。我求他们告诉我这是什么国家，他们却一起发誓道，他们像我一样对此一无所知，只说这是船长的主意，等把船上的货物卖光，就在就近的陆地把我撵下船去。他们立刻就得划船回去，还劝我快滚，不然到时候潮水涌来有我好瞧的。就这样，他们和我永别了。

在这与世界隔绝的岛上，我只是朝前走着，不过，没走多久，就走上了一块坚实的土地。我在一处沙堆上坐下休息，考虑以后怎么办。当我精神稍微振作了一些之后，决定深入这个国家，向最先遇到的野人投降，用手镯、玻璃戒指以及其他玩意儿讨好他们，求他们饶命。当海员的出海航行时，总要随身携带这类东西，我也入乡随俗，带了一些。这岛上，陆地被一排排树木毫无规则地分隔开来。树是野生而非人工种植，到处野草丛生，也有几块燕麦田。我只能战战兢兢地继续走，提心吊胆，生怕被偷袭，或者有一支冷箭突然从身后或两边飞来，把我射死。我走上了一条由于经常被人踩踏而形成的路，观察到路面上有许多人的脚印，还有一些牛蹄印，不过最多的还是马蹄印。最后我在一块地里发现了几只动物，还有一两只坐在树上的。它们模样丑怪，使我心神不宁。于是我就在一处灌木丛后卧倒，想要看个究竟。有几只走上前来，靠近我，我就趁机仔细观察它们的外形特征。它们的头部和胸脯都覆盖着一层厚厚的毛发，有的蜷曲，有的顺直。它们长着山羊胡，身上除了背上和腿脚的前部长着一道长长的毛，其余部位光溜溜的，因此看得见浅褐色的皮肤。它们没有尾巴，臀部只有肛门周围被毛发覆盖。我猜这样的进化结果，是为了当它们坐在地上的时候，这儿长出的毛发能起到保护作用。它们经常坐着，也时常躺着，有时也用后腿站立。它们钩状的前后爪长而尖利，所以能像松鼠一样敏捷地攀爬高大的树木。它们时常上蹿下跳，蹦来跃去，行动异常敏捷。这种动物母的比公的个头小，头发又直又长，脸上不长毛，并且除了肛门和阴部周围，身上别处就都只长着一层绒毛。乳房垂在两条前腿中间，走路时一不小心就擦着地面。这种动物无论公母，毛发都有褐、红、黑、黄等几种不同的颜色。总而言之，历次旅行中，生得让我这么看不顺眼的动物还是第一次见到。我看不下去了，心中充满了轻蔑和厌恶，就站起身来沿原路返回，希望最终能找到一间印第安人的小屋。我还没走多远，迎头撞见一只这种动物，它挡在路上，径直向我冲过来。这个丑陋的怪物发现了我，扮着各种鬼脸，两眼紧紧地盯着我，露出那种发现未见过的东西的眼神。接着它向我靠近，抬起了前爪。我不知道它是出于好奇还是恶意，但是不管怎样，我拔出腰刀，用刀背猛击了它一下。我不敢用锋刃袭击它，怕砍死或砍伤了当地居民的牲口，激怒他们。那畜生挨了打，向后退了一步，大声吼叫起来。这下至少四十只这样的怪物从附近田地里跑过来，将我团团围住，又是嗷嗷叫又是龇牙咧嘴。我跑到一棵树底下，背靠着树干，手中挥舞腰刀，让它们不敢上前。有几只该死的畜生抓住了我身后的树枝跳上了树，瞄准我的头拉屎。我身体紧贴树干才避开，但是差点儿被落在周围的粪便臭气熏死。

正在这紧要关头，这些畜生却忽然全体拼命飞奔跑开了。这时我壮胆离开那棵树，继续寻找出路，一边走一边暗自纳闷儿，是什么把那畜生吓成这样呢？我朝左一看，只见一匹马在田间漫步。原来欺负我的那些畜生比我先看到了他，所以才逃跑了。这马走近我，先是一怔，随即镇定了下来，他端详我的脸，毫不掩饰地表现出惊奇。他上下打量我，观察了手又琢磨我的脚，还围着我转了几个圈。我本想继续赶路，他却拦住了去路，不过神色温和，丝毫没有加害于我的意思。我俩原地站着，面面相觑，互相盯着好一会儿，终于我大胆上前，伸手要摸他的脖子，还吹着口哨，俨然一副职业骑师驯服野马时的架势。可是这只动物似乎对我此番示好并不领情，他摇摇脑袋，又皱了皱眉头，轻抬右前蹄，推开了我的手。接着他嘶鸣三四声，每次音调都不一样，我不禁认为他正在自言自语，用的是一种特殊的语言。

就在我与他僵持不下之时，又一匹马出现了。他彬彬有礼地走到第一匹马跟前，他们互相轻轻碰了碰右前蹄，然后用各不相同的声音，你一句我一句，各自嘶叫几声，像是对话一样。他们走远一些，似乎要单独探讨什么事，肩并肩地踱来踱去，像人类思考什么大事儿时那样，不过这期间也不时转头朝我这边瞧瞧，好像在监视我、防范我逃跑似的。看到没有思维的畜生如此的行为和举止，我备感惊讶，暗自心想，这个国家居民的智慧如果与他们马儿的灵性成正比，那他们应该是世界上最聪明的民族了。这一念头使我感到十分欣慰，于是决定继续向前走，寻找房屋或村庄，或者遇见几个当地居民，只要那两匹马乐意，就让他们在那儿交谈吧。可是第一匹马（那是匹皮毛呈深灰色的斑纹马）见我伺机开溜，立即紧随我身后长鸣嘶叫，那声音极富表现力，我一定是发疯了，居然觉得自己听懂了他表达的意思。于是，我转回身，走向他身边，悉听他吩咐。我尽力掩饰自己内心的慌张，我不知道这一番历险将会如何收场，感到很是折磨人。读者应该很容易理解，我实在不怎么喜欢当时的处境。

这两匹马走到我面前，仔细地查看我的脸和手。那匹灰马用右前蹄摸了一圈我的帽子，把它弄得不成样子，我只得把它摘下来，整理一下，又重新戴上去。他和他的同伴（一匹栗色马）见此更加惊讶了。栗色马摸了摸我的上衣襟，发现那是松垮地搭在我身上，而不是紧贴着肉长在我身上时，他俩又露出了惊异的表情。他摸摸我的右手，似乎十分羡慕我皮肤的白嫩光滑。可他又将我的手紧紧夹在蹄子与蹄骹间，疼得我忍不住大叫起来。这么一来，他们又尽量温存地安抚我。他们对我的鞋子和袜子感到十分困惑，不时地去摸一摸，又相互嘶叫一番，做出种种姿势，脸上带着哲学家正试图解决什么新难题的表情。

总之，这两只动物的举止如此有条有理，合情合理，观察又如此敏锐且判断准确，以至于我终于得出这样的结论：他们一定是魔术师，用了什么法术变成眼前这模样，见到路上来了个陌生人，就这样寻开心；或者他们住在这个如此遥远的国家，见到与这里人习性、体形与容貌都完全不同的一个人，真的感到万分新奇。我越想越觉得有道理，就大胆说了以下的话：“先生们，如果你们是魔术师——我相信你们肯定是的，你们肯定能听懂我说的话。所以我要冒昧地告诉两位阁下，我是一个可怜的、倒霉的英国人，由于遭遇了不幸漂流到你们的海岸上，我请求你们中的哪位让我骑在背上，像骑着真的马儿那样，把我驮到某人家或者村庄，救我一命。为了报答你们的恩惠，我愿意把这把刀和这串手镯当礼物送给你们。”说话的当儿，我就已经把它们从口袋里取了出来。我说话时，这两只动物默默地站在那儿，似乎在专注地听我说。我说完之后，他们相互嘶叫了好一阵子，好像正儿八经地谈着话。我清楚地观察到他们的语言能很好地表达感情。他们的词语不用费多大劲就可以用字母拼写下来，比拼写中国话要容易得多了。

我可以分辨出有一个词是“野胡”，这词儿他们反复地说了好多遍，虽然我不明白那是什么意思，可当这两匹马忙着在那里交谈的时候，我就试着开始学习这个词。他们一旦停止说话，我就壮了壮胆子高声地喊了一声“野胡”，同时还尽量地模仿那种马嘶叫的声音。他们听了之后看起来都很惊讶。那匹灰色的马把那个词又重复了两遍，好像他有意识地纠正我的发音似的，我就尽力跟着他念了几遍，虽然还根本谈不上发音标准，但我确实觉得自己每次练习都进步明显。接着那栗色马又试着教我第二个词儿，这可是比第一个难读多了，按照英语的拼写方式，它可以拼作“Houyhnhnm”（慧骃）。我念这个词时发音不如前一个成功，不过试了两三次之后，也大有长进。见我有这样的才能，他们都显得非常惊讶。

两匹马又说了一些话之后（我当时猜想可能跟我有关），他们就分手了，分手前又行了互相碰蹄子的礼。灰马摆出某种姿态，好像示意我得走在他前头，我想我在找到更好的向导之前，最好还是乖乖地顺着他。我一放慢脚步，他就会发出“咴、咴”的声音。我揣摩他的意思，于是就想方设法让他明白，我太疲倦了，走不快了。于是他就停下来站一会儿，让我休息一下。

第二章

大约走过三英里路，我们面前出现了一排长房子。那幢房子是先把木材插进土地里，再用枝条编织建成的。现在我开始略微感到心安，就拿出几件玩具（旅行家们常带些这种玩意儿，当作礼物送给美洲等地的印第安野蛮人），希望这户人家会因此感到愉快，并且愿意友好地招待我。那匹马对我打姿势，意思是我先进屋。屋里很宽敞，泥土地面平坦整洁，房间一侧是一排秣草架和食槽。房间里有三匹小马和两匹母马，并不在吃草，有几匹马屁股坐在地上，令我感到非常奇怪。更奇怪的是，另外几匹看起来同样寻常的牲口，正忙着做家务。我更加坚定了原先的推测：这里的人们能把野兽驯教成这样，他们一定智力超常，远胜世界上其他的民族。至于我，要不是灰马随后跟进屋来，也许其他那些马会欺负我，让我吃些苦头。他对他们嘶叫几声，听起来颇具权威性，他们也有所回应。

这一排长房子除了这间屋子，另外还有三间，一直延伸到整幢长房子的尽头，三扇对开门把房间连在一起，有点儿像街道。我们穿过第二间房向第三间房走去。这时灰色马先走了进去，示意我稍候：我在第二间房内等待时，把送给这家主人和主妇的礼物准备好：是两把小刀，三只仿珍珠手镯，一面玻璃做的小镜子和一串珠子项链。灰马嘶叫了三四声，我等着，以为能听到有人作答，但除了同样是马的叫声回应，并没有听见其他声音，只是这一两声回应比灰色马叫声更尖锐一些。我开始心想，召见我之前，要经过如此繁缛仪式，这宅子的主人一定是什么大人物。可一位高贵人物的生活起居为何由马来侍候，却让我百思不得其解。我恐怕自己是由于遭遇不幸，被苦难打击得神经错乱了，于是抖擞精神，在这除我以外空无一人的房间里环顾四周：房内摆设与第一间房相同，不过更精致一些。我揉了揉眼睛，再揉了揉，可眼前的一切并没有变化。我拧了拧胳膊，又捏了捏腰，想让自己清醒过来，希望我只是做了场梦。随后我坚定地认为，我看到的一切都只是妖术和魔法。不过，我还没来得及往下细想，灰色马已经来到门口，比画着招呼我随他进入第三间房。刚一进门，我就看到了一匹俊美的母马、一匹小公马和一匹小母马，他们都屁股着地，坐在异常整洁又做工精细的草席上。

我进房间后不久，那母马就从草席上站了起来。他走到我跟前，在仔细研究一番我的手和脸之后，显出鄙夷的神态，随后转身与那匹灰马说话。我听他们一再重复“野胡”这个词儿，虽然那是我学会说的第一个词，但还不清楚它的确切意思。不过，不久之后我就会清楚的，并将永生铭记这个词带给我的耻辱。灰马又朝我点头，还像刚才在路上时那样口中发出“咴、咴”的声音，我明白那是让我跟他走。他领着我走出了房间，来到一处大约是庭院的地方，离马的住处不远还有一座房子。我们走了进去，就看见三只叫人作呕的畜生，就是我上岸后遇到的那种。它们正吃着树根和兽肉，后来我才知道那是驴肉和狗肉，有时它们也吃病死或意外死亡的母牛肉。它们的脖子上绑着结实的枝条，枝条另一头拴在一根横木上。它们用两只前爪抓住食物，再用牙齿撕咬着吃。

马主人吩咐他的仆马（一匹栗色小马）将其中最大的一头解下来，牵到院子里。主仆二马叫我和那野兽并排紧挨着站在一起，然后开始仔细对照、比较我和那野兽的外貌，同时一遍遍地重复那个词："野胡""野胡"。当我看出身边这只丑恶的畜生面容竟然完全像人时，吓得魂飞魄散：它脸型扁阔，塌鼻子，宽嘴巴，厚嘴唇。通常野蛮人与欧洲文明人的面部特征也有诸多类似差异，这是因为野蛮人总让它们的孩子趴在地上，或者让它们骑在背上，孩子的脸在母亲的肩膀上擦来擦去，久而久之，面部轮廓就变了形。"野胡"的前爪除了指甲更长，手掌粗糙、颜色棕黄，手背长毛之外，和我的手没有什么两样；同样我们的脚也有相似之处，我其实非常清楚，这点区别只因为我脚上穿鞋袜的缘故，然而马不清楚；除了毛发与肤色的区别，我们身体其他部位也看起来大同小异，对此，前文中我已经有所提及。

在两匹马看来，我身体的其他部分和"野胡"可是大不相同，这令他们感到十分难以理解。这得归功于我的衣服，马儿们却对衣服毫无概念。栗色小马用他的蹄子和蹄骹夹一段树根递给我（关于它们拿东西的方式，以后有机会再来细说）。我伸手接住，闻了闻，又十分礼貌地还给了他。他又从"野胡"窝棚里拿来一片驴肉，那恶臭的气味熏得我别过了头。他就把这片驴肉扔给"野胡"，驴肉立刻就被狼吞虎咽地吃光了。随后他又取出一小捆干草和一种燕麦类植物，可我又摇摇头，表示这两样食物我都不吃。说真的，这会儿我算是明白了，要是不能遇上同类，我就得挨饿。至于那些猥琐的“野胡”，虽然当时境况下，没有人比我对人类爱得更深切，可我无论如何也不能承认它们就是我的同类，我还从未见到过这么龌龊的生物，怎么看怎么令人嫌恶，事实上，在我居留该国期间，也是越熟悉它们就越厌恶它们。从我的举止态度，马主人也已经看出来我对“野胡”的反感，于是吩咐把“野胡”带回窝里去。接着他举起前蹄触碰嘴唇，他做起这动作来轻松自然，着实令我诧异。他又做了些其他动作，询问我吃什么。可我不知道怎么回复，才能让他明白我的意思，并且即使他明白，我也想不出有什么办法能搞到人类的食物。正在此时，一头母牛从旁经过，我就朝它指了指，表示请求允许，让我上前挤奶。这回有了效果。灰马把我领回家，吩咐一匹母仆马打开一个房间，里面储存着大量牛奶，盛在陶盆和木盆中，打理得整齐又干净。母马倒给我满满一大碗，我痛痛快快地喝了下去，顿时感觉精神大振。

大约中午时分，我看到四只“野胡”拉着一辆样子像雪橇的车，朝这边房屋走来。车上是一匹老马，看上去身份尊贵，他下车时后蹄先着地，因为他的左前蹄意外受过伤。老马前来我的马主人家里赴宴，受到了恭敬周到的接待。他们在最好的房间用餐，第二道菜是牛奶煮燕麦，老马趁热的吃，其他马吃冷的。环形食槽安置在房屋中央，分隔成若干小格，马则围着食槽坐在草堆上。食槽环绕着高大支架，从支架突出许多倾斜的给料口，分别对准食槽中每一小格，这样每一匹公马或母马都能在秩序井然的条件下，优雅自在地享用属于自己那份干草和牛奶燕麦了。小马驹的行为举止也很有教养，深得马主人夫妇欢心，于是他们对待客人的态度更加殷勤了。灰色马让我站在他身边。我发现客人时不时地看我，又频繁地提到“野胡”这个词儿，推想是我引得灰马主人和他的朋友们议论纷纷。

我当时恰好戴着一副手套，灰马主人见了有些莫名其妙。他实在好奇，我究竟把自己的前蹄折腾成什么样，不由三四次举起蹄子碰我的手套，好像要解放我的蹄子似的。我立刻心领神会地把手套脱下来放进口袋里。这一举动引起更热烈的议论。我看出大家对我应对的方式很满意，不久我也尝到自己行为得体带来的好处。他们要求我说出他们语言中我懂的那几个词。席间，马主人又教我燕麦、牛奶、火、水等名词。由于我自小颇有语言天赋，所以跟他学习发音，念得不错。

餐后，马主人把我拉到一边，连比带画，不住询问，想让我明白他担心我没什么可吃的。燕麦在他们的话里叫“赫伦”，我把这个词儿念了两三遍，因为虽然起先我拒绝吃这东西，可是转念一想，觉得可以想办法把它做成一种面包，然后就着牛奶一起吃下去，或许就可以保住我的小命儿，直到以后设法逃往别的国家，找到我的同类。马主人立即吩咐家里的一匹白母马用一种木盘子给我送来了很多燕麦。我就尽量把它们放在火上烤，接着把燕麦壳搓下来，再设法吹去麦皮。我把它们放在两块石头中间磨碎，接着加上水，和成一种糊状饼，再拿到火上烤熟，就着牛奶趁热吃了下去。其实这东西在欧洲许多地方也是相当常见的食品，起初我觉得它吃起来淡而无味，日子久了就习惯了。这次也不是我人生头一回沦落到食物匮乏的境地，我这辈子常常如此。生活本身教会了我，其实人类的天性是容易知足的。另外不得不承认，在这座岛上度过的那些日子，我从不曾为疾病受苦，一小时也没有过。千真万确。有时我也设法用“野胡”的毛发编织罗网，捕捉一只兔子或鸟儿什么的；也常常去采集一些对健康有益的野菜，煮熟了吃，或者做成沙拉，就面包吃；间或也做点儿奶油尝尝鲜，而且把做奶油剩下来的乳清也都喝了。开头我简直不知道没盐吃该怎么办，不过逐渐习惯成自然，不久后也觉得那是可有可无的了。我想，既然起初将盐加入饮品是为了刺激食欲，那么频繁食用盐其实就是为了一种追求奢靡的满足。所以，也许长途航海生活中或者远离大型市场的那些地区，为了肉食保鲜的目的，才真正有必要使用盐。我们发现，除了人，没有一种动物需要食用盐。至于我自己，离开这个国家好长一段时间之后，才重新接受有咸味的食物。

关于我的饮食问题已经谈得够具体了。其他的旅行家在其著作中也都对此大谈特谈，好像读者个个都很关心我们是大饱口福呢，还是忍饥挨饿。不过描述这儿的饮食习惯还是必要的，否则谁会相信我在这样一个国家和这样一群居民一起生活了三年！

到了傍晚的时候，马主人吩咐给我准备一个住处。那里离马主人的住所有六码远，跟“野胡”的窝是分开的。我铺了一些干草，身上盖着自己的衣服，熟睡了一觉。读者以后会知道，不久我将住得更好，下文中，我会详细叙述此后我在这里的生活。

第三章

我当时首要任务是学习“慧骃”的语言。我的主人（以后我都这样称呼他）、他的子女们及家中仆马都愿意教我。一只畜生竟然有理性思维，他们认为这实在是奇迹。我独自一人时常把不知名称的物品记录在旅行笔记本里，家里的马在场的时候，我用手指着每样物品向他们请教，希望他们教我时多念几遍，帮助我纠正发音。有匹栗色下等小仆马对这事儿很热心，随时都乐意帮助我。

他们说话时主要是靠鼻子和喉咙发音，在我所知道的欧洲语言里，他们的语言和高地荷兰语或者德语最接近，不过要文雅得多，含义也更丰富。查理五世[1]也曾经说过，他若是同马儿说话，讲的肯定是高地荷兰语。

我的主人对我无比好奇，迫不及待地想了解我，因而一有空，就花几个小时教导我。他坚信（这是他后来告诉我的）我是一只“野胡”，然而奇怪的是我听从教导、彬彬有礼并且干净整洁，这些品性与“野胡”完全相反。最让他纳闷的是我的衣服；

1 1500—1558，神圣罗马帝国的皇帝。

有时他暗自推想，这些物件难道是从我身上长出来的？这也难怪，通常我都是等马儿都睡了才脱衣服睡觉，而他们睡醒之前我就又重新穿戴整齐。从我的表现看来，我能够理性地思考问题，于是我的主人急切地想知道，我从哪里来，又如何具备了理性思维的能力。眼下我学习他们的语句词汇进步很大，我的主人热切盼望不久后我就能亲口告诉他自己的经历。为了帮助记忆，我把学过的所有单词全都用英文字母拼写下来，并备注译文。经过一段时间后，当着我主人的面我也敢这么做了。不过要解释清楚我这么做是在干什么，可是件麻烦事，因为马民们根本不知道书籍和文学是怎么回事儿。

大约十周后，我能听懂他提出的大部分问题，而三个月以后，我就能勉强回答一些问题了。他非常想知道我来自的这个国家在何处，如何学到了模仿理性动物的本领，因为“野胡”（仅凭露在外面的头、手和脸判断，它认为我完全像一只“野胡”）看起来很狡猾，最爱搞鬼捣蛋，据说它们在一切畜类中是最难驯养的。我回答说，自己来自一个遥远的地方，与许多同类一起乘坐用树身做成的中空大容器，漂洋过海到了这里。我的同伴强迫我在这里的海岸登陆，扔下我自生自灭。我颇费口舌，连说带比画，才终于使他明白了我的意思。他认为我肯定是弄错了，要不就是事情不是我描述的那样（他们的语言没有表达“说谎”或者“虚假”之类意思的词汇）。他认为海那边不可能还有什么国家，一群畜生也不可能随心所欲地在水面上移动一个木头的容器。他不相信这世上连“慧骃”都无力制造的某种容器，能由什么“野胡”制造出来。

“慧骃”这个词在他们的语言中是“马”的意思，就他的词源而言，是指“自然之精粹”。我对我主人说，我还不太会用他们的语言清楚表达我的意思，不过我会尽可能快速地进步，希望短期内就能向他解释各种稀奇事儿。他听了很满意，吩咐家中母马、小马以及仆马都利用一切机会来教我，而他自己每天也要花上两三个钟头这么做。听说我们家有一只神奇的“野胡”，不但能像“慧骃”那样说话，而且言谈举止也显得理智，附近的贵族马邻居也就经常前来我们家拜访。这些马贵族喜欢与我交谈。他们问我许多问题，我则尽可能作答。这些有利条件使我的语言进步神速，从我到这地方的那天算起，五个月以后，无论他们说什么我都能听懂了，同时我也能相当不错地表达自己的意思。

那些为看我并想实现与我交谈目的而前来拜访的“慧骃”，都难以相信我是一只真正的“野胡”，因为我的身体表面覆盖着什么其他东西，不像“野胡”。他们看到我身上除了头、脸、手之外，与普通“野胡”皮肤、毛发不同，感到非常不解。不过大约两个星期前，一件意外发生的事儿，让我向主人坦白了我的秘密。

我已经告诉过读者，每天晚上我等全家都入睡之后才脱下衣服，并把衣服盖在我的身上休息。一天大清早，我的主人让他的贴身栗色小仆马来叫我过去。他进来时我睡得正酣，衣服都掉到一边去了，衬衫堆在腰间。他发出的声音把我吵醒了，只听他颠三倒四地传达主人的吩咐，接着又惊慌失措地回到主人那里，把他看到的情况语无伦次地报告了一通。我随后就知道发生了什么，因为我一穿好衣服就去拜见主人，而他见面就问，小仆马报告的情况到底是怎么回事？为什么我睡觉时的样子和其他时候不同？他的贴身仆马告诉他，我身上有些部分是白色的，有些部分是黄色的，至少不是那么白，还有些部分则是棕色的。

为了尽量把自己和那些该死的“野胡”区别开来，我到此刻为止一直严守着“我穿衣服”这一秘密，但现在再也不可能保守住了。另外，考虑到我的衣服和鞋子都已经越来越旧，快要穿破了，我得用“野胡”或者别的兽皮另做一套换上，但是这样一来，他们就会知道全部的真相了。于是我向主人汇报：在我的故乡，我的同类总是把某种动物的毛皮精心加工，做成衣服来遮蔽身体，一方面为了体面，另一方面也为抵御严寒酷暑的恶劣气候。只要他吩咐，我马上就可以照做，以证实这一点。不过要请他原谅，某些大自然要我们遮盖起来的身体部位，恕我不能暴露出来。他觉得我的一番论述很奇怪，特别是最后的辩解：他不能理解，既然大自然赋予我们一切，为何他又要我们隐藏某些东西？他说，不论他本人，抑或其家人，对自己身体的每一部分都不觉得可耻，但是，他准许我按自己的意愿行事。于是，我就先解了上衣的纽扣，把它脱掉，接着又把背心脱了，接着脱鞋、袜和裤子。我把衬衣放下来裹在腰间，再拉起下摆拦腰打了个结，遮住自己赤裸的下体。

我的主人专注地看完了我的整个脱衣表演，脸上露出非常惊奇的表情。他用蹄骹把我的衣服一件一件地拿起来细细观察，随后他又轻轻地抚摩我的身体，并且上上下下地打量了我好几遍，随后判断，很明显，我是一只地地道道的“野胡”，不过与其他我的同类还是有很多不同之处：我的皮肤柔软、洁白、光滑，身上有些地方没有毛，我的前爪后爪都短，形状也不同，而且我还总爱用两只后爪走路。因为我已经冻得发抖了，他就不再想看什么了，准许我把衣服重新穿上。

他常常叫我“野胡”，我对此感到很不安，对这种令人憎恶的动物，我有的只是彻底的痛恨和鄙视。我求他不要再用这个词儿叫我了，也请他吩咐家人与那些得到允许前来围观我的朋友都不要这样称呼我。我还请求在我的这身衣服还能凑合着遮蔽身体的时候，希望他替我保守秘密，别让其他马知道我身上有一层伪装。至于那匹贴身栗色小仆马知道了些什么，也希望我的主人命他不泄密。

我的主人答应了我所有诚恳的请求，于是这个秘密就一直没被其他马发现，直到我的衣服再也不能将就穿了。我不得不想些办法添置新衣，这件事我在下文中还会提及。同时，他还要我继续努力学习他们的语言，因为让他最为惊奇的还是我那说话和推理的能力，因为不管我有没有穿衣服，与我身体特征相比，他对前者有着更强烈的好奇心。他又说，我曾承诺过要给他讲一些稀奇古怪的事，他都有点儿等不及了。

从那时候起，他就加倍努力地指导我学语言。不管去哪里都带上我，还要求所有的客人都彬彬有礼地对待我，因为他私下里对他们说，那样会使我高兴，我一高兴就会变得更加有趣了。

每天我侍奉他时，除了接受教导，还要回答几个与我有关的问题。我总是尽可能回答他。就这样，他已经对我有个大概的了解，虽然不甚具体。至于我是怎样一步步提高，最终能同他正式交谈，就说来话长了，未免冗沓沉闷；不过我第一次较详细、完整地叙述自己的身世，内容大致如下：

我早已设法告诉过他，我来自一个十分遥远的国家，与大约五十个同类乘坐一种比他的华贵的房子还要大的木质、中空的容器在海上航行。我搜肠刮肚地寻找合适词汇，把我们那条船描述给他听，又借助我的手帕，向他解释船在风力的推动下如何前行。我叙述在一次争吵后，我就被同类遗弃在这里的海岸上。我往前走着，不知道身在何处，后来被那些可恶的“野胡”困住了，还是我的主人将我救了出来。他问我船是谁造的？我们国家的“慧骃”怎么可能把船交给一群畜生去管理？

我回答说，除非他保证听了以后不生气，我才敢继续往下说，把以前常常许诺要跟他说的奇事告诉他。得到他的同意以后，我才继续往下说。我告诉他：船就是像我这样的人造的，在我旅行中到过的所有国家里，都和我的祖国一样，像我这样的人类是唯一有理智的统治者。我到了这里以后，看到“慧骃”的言行举止像是有理智的动物，就感到非常吃惊，这就像他或者他的朋友发现一只叫作“野胡”的动物有理智时也感到吃惊一样——尽管我除了那凶残落后的本性，身上各处都和“野胡”很相像。我接着说，如果运气好，我还能回到祖国去的话，我一定会谈及在这里旅行的情况（我是决计要说的），即使大家都会认为我说的事是天方夜谭，是我自己脑子里凭空捏造出来的。虽然我对“慧骃”以及“慧骃”的家人、朋友都非常尊敬，并且他也答应不生我的气，但我还是要向他坦白：指出一个国家的统治者竟是“慧骃”，而像我这样的“野胡”却是畜生，我的同胞恐怕都是难以相信的。

第四章

我的主人听我叙述时，脸上露出十分不安的神色。因为在这个国家，没有人知道“怀疑”或者“不信”是怎么回事，遇上类似情形，居民们都不知道如何是好。我记得在我和主人交谈时，经常会谈到人性，说起世界其他地方， 在有些场合下人们会“说谎”或者“说瞎话”。这时，他很难领会我的意思，尽管他在其他方面有极敏锐的判断力。对此，他争辩说：“言语的目的是促进谈话双方彼此了解，并获得真实的信息；现在如果一个人指鹿为马，谈话就变得没有意义，因为我既不能说了解对方，也无法获知事实真相，他令我颠倒黑白，是非不分，这简直比无知更糟糕。”这就是“慧骃”对于“说谎”这种品行的全部看法，而我们人类则早就深谙谎言之道，且运用得出神入化、炉火纯青。

闲话少说。听说在我们那里“野胡”是唯一的统治者，我的主人觉得简直不可思议。他渴望知道，我们那儿有没有“慧骃”，而他们又从事什么工作。我告诉他：“我们有很多。夏天它们在田野里吃草，冬天就养在家吃干草和燕麦；被雇来做仆马的‘野胡’替它们擦身子、梳鬃毛、剔蹄垢、喂食料，还给它们铺床。”“我非常明白你的意思，”我主人说，“从你所说的一切来看，很显然，不管‘野胡’怎样假装它们的思维方式是理性的，‘慧骃’还是它们的主人。我由衷地希望我们的‘野胡’，也能如此驯良。”我请求他原谅我不再说下去了，因为我非常肯定，他盼着我接下去说的话一定会令他非常不愉快的。可是他坚持要我说下去，不论好坏。我只好遵命。我承认，我们称作“马”的“慧骃”是最慷慨、最漂亮的一种动物，在力量与速度方面卓尔不群，假如它们被贵族所养，就被用于旅行、赛马或者拉车，受到善待和细致的照料，直到病倒或者跌折了脚。但这以后它们会被卖掉，去从事各种各样的苦工，直到死亡。死后，它们的皮会被剥掉论价出售，尸体则丢给狗和猛禽分食。可是普通的马就没有这样的好福气了。它们由农夫、搬运工和其他平民豢养，被迫干繁重的体力活儿，吃劣质的食物。我尽可能地把我们骑马的方法，缰绳、马鞍、马刺、马鞭、马具和车轮的形状及用途描述了一番。并补充说："我们在它们的脚底安上一种叫‘蹄铁’的坚硬的铁块，使它们的蹄子在我们常常要走的石子路上不至于磨破。”

主人听了我的话极为愤慨，他感到惊愕，我们怎敢斗胆骑到“慧骃”的背上，因为他十分肯定，他家里最孱弱的仆马也能把最强壮的“野胡”打翻在地，或者躺下来打个滚也能把那畜生碾死。我回答说：我们的马从三四岁起就根据我们的需要接受特定的训练。如果顽劣不驯，就被派去拉车。幼龄的马要想耍花招，就会遭到暴打。用于骑坐或拉车的公马，如果顽劣不驯，通常在两岁左右就会被阉掉，以挫其锐气，使它们的性情变得较为驯顺、温良。在这样的训练下，它们确实能分清赏罚。可是阁下应该考虑到，它们一点也不比这个国家的“野胡”更有理性思维能力。

由于“慧骃”用不着那么多的词汇表达丰富的感情和需要，实际上，他们要单纯得多，所以我费尽口舌，拐弯抹角，才勉强让我的主人听明白我的意思。然而我用人类的语言，实在难以无法形容他有多么痛恨我们对待“慧骃”族的野蛮方式，尤其是在我说明阉马的方法和作用，在于使它们不能繁殖后代并且更加顺从的时候，他更是深恶痛绝。他说，若是世界上确实存在某个国家，其中只有“野胡”才能够理性地思考，毫无疑问它们应该成为统治者，因为理智必然战胜蛮力。但是，就我们的体格，特别是我的体格而论，他认为在同样身材的动物中，我们的身体构造最不合理，最不利于在日常生活中理性行事。因此，他很想知道，和我们在一起的那些“野胡”是像我呢，还是像他们国家的“野胡”。我向他证实：“我和大多数与我同龄的同胞相貌相仿，而年轻人和女人长得还要柔嫩，后者的皮肤通常都像牛奶一样白。”他说，我倒的确和别的“野胡”不太一样，身上要干净得多，样子也不至于那么丑陋。可是，从实用价值方面评估，我与别的“野胡”之间的这些不同之处，反而使我更没有优势：无论我的前脚还是后脚，脚指甲就一点儿用都没有。至于我的前脚，简直就不能称之为“前脚”，因为从来就没有见我用它们走路，它们柔弱得都经不起在地上走。而且我走路时前脚通常裸着，即使有时也戴着套子，也和后脚的套子形状不一样，也没那么结实，因此我走路一点儿都不可能稳当，因为我的两只后脚中无论哪只滑一下，我就不可避免地要跌倒。接着，他开始从我身上的其他地方挑毛病：面部太扁平，鼻子太突出，两只眼睛直朝前，如果不转动头就不能看两边；如果不把一只前脚举到嘴边就不能吃东西，因此大自然倒还给我安上了那些关节来满足这些需要。但他不明白我后脚上也有一些分支，那究竟有什么用处。我的后脚太柔嫩，不穿上别的兽皮做的套子就不能忍受在又硬又尖的石子上走路。我的整个身体也需要一层抗热御寒的保护层，像这样每天都不得不把那一身衣服穿上脱下，真是烦不胜烦。最后，这个国家的每一只动物天生就憎恶“野胡”，比他们弱的躲着它们，比他们强的就驱逐它们。因此，就算我们具有理性的天赋，他也不明白如何平息其他动物对我们天生反感的情绪，又怎能驯服它们，使它们为我们效劳呢？不过，如他所说，他不想再深入讨论这件事了，因为他更想知道我个人的故事，我出生的那个国家的情况，以及我来这里之前的一些生活经历。

我向他保证说，我是多么愿意满足他的每一个要求，不过，我不确定自己是否能够解释清楚，因为我从没在他的国家见过类似的事情，他对此可能毫无概念。无论如何，我还是会设法通过类比和比喻，尽力说个明白，如果我一时找不到恰当的字眼，还请求他予以帮助。他听后欣然答应。

我说，我出生在一个叫英格兰的岛上，离他的国家很远，就是主人最强壮的仆马也要走上一年才能抵达。我的父母都是诚实的人，他们培养我成为一名外科医生，这种职业就是替人治疗身上的各种由于意外或暴力而造成的伤痛。我的国家由一个女人统治着，我们管她叫“女王”。我离乡背井是为了赚钱回去养活自己和家人。在我最近的一次航海中，我是船长，我领导大约五十名如“野胡”这样的水手，其中很多人在航海途中死了，因此我不得不从沿途各国招募水手补缺。我们的船有两次遭遇沉船的危险：第一次是遇到了大风暴，第二次是触了礁。说到这里，我的主人插嘴问我，在我持续蒙受损失，又将继续冒险的情况下，我怎么还能说服不同国家的陌生人跟我一起出来冒险呢？我说他们都是一些亡命之徒，因为贫穷或是所犯的罪行而被迫离开故乡。有的是因为打官司而破产；有的则因为吃喝嫖赌以致倾家荡产；有的是背叛祖国；还有不少人是因为犯了凶杀、偷窃、投毒、抢劫、做伪证、造假、私铸钱币、强奸、变节、投敌等罪行才被迫出走的。这帮人大多是越狱的囚犯，没有一个敢回到他们的祖国去，因为害怕回去受绞刑或者被关在牢里饿死，因此他们必须外出求生。

谈话中，我的主人因为听不懂，好几次打断我的话，我不得不绕了很多圈子，想尽办法说明迫使我的水手们逃离祖国的那些罪行的性质。这桩费劲的事我们谈了好多天才谈完，后来他终于明白了我的意思。但他完全不理解人们有什么必要犯这些罪，能得到什么好处呢。为了便于他理解，我就尽力向他解释权力、财富以及淫欲、放纵、怨恨、嫉妒等的概念。在解释和描述所有这一切时，我都只能凭借举例和假设的方法。后来，他就像一个人受到了闻所未闻的事的冲击一样，抬起他充满惊奇和愤慨的眼睛。权力、政府、战争、法律、刑罚以及无数其他的东西，在他们的语言中根本找不到对应的词汇来表达，这成了我的主人要弄明白我的意思时不可逾越的障碍。但是，他有非常出色的理解能力，经过他的沉思和我们的交谈，他最终对我们世界里人类的天性的表现有了充分的了解。他同时又希望我能把我们叫作“欧罗巴”的那块土地，特别是我自己国家的情形，详细地介绍一下。

第五章

请读者注意，以下是我同我的主人多次谈话的摘录，它包括了两年多时间里我们几次交谈的最实质性的内容。每当我的"慧骃"语有了更进一步的提高，主人阁下就希望我更详细地讲述整个欧洲的情况。我尽可能满足他的要求。我谈到了贸易和制造业，艺术和科学；对主人我有问必答；我们总是拓展话题，讨论一个问题，又引出另一个问题，所以我们总有谈不完的话。不过，在此我简洁精练并条理清晰地记录那些有关我自己国家的谈话内容，记叙顺序不受时间先后或其他限制，同时记叙过程中我将秉持实事求是的态度。唯一令我担心的是，我可能很难准确表达我主人的论点和看法，因为我对自己的表达能力很不满意，且又不得不把那些内容翻译成我们这粗俗的英语。

于是，我奉主人阁下的命令，讲述了奥伦治亲王[1]领导的革命以及由他发动的长期对法战争。之后由他的继承人——当今女

1 1689—1702年任英国国王，资产阶级和地主贵族阶级的傀儡，于1688年发动政变，史称"光荣革命"。1688年至1697年英国与尼德兰对法作战。

王[1]重开战端，基督教世界的列强都参战了，战争至今仍在进行之中。我依他的要求估算了一下，战争中大约有一百万只“野胡”丧命，一百多座城市沦陷，三倍于此数目的战舰被焚毁或击沉。

他问我，通常一个国家为何要与另一个国家交战？我回答，原因不一而足，我只能提列举几个主要原因。有时是因为君主野心勃勃，总认为自己应该拥有更多土地、统治更多人民；有时是因为大臣们的腐化堕落，唆使君主发起战争，借此压制或转移老百姓对国家腐败的行政机构的强烈不满；还有些时候，因为意见不一致，也会导致千百万人丧生，比如说，到底应该认为圣餐[2]饼是基督的身体呢，还是基督的身体是圣餐饼呢？某种浆果的汁是血还是酒？吹口哨[3]是恶习还是美德？是应该吻一下那棍子（十字架）还是把它扔进火里？外套什么颜色最好，黑的、白的、红的，还是灰的？是该长一点儿还是短一点儿？瘦一点儿还是肥一点儿？是脏一点儿还是干净一点儿[4]？诸如此类，不胜枚举。由于意见分歧引发的战争是世界上最惨烈、最血腥并旷日持久的，并且争端越是无关紧要，它挑起的战争就越残酷。

有时两位君王为谁该占有其他某位君王的领土而反目，但事实上他俩谁都无权统治那块领土；有时一位君王跟另一位君王挑衅，采用先发制人的策略，恐怕后者将要前来兴师问罪；有时发

1 英国女王安妮，1665—1714年在位。1702—1714年，英国联合奥地利、荷兰、葡萄牙、丹麦对法国和西班牙作战，这场战争历史上称为西班牙王位继承战争。

2 圣餐是基督徒的重要礼仪。基督徒认为，圣餐的直接根据来自《圣经·新约》。《圣经》中记载，耶稣基督在被钉死在十字架上的夜晚，十二门徒共进逾越节晚餐。

3 指基督教关于使化体（使圣餐面包和酒变成耶稣的肉和血）的辩论。吹口哨指关于教堂礼拜时是否奏乐的辩论。

4 指关于十字架和教士衣着的辩论。

动战争是因为敌人太强大，有时则因为我方太软弱；有时候是因为邻国掠夺本国，或者本国也想掠夺邻国，终于双方打起来，直到其中一方得逞或者让对方得逞，才肯善罢甘休。如果一个国家的百姓为饥荒、瘟疫或政党纷争所害，发动战争侵略这个国家就有正当理由了；如果我们最亲密的盟国有一座我们认为唾手可得的城市，或者某领地一旦被我们占有，从此我们的疆土将会更完整，那我们就大有理由向他们宣战了；如果一个君王指挥军队入侵某国，那里的人民贫穷又无知，那么他简直应该依法将当地一半人处死，剩下的充当奴隶，只有这么做，才能使他们开化，脱离野蛮，追求文明和进步；如果一位君王请求另一位君王帮助他抵御外国侵略，那么援助者把侵略者赶走之后，接替侵略者占有受援者的领土，并把请求援助的君王杀死、监禁，或流放，这才符合君王气度与体面。血缘或者姻亲也常常是君王之间征战的缘由。血缘越近，越容易陷入纷争。穷国挨饿，富国骄横，骄横与饥饿从来水火不容。由于这些原因，职业士兵备受尊敬。所谓士兵就是一只受雇的冷血“野胡”杀手，即使他的同类从来都没有冒犯过他，他仍然能做到把他们赶尽杀绝，毫不手软。

在欧洲还有一种穷得跟叫花子似的君王，自己无力发动战争，就把军队出租给富有国家，出租一个士兵每天收取多少租金，这项收入的四分之三归君王自己，而他们主要也就靠这部分收入来维持其财政开支。德国和北欧许多国家的君王就是这样的。

我的主人说，你所叙述有关战争的一切，倒确实揭示了“野胡”自以为拥有了所谓理性思维能力，并以此指导它们的行为，行为的结果确实让人不得不甘拜下风。不过幸运的是，与其说你们危险，不如说你们无耻，“野胡”的这种本性，让你们根本没本事更猖狂地为非作歹。

他接着说：你们的嘴平贴着脸皮，并不向外突起，除非双方同意，否则很难互相撕咬。再说你们的前后脚上的爪子，又短又嫩，我们这里的一只“野胡”就可以将一打你们那样的“野胡”赶跑。所以，再重新计算一下战争中伤亡的人数，否则只能认为你的叙述是在夸大其词。

我不禁摇头微笑，笑他没见识。我对战争技术并不陌生，就把什么加农炮、长炮、滑膛枪、马枪、手枪、子弹、火药、剑、刺刀、战役、围攻、撤退、进攻、挖地道、埋地雷、轰炸、海战等描述给他听。我还提到战争中载有千名士兵的数艘战舰被击沉，一战下来，战争双方各有两万人丧生。还有那临死时的呻吟、飞在半空中的肢体，硝烟、哀号声、混乱，人在马蹄下被践踏致死、逃跑、追击、胜利、尸横遍野，成为狗、狼和猛禽的食物，掠夺、抢劫、强奸、烧杀和毁灭。为了突出我亲爱的同胞的英勇，我向他证实：我曾亲眼看到在某次围城战役中他们一次就炸死一百个敌人，还见他们在一艘船上也炸死了这么多敌人，看到被炸成碎片的尸体从云端里散落下来，旁观者感到好不痛快。

我正准备更加详细地往下讲，我的主人却突然命令我住嘴。他说，任何了解“野胡”本性的“慧骃”都会相信，如此卑鄙的畜生，要是其体力和狡诈与其凶残的性情相匹配，那么，我说到的每一件事它都是可能做出来的。但是，由于我的谈话更增添了他对整个“野胡”一族的厌恶，所以他觉得自己心神不宁起来，这是他以前从来都不曾有过的情况。他觉得如果自己的耳朵听惯了这些令人憎恶的词语，可能就会逐渐地接受他们，而不像原先那样觉得厌恶了。虽说他憎恨这个国家的“野胡”，痛责他们可憎的本性，可是其憎恨之感也不会比他憎厌一只残暴的“格拿耶”（一种猛禽）或一块割伤了他蹄子的尖石头更甚。可是，既然一只自以为有理性的动物能做出如此穷凶极恶的暴行来，他就怕理性的堕落会比残暴本身还要糟糕。因此他似乎很肯定地认为，我们所拥有的并不是理智，而只是一种助长我们天性之恶的品性而已，仿佛动荡的溪水倒映出来丑陋的影像，不仅将原物放大，还使其愈加扭曲。

他又说，关于战争这个题目，在这次以及前几次谈话中已经听得太多了。现在还有一点他还弄不太明白，我曾告诉过他，我们的水手中有些人是因为被“法律”弄得倾家荡产才背井离乡的，而我也曾向他解释过“法律”一词的意思，但他就搞不懂这是怎么一回事：法律的目的本来在于保护每个人的，怎么反而叫人家破人亡？因此他就希望知道得更详细，我所谓的法律究竟是什么意思？根据我的国家的情况，执行法律的又到底是些什么人？他认为，假如我们以善于理性思考自居，那么自然与理性难道不足以指引我们有所为、有所不为吗？

我告诉主人，法律这门科学我了解得很少，仅有的一点儿法律知识还是因为有几次惹上官司，受到了侵害，与律师打交道得来的，结果他们的法律知识也没帮上什么忙，聘请他们也是徒劳。尽管如此，我还是会尽我所能告诉他。

我说，我们那里就有那么一帮人，从青年时期就接受训练，学习雄辩的艺术，他们巧舌如簧，总能混淆是非，颠倒黑白，他们怎么说全看你给他们多少钱而定。在这帮人眼里，社会上其他人都是奴隶，随他们糊弄摆布。比方说，我的邻居看中了我的一头母牛，他就会聘请这么一位律师来证明，他应该把牛从我这儿牵走。由于一切法律规定任何人都不准为自己辩护，所以我就必须聘请另一位律师来替自己的权利辩护。好，就这桩案子来说，我是母牛真正的主人，却有两大不利之处：第一，我的律师打出生起就一直努力证明真的是假的，现在要反过来，证明真的是真的那可真难为他了；既然与平日习惯不同，即使他愿意尝试，行动起来也一定捉襟见肘。第二，我的律师还得谨慎从事，他如果为了我的利益显得耿直正义，就难免惹恼法官，或激起其他律师反感，因为律师们都很讲职业道德，尽量避免激起同行义愤。因此，要保住我那头母牛只有两种办法：第一种办法是加倍出钱，买通对方律师，使他到时候背叛本来的当事人，暗示正义在他的当事人这一边；第二种办法是让我的律师尽其所能，让我显得无理取闹，仿佛那头牛本应属于对方。这种办法要是做得巧妙，法官最终会做出有利于我的裁决。现在您应该明白，那些派来裁决财产纠纷以及审判罪犯的法官，都是从这一职业中挑选出来的最高明的法律专家，他们又老又懒，一生都对真相和公平持有强烈的偏见，主要依靠欺骗、伪证、暴虐断案。据我所知，他们中有人宁愿拒绝正义一方的大宗贿赂，而不愿做任何不符合他们的天性和职责的事，因为他们不能得罪同僚。

律师们都熟悉如下准则：裁决可援前例。他们特别注意记录先前发生过的违背公理和人类理性的判决。以“前例”作为权威“判例”，他们引以为据，为不法行为辩护，使不公平合理化，而法官也从来都依据这些判例执行裁判，从不失误。

在辩护时，他们故意避而不谈案件的本质，而是大声、激烈地大谈特谈与案件毫不相干的其他所有情况。就以上面提到的案子为例，他们根本不想知道我的对手凭什么要占有我那头母牛，却只是问那母牛是红色还是黑色，牛角是长还是短，我放牧的那块地是圆还是方，是在家挤奶还是在户外挤奶，那牛容易得什么病，等等。然后，他们就去查以前的先例，案子一拖再拖，十年、二十年、三十年之后也未必有判决。

还有一点值得注意，这帮人有自己的行话，外人是无法理解的，他们所有的法律条文就都用这样的行话撰写，还特别注意用这种行话修订法律，借此他们就能彻底歪曲事实了。所以裁决经六代祖传到我手上的一块地，到底是属于我的呢，还是属于三百英里外的那个外乡人，这案子得花上他们三十年的时间。

而他们审判叛国罪犯的方法简单，倒是可圈可点。法官先要了解一下有权势之人的意见，然后就轻而易举地判处罪犯绞刑或赦免，同时，审讯过程严格遵守相关法律程序要求。

说到这里，我的主人说，照我描述，像律师这样才能卓越的人，却没有受到鼓励，去承担教导别人、传授智慧和知识的任务，未免可惜了。我回答说，除开他们的本职工作不谈，律师通常是我们中间最无知、愚蠢的人，是在日常交往中最卑鄙的人，是一切知识和学问的公敌，同样，在人类任何其他领域的活动中，他们都会像在本行业务中的表现那样，混淆是非，违背逻辑。

第六章

我的主人还是完全不理解，这一帮律师为什么仅仅为了迫害自己的同类而自找麻烦，不惮其烦地勾结成一个不义的组织，他更不明白为何还有人雇用他们这么做。于是，我只好不厌其烦地向他说明钱的用处，钱是用什么材料铸造的以及不同造币所用的金属材料的价值。当一只“野胡”储有大量钱这种宝贝时，他能买到一切：最华贵的衣服、最华美的房屋、大片的土地、最昂贵的酒肉，还可选择最漂亮的女人作为伴侣。所以，既然金钱能带来这么多好处，那么我们的“野胡”就会总觉得钱怎么也不够花，怎么也攒不够。他们天性如此，非挥霍浪费即贪得无厌。富人享受着穷人的劳动成果，而后者与前者在数量上的比例是一千比一。我们的大多数人民被迫过着悲惨的日子，为了一点报酬每天都得辛苦劳作，结果是让少数人过上富裕的生活。我在这些问题以及许多别的细节上谈了很多，可主人阁下还要往下问，因为他是这样推测的：所有动物都有权享受地球上出产的任何东西，主宰其他动物的统治者更是如此。因此他渴望知道：那些昂贵的肉到底是什么？我们是怎么找到的？于是我就列举了我能想得到的各种肉类和各种不同的烹调方法。如果不是派船只到世界各地去采办酒类、调料以及数不清的其他食品，这一切是办不到的。我告诉他，给我们的一只境况较好的雌“野胡”做一顿早餐或者弄一只盛早餐的杯子，至少得绕地球转三圈才能办到。他说，一个国家连自己居民的饭都供不起，肯定是个悲惨的国家。但更令他惊奇的是，在像我描述的这么大片的土地上怎么竟然完全没有淡水，人们必须到海外去弄饮用水。我回答说，英国（那是我亲爱的出生地）生产的粮食据估算比当地居民消费量的三倍还要多，从谷物和某种树的果实中提取或榨取的液体可制成极好的饮料，这和每一样别的日常用品一样，也都是居民消费量的三倍。但是，为了满足男人的奢侈放纵和女人的虚荣，我们都把绝大部分的必需品送到国外去，而换回那些使人罹患疾病、堕落愚蠢、违法犯罪的原料，供自己消费。于是必然地，我们大多数人民就只好靠乞讨、抢劫、偷窃、诈骗、拉皮条、做伪证、阿谀、教唆、造假、赌博、说谎、奉承、威吓、拉票、滥做文章、星象占卜、投毒、卖淫、说大话、诽谤、白日做梦以及类似的事来糊口。向我的主人解释每一种罪恶，都颇费我一番力气。

我解释说，我们从国外进口酒类倒并不是为了补充淡水或其他饮料，而是因为这是一种喝了可以使人精神亢奋、失去控制的液体，它可以排解心中苦闷，唤醒狂野想象，增添希望，消除恐惧，理智暂时失效，四肢不听使唤，最终让人昏昏睡去。但我们不得不承认，等到醒来时，我们总是更加萎靡沮丧、恶心作呕。同时，经常饮用这种液体，带给我们的是各种疾病，折损我们的寿命。

然而除了所有这一切，我们的大多数人民还得靠向富人供应或互相供应生活必需品来维持生计。比如，我在家的时候，穿符合我身份的衣服，那一身衣服就要一百名工匠来制作；我的房子和家具也同样需要这么多人来制造；而打扮我的妻子，就需要五百名工匠提供服务。

我又接着跟他谈到另一类人，他们是医生，是靠侍候病人来维持生活的，我在前面也曾有几次跟主人说过，我船上有许多水手就是因为生病才死的。可是我极其费力才使他领会我的意思。他很容易理解“慧骃”在临死前几天会慢慢变得衰弱无力、行动迟缓，或者因为意外而弄伤一条腿。可是，大自然创造的一切都尽善尽美，为什么我们的身体却会遭受痛苦？他觉得不可思议，很想知道是什么导致了如此难以置信的灾难。

我就对他说，我们吃着上千种互不相容的食物。还有，我们不饿的时候也吃，不渴的时候也喝，有时候我们通宵豪饮，没吃一点东西却将烈酒一杯杯灌进肚子里，喝得身体发烧，不是来不及消化就是积食。卖淫的女“野胡”患一种病，谁要是投进她们的怀抱就会连骨头都烂掉，而且这种病和许多别的病一样会遗传，所以许多人一出生就已经是病情复杂的重病患者了。要是把人身上的所有疾病全都一一说给他听，一时真列不完，因为人类的疾病不下五六百种，遍布人的四肢和每一个关节——总之，身体内外的每一部分都有毛病。为了治疗这些疾病，我们中间就培养了一类专以治病为业的人，也有冒充的。因为我在这一行上有点儿本事，为了感谢主人，我愿意把那些人行医的秘密和方法全都说给它听。

他们的基本原理是，一切疾病皆由饮食过度而来。因此他们就得出了这样的结论：有必要对身体内部来一次大清除，既可以通过自然排泄的渠道，也可以从上面的嘴里吐出来。他们的下一步就是，用药草、矿物质、树脂、油、贝壳、盐、果汁、海藻、粪便、树皮、毒蛇、蟾蜍、青蛙、蜘蛛、死人的肉和骨头、鸟、兽、鱼等，合成一种气味和味道都最令人难受、恶心和作呕的混合物，一吃进胃里就让人恶心得要吐。他们管这种混合物叫催吐剂。或者是用同样的药再加进别的几样毒剂制成同样刺激肠胃的药，命我们从上面的孔（嘴巴）或者下面的孔（肛门）灌入（从哪个孔灌由医生一时的心血来潮决定），这药能刺激肠子，清空胃里所有的东西。他们管这种药叫泻药或者灌肠剂（据这些医生宣称）。造物主本来是安排我们用长在前面的上孔吃喝，用长在后面的下孔排泄，而一切疾病的发生，在这帮聪明的医生看来，都是因为造物主的安排被打乱了，所以为了恢复正常，就必须用一种完全相反的方法来治疗身体的疾病，即把上下孔的用处对调使用，将固体和液体硬从肛门灌进去，而从嘴里排泄出来。

但是，除了这些真正的疾病之外，我们还会无病呻吟，因此医生们发明了一些治疗这些空想症的方法。这些病各有不同的名称，而且也有对症的药品。我们的雌“野胡”们就老是会染上这样的病。

这些医生都有超常异能，即预测病症后果，并极少出错。确实身患苦疾的病人，病情恶化，通常死期临近，没有办法治好，那他们的预言当然有把握符合实际；假如他们预言必死无疑，可病人却出乎意料地渐有好转的迹象，他们也有办法对付：一剂及时的良药，就足以证明他们睿智且有先见之明。

他们对于那些对自己的配偶感到厌倦的丈夫或妻子，对于身为长子、大臣尤其是对于君王的人们来说，还别有用处。

我前面已经跟我的主人谈过政府的一般性质，特别是我们那值得全世界赞叹和羡慕的卓越的宪法。我又偶然提到了“大臣”这个词，他便要我有机会就跟他讲讲，我这样称呼的究竟是一种怎样的“野胡”。

我告诉他，我所说的首相大臣是一位对哀乐无动于衷、爱恨不明、没有同情心但也不动怒的人。至少你可以说他除了对财富、权力和爵位有强烈的欲望，其他时候都清心寡欲。他应用语言应对各种状况，但从不表露心迹；他从不说实话，一旦说实话，你也不会相信那是真的；他也从不说谎话，一旦说谎话，你也会信以为真；那些被他评判得一无是处之人，是他最喜欢的人，反倒是他总向别人或当面夸奖的人，那么从被他赞美那一天起就要倒霉了。最糟糕的是他对你许下诺言，甚至还发了誓，那就更糟了。一旦他这么做，聪明点的人就会知难而退，肯定是没什么指望了。

一个人可以通过三种办法升到首相大臣的位置：第一，要知道怎么样审慎地出卖自己的妻女和姐妹；第二，背叛或者暗杀他的前任；第三，在公开集会上猛烈地抨击朝廷的各种腐败行为。但是英明的君王一定愿意挑选惯于采用第三种办法的人，因为事实证明，那些狂热分子总是最能曲意逢迎其主子意愿和情绪的人。这些人一旦占据要职，就会贿赂元老院或者枢密院中的大多数人，以此来保全自己的势力。最后，他们还通过一种叫作“赦免令”（我向他说明了这条法令的性质）的权宜之计，来保证自己事后免遭清算，满载贪赃枉法得来的财物然后辞去公职，去过逍遥自在的生活。

首相官邸是他培养同伙的学校。通过效仿主子，他的随从、仆人和看门人，也都在各自的区域内做起大官来。他们向主人学习无耻、说谎和贿赂这三种主要本领，而且更胜一筹。于是他们也就有了自己的小朝廷，受到贵族的奉承。有时，他们还会依靠投机取巧和无耻伎俩，步步高升，乃至有一天取代主子，成为继承人。

首相大臣往往受制于年老色衰的荡妇或者自己的亲信仆人，趋炎附势、阿谀奉承的奴才都必须巴结他们。所以说到底，他们才是王国的统治者。

有一天，在谈话中，我的主人听我谈到我国的贵族，倒是恭维了几句，但我觉得承受不起。他说，他敢肯定我是出身于贵族家庭，因为我外表出众、肤色白净、形象整洁，远胜于他们国内所有的“野胡”。虽然我似乎不像他们那样身强力壮、动作敏捷，可那是因为我的生活方式与那些畜生完全不一样。此外，我不但具有说话的能力，还有几分理性，基于此，他熟识的朋友都认为我似乎是一个罕见的传奇物种。

他叫我注意，“慧骃”中的白马、栗色马和铁青马外形长得跟火红马、深灰色斑纹马和黑马并不完全一样，天赋也不同，没有改变的可能，所以他们（指白马、栗色成和铁青马）永远处在仆马的地位。他们如果妄想超越他们的种族，在这个国家中就要被认为是一件可怕而反常的事[1]。

我所具有的一点儿可怜的知识使我的主人十分看重我，对此我表示万分感激。不过我同时又告诉他，我其实出身低微，父母都是普普通通的老百姓，只能供养我去某些说得过去的学校接

1 慧骃的社会秩序被组织为一种不变的种姓等级体系。统治者种姓在仆人的帮助下，统治下层仆人和雅虎奴隶。仆人和帮手与统治者种姓的慧骃之间从种姓上加以区分。对比在吕库戈斯建立的政制，是贵族制的，贵族将把机械技艺下放到奴隶和外邦人手中，自由人甚至不被允许从事商业。

受教育。我们那里的贵族跟他想象的完全不同：我们的年轻贵族从孩子时代起就过着游手好闲、奢侈无度的生活；一成年他们就在淫荡的女人中鬼混，消耗精力，染上一身恶病；等到自己的财产挥霍得所剩无几时，就娶一个出身平常、脾气恶劣、身体不佳的女人为妻（仅仅是因为钱的缘故）。其实他对这女人既讨厌又轻视。这种婚姻的产物，生下来的孩子通常不是患瘰疬病、佝偻病，就是残疾。做妻子的如果不想着在邻居或仆人中给她的孩子找一个身体强健的父亲以改良品种的话，那这家人一般是传不到三代的。体弱多病、面黄肌瘦，是贵族真正的标志。健康强壮的外表反而是一位贵族极大的耻辱，因为世人会认为他真正的父亲一定是个马夫或者侍从。他的头脑也和他的身体一样大有缺陷，集古怪、迟钝、无知、任性、荒淫和傲慢于一身。

假如这些荣耀的贵族不同意，任何法令都既不能颁布，也不能废除，甚至不能修改。这些贵族还对我们所有的财产拥有决定权，而且不必征求我们的意见。

第七章

读者也许禁不住纳闷，我怎么能在如此平庸的动物面前，如此毫无顾忌地抨击自己的同类。由于我们人类和这里的“野胡”非常近似，“慧骃”难免倾向于对人类做出负面评价。但我必须坦白地承认，与直立行走的堕落的人类相比，这种杰出四足动物身上表现出了诸多美德，让我大开眼界，使我增长了见识。我开始从不同的角度审视人类的行为和感情，开始思索：那么斤斤计较地维护我同类的尊严是否真的有意义。再说，在一位像我主人那样判断敏锐的“慧骃”面前，为自己所谓尊严辩护实在是自取其辱——他每天都让我感到自己谬误丛生，这些谬误不仅我本人从前毫无觉察，我的同胞恐怕也从未认识到。我的慧骃主人是我的榜样，我受到感化，开始对一切虚假和伪装心怀憎恨。真理在我心目中是那样亲切温暖，为了真理，我将不惜牺牲一切。

让我们坦诚交谈吧。我没有什么好掩饰的，我还有更加充分的理由袒露心扉。虽然我在这个国家还没住到一年，但我非常敬仰当地居民，并决心再也不回我的祖国，我要和这些令人尊敬的“慧骃”一起度过余生，思考并实践他们的所有美德，在这里没有罪恶的榜样或者邪恶的诱惑致使我堕落。但命运是我永远无法摆脱的敌人，我命中注定不能拥有如此巨大的幸福。不过现在回想起来，颇感安慰的是，在那样一位严厉的质疑者面前，我还敢于斗胆为我的同胞辩护，并且情况允许的话，无论何时我都试图为同胞说好话，扳回颜面。是啊，人生在世，哪能不为生养自己的故土说几句偏心话呢。

在我蒙恩侍奉“慧骃”主人的大部分时间里，我们已经有过几次内容深刻的谈话，可是为了节省篇幅，我省略的内容比前面记录的要多得多。

当我回答了我的主人的全部问题之后，他的好奇心似乎被完全满足了，有一天一大早，他就把我叫去了，让我坐在不远的地方（一种他以前从未给予我的荣耀）。他说，他已经很严肃地思考了我的整个故事。关于我和我的祖国的事，他说，他认为我们是碰巧得到了些许逻辑推理能力的一种动物，至于我们怎么碰巧得到这个，他想不出来。他认为，我们具有的这点优势并没有使我们更完善，反而不光为我们的堕落天性助力，还促使我们沾染上了那些造物主并没有赋予我们的恶习。我们将造物主恩赐于我们的几种本领弃之不用，却放任自己的原始贪欲膨胀，而且似乎还在枉费毕生精力，企图利用所谓创造发明满足那些欲望。很显然，我在力气和行动的敏捷上都不如一只普通的“野胡”。我靠两个后脚跟走起路来就不很稳当，却还想尽办法让自己的爪子更加既无用处又不能自我防卫；连我们下巴上原是用来防御太阳和恶劣气候的毛发也被拔掉了。总之，我既不能快速地奔跑，又不能像我的同胞们一样爬树，和我在这个国家的“野胡”弟兄们（他这么称呼它们）还真是不一样。

我们的政府和法律机构之所以存在，很明显是由于我们的理智与道德都有严重缺陷[1]。因为理性对于理性物种来说已经足够具有约束力了。虽然我把自己的同类赞扬了一番，但我们这种“野胡”自信为理性的动物实在牵强附会。他明显是察觉到了，我为了袒护他们，在诸多事项方面都避而不谈，而且常常举证一些“并非事实的事实”。

我的主人更加确信自己的看法，他发觉我的身体特质和“野胡”相似，但我真正的缺点不仅在于力量小、速度慢、灵活性差与脚爪短，还在于某些完全不该由造物主负责的“缺陷”。依据我向他讲述的关于我们的生活、风俗和行为，他发现我们的性情其实与“野胡”有相似性。他说“野胡”仇视同类远胜于它们仇视其他族类，这是众所周知的。一般认为这是因为“野胡”们都只能从其他同类身上看到“野胡”的面目多么可憎，它们却从不承认自己其实也同样令人嫌恶。他因此倒认为我们穿衣服把身体遮盖起来是聪明的办法，这样一来彼此之间的许多缺陷就看不到了，不然确实有些令人难堪。不过他现在发现，以前完全没认识到，他们国家这些畜生之间的种种不和，原因和我们的都一样，正如我所描述的那样。他说：如果你投给五个“野胡”足够五十个“野胡”食用的食物，它们不会自顾自安心地进食，而是互相争夺，想自己独吞。所以，在室外进食的地方会派一个仆马监视。关在屋里的那些则必须用绳子拴住，彼此隔开。如果一头

1 对比斯巴达，在《吕库戈斯传》中写到：“斯巴达人是为生活制定一套规范，每个人都要接受训练，变得充满智慧，而不是一个城邦实施一套既定制度”“整个城邦的幸福就像一个独立的个体一样，依赖于德性的主导以及内部的和谐”。这种人为国家是个体的放大版本的看法对于斯巴达的理念至关重要，同时也是柏拉图《王制》与莫尔《乌托邦》的相关分析中常见的特征。

母牛刚好因为年老或事故而死亡，而“慧骃”又没来得及将它送给它们自己的“野胡”，那些邻近的“野胡”就会一群群过来抢占，从而会引发一场类似我描述的那种战争。它们往往被爪子抓得伤痕累累，倒是很少自相残杀，因为它们没有我们所发明的那些杀人武器。在其他时间里，类似的战争还会发生在“野胡”和那些邻近的族群之间，这些战争的发生往往是无缘无故的，而只是一帮野胡趁另一帮没做好准备，就想发起突然袭击。但如果它们发现没什么对象可供自己寻衅滋事，它们就会跑回自己窝里，投入一场我称之为“内战”的搏斗。

在这个国家某些地方的田野里，有一些不同颜色、闪闪发光的石头，这些是“野胡”们的最爱。有时这些石头的一部分埋在土里时，它们就会整天整天地用爪子去把石头挖出来，然后运回去藏在自己的窝里，可是一面藏一面还要小心翼翼地四下张望，生怕宝贝被别的“野胡”发现。我的主人说，他始终都不明白它们怎么会有这么一种违反自然的强烈欲求，这些石头对“野胡”又有什么用处呢。但是现在他相信这也许和我所说的人类的那种贪婪的天性是一样的。他说他曾经做过一次试验，悄悄地将一只“野胡”藏在某处的一堆石头搬走。那肮脏的畜生见它的宝贝丢了，就放声哀嚎起来，引得所有的“野胡”都跑来看热闹。损失惨重的“野胡”凄惨嚎叫，对别的“野胡”又撕又咬，此后便日见消瘦，不吃不睡还不干活儿。这时主人就命一匹仆马私下里将这些石头运回原来的坑里，按照原样埋好。这只“野胡”发现后，精神立刻就恢复健康，脾气也变得驯良温和，只是它这回更加小心谨慎地将石头藏匿在另一个更安全的地方。从此以后，这畜生做起活来特别卖力气。

我的主人还告诉我，而且我自己也发现了，在那些盛产发光的石头的地方，总是频繁地发生激烈战争，这是因为邻近的“野胡”不断入侵，企图抢夺石头。

他说：这样的现象很好解释，两个“野胡”同时在地里发现一块石头，它们会激烈地争夺其所有权，而第三个“野胡”趁机渔翁得利，把石头从它们那里拿走。我的主人执意认为这与我们的打官司有相似性，当时我觉得还是向他坦白承认这一点更好，尽管这个他提及的裁决远比我们的法令公正。因为，在他提到的裁决中原告和被告除了失去那块石头并没失去什么，然而在我们的法庭上，不把原告和被告中的每一方都整得一无所有，法庭是不会结案的。

我的主人继续讲下去：“野胡”最可憎的地方是它们不分好坏地进食，只要在它们路上出现的，不管是草、根、浆果还是腐烂的动物尸体，它们照单全收，有时还把这些东西拌在一起吃。它们还有一种很怪的脾气，就是喜欢从别的地方抢夺食物，而不去吃自己家里好得多的食物。如果抢来的东西吃不完，它们还会继续吃，直到肚子要爆炸，之后，它们就去找一种天然的草根，吃了之后拉得干干净净。

还有一种多汁的草根，但很稀少、很难找到，这是“野胡”们孜孜以求的，它们会很愉快地舔食那种草，这对于它们就像美酒对于我们一样，使它们互相拥抱、哭泣、嚎叫、大笑，像鸟一样发出啁啾声，步履蹒跚，最后摔倒，在泥地里睡着。

我深入研究后发现“野胡”是这个国度里唯一罹受各种疾病之苦的族群，不过它们生的病比我们的马生的病还是要少许多，而且得病也不是受了什么虐待，而是这种下贱畜生贪吃、不爱清洁引起的。慧骃的语言中对这些疾病只有总称，是借用了这畜生的名字造出来的，叫作“赫尼-野胡”，或者直接就叫“野胡病”。而药是用它们自己的粪和尿做成的，强行灌入它们的喉咙。这的确是一种成功的疗法，我在这里为了公众的利益而把它介绍给我祖国的人们，这对暴饮暴食所引起的疾病确有神奇的疗效。

至于学问、政治、艺术、制造业这些东西，我的主人向我坦言，他在他们的“野胡”与我们中间很难找到共同点。因为他只关注我们在本性上的相似之处。他也确曾听一些好奇的“慧骃”说过，在大多数“野胡”群落当中总有一头是首领（就像我们中间总有一些领导，在公园鹿群中也总有领头的）。这种“野胡”总是长得比别的“野胡”更加扭曲，性情上也更刁钻。这领头的一般总是尽可能找一头和它自己相似的“野胡”，它的差使就是去舔主人的脚，随后驱使一头母“野胡”钻进它的窝里。由于这个主人会时不时地赏一块驴肉给它吃，这个宠儿常常被其他“野胡”所嫉恨，因此为了保护自己它只好一步不离地跟着主人。在找到比它还要恶劣的“野胡”之前，它一般是不会被撤职的；但当它一旦被撤职，它的后继者就会领着这一地区的“野胡”，不管男女老幼，对它从头到脚撒尿拉屎。我的主人说，这种现象与我们这里的朝廷、宠臣和大臣到底有几分类似，只有我才能够得出结论。

我甚至无力反驳他不怀好意的嘲讽。他把人类的理解力贬低得甚至不如一头要小聪明的猎犬。就是猎犬也能准确无误地分辨一群猎犬中最有本领那一只的吠叫声，并附和着跟着叫起来。

我的主人告诉我：在“野胡”身上有某种很明显的品质，我向他介绍人类时从未提及过，就是偶尔提过，也总是轻描淡写的。他说："这些动物和其他野兽一样，有公，有母。"但是下面这一点上它们跟别的畜生不同，就是，母"野胡"怀孕了还照样让公"野胡"和它交欢。另外，公"野胡"和母"野胡"也会激烈地吵嘴、打架，就像公"野胡"之间一样。这两件事都到了极其无耻残暴的地步，任何别的有感情的动物都永远无法达到这种境界。

"野胡"身上还有一点令我的主人很费解：它们怎么竟然偏爱肮脏污秽？而其他所有的动物似乎都有爱好清洁的天性。对于前面那两项指责，我还是不做辩解地敷衍过去，因为我没有一句话可以用来为我的同类辩护，否则，按我个人的喜好是肯定要为它们辩护一番的。但是最后那一条，他把异常的不爱干净这样的污名加到我们人类身上，如果这个国家有猪的话（可惜它们没有），我原本还可以为我们人类辩解一下的；猪这种四足动物虽然可能比"野胡"要温驯，可是说句公道话，它却没有资格说自己比"野胡"更干净；要是主人亲眼看到猪那令人作呕的吃相，看到猪在烂泥中跌打滚爬、睡觉的习惯，他一定会承认我说的话是对的。

我的主人还提到了另外一个特性，那是他的仆马在几只"野胡"身上发现的，在他看来却完全无法理解。他说，一种奇异的想法有时会驱使"野胡"想到要躲进一个角落里去，在那里躺下来，又是嚎叫又是呻吟，一脚踢开任何试图靠近它的东西，虽然年轻体壮，却可以不吃不喝，仆马们也无法想出它可能会哪里不舒服。后来他们发现，唯一可以治疗它的办法是让它去干重活儿，干完之后它肯定恢复正常。出于对我同类的偏爱，听了这话我只好默不作声，这倒使我找到了忧郁症的病源，也只有懒惰、奢侈的人以及有钱人才会得这样的病，如果强迫他们接受这同样方法的治疗，我可以保证他们的病马上就会好。

主人接着说，一只母“野胡”常常会站在一个土堆或者一丛灌木的后面，两眼盯着经过的年轻公“野胡”，一会儿出现，一会儿又躲藏起来，做出种种丑态和鬼脸，据说这时候它的身上会发出一种最恶心的气味。要是有一只公“野胡”这时走上前来，它就会慢慢地往后退，一边却不住地回头看，装出一副很害怕的样子，接着就跑进一个可以方便行事的地方，它知道，那公“野胡”一定会跟上来。

有时还会不知从哪儿来了一只陌生的母“野胡”，三四只母“野胡”就会围住它，它们盯住它，互相叽叽喳喳地议论，一会儿冷笑，一会儿将它浑身闻上一遍，然后就会装腔作势地走开了，似乎表示它们对它不屑一顾。

这些都是我主人自己的观察所得，或者也可能是别人告诉他的。当然话也许可以再说得文雅一点儿，不过我想起来倒不免有几分惊讶，同时也很悲哀：在女性的本能中竟都可以找到淫荡、风骚、苛刻和诽谤的因子。

我时刻都准备听我的主人发表指责公母“野胡”身上反自然癖好的议论，这些癖好在我们中间是十分普遍的。可是，对“野胡”来说，连大自然都无法成为高明的导师。这些相对优雅的嗜好，在我们这一边的地球上，却完全是艺术和理智的产物。

第八章

我想，对于人性，我应该比我的主人理解得深刻，所以我认为他将我和我的同胞与这里的“野胡”所做的类比，的确能够适用于我的同胞，而我相信，根据自己对“野胡”的观察，也会对人性有更进一步的发现与认识。因此，我常常请求他准许我到附近“野胡”聚集的地方去。每次他都爽快地答应我的请求，因为他深信，我那么痛恨那些畜生，所以完全不可能被它们带坏。他还命令一匹仆马给我做警卫，那是一匹健壮、诚实又温和的栗色小马，要不是有他保护，我还真不敢去冒这样的险。之前我已经告诉过读者，刚到这地方，我就已经吃过这帮可恶畜生的苦头，后来有三四回，我没带腰刀就到远处溜达，险些栽在它们的手里。不难想见，它们多少会以为我是它们的同类，因为我跟警卫同行时，常常会当着它们的面卷起袖子，显摆我身上的肌肉。这样一来，它们就会放胆子凑过来，像猴子一样模仿我的动作，但同时也露出仇恨的表情。我就像一只家养的寒鸦[1]，一旦戴上帽子、穿起长袜回到野生的鸟群中去时，总是会遭到迫害。

它们从小就身手矫健。不过有一次我倒是捉住了一只三岁的小公“野胡”，我用了各种温柔的表示设法让它平静下来，可是那小鬼大声号啕，还抓我，很猛烈地咬我，我没有办法，只得将它放了。这时就有一大群老“野胡”闻声赶来将我们围住，不过它们见小家伙已经很安全（因为它已跑开），我那栗色小马又在我身边，所以就没敢靠近。我发现那小畜生的肉发出一股介于黄鼠狼和狐狸之间的恶臭味，实在让人觉得讨厌。我还忘了一件事（也许我本该把这件事完全略去，要不读者恐怕会感到不悦，甚至不能原谅我），我用手把那只可恶的畜生抓住时，它忽然拉出一泡黄色稀屎，把我的衣服全弄脏了。幸亏近旁就有一条小河，能让我尽量把自己洗干净，直到身上完全没有了臭气，否则我都不敢回去见我的主人。

据我所目击到的情况来看，“野胡”也许是所有动物中最不可教化的，它们除了会拖东西和扛东西，再没有别的什么能耐。我认为这缺陷主要还是因为它们性情乖僻执拗、狂躁不安造成的。它们狡猾、恶毒、奸诈、有仇必报。它们的身体强壮结实，但是内心却十分懦弱低贱，结果变得傲慢无礼、卑鄙无耻、残忍歹毒。据说红毛的公、母“野胡”比别的“野胡”更淫荡而阴险，在体力和动作的灵活方面也远胜过它们的同类。

---

1 欧洲的一种鸟，貌似乌鸦，但体形较小，驯养后可以学人样说话。伊索寓言一则故事中，宙斯要立鸟类中最美的为王。众鸟都去河边梳洗打扮。寒鸦来到河边，把众鸟脱落下的羽毛插在身上。选王的日子，宙斯一眼就看见花花绿绿的寒鸦，准备立它为王。众鸟十分气愤，纷纷从寒鸦身上拔下本属于自己的羽毛。于是，寒鸦身上的美丽羽毛一下全没了，又变成了一只丑陋的寒鸦。

"慧骃"把日常使唤的"野胡"养在离他们住处不远的茅屋里，其余的则全赶去外面的田地里。在那里它们刨树根、吃野草、搜寻动物腐肉，有时捉黄鼠狼和"鲁希木斯"（一种野鼠），弄到食物就狼吞虎咽。它们天生会用爪子在土坡的一侧挖一些深深的洞穴，在那样的窝里休息。母"野胡"窝大一些，容得下两三只小崽。

它们从小就能像青蛙一样游泳，还能在水底潜伏很久，它们在水下捕鱼，母"野胡"捉鱼回家，拿去喂小崽。说到这儿，希望读者能够原谅我再讲述一桩个人奇遇。

一天，我跟我的警卫栗色小马一起出游，天气异常炎热，我请求他让我在附近的一条河里洗个澡。他同意后，我立刻把自己脱得精光，然后慢慢地走进了水流里。正巧有一只母"野胡"站在一堆土的后面，目睹我脱衣的全过程使它欲火中烧（我和小马都是这样猜想的），就全速跑过来，在离我洗澡处不到五码的地方跳进了水里。我一生中从未如此害怕过：当时小马正在远处吃草，没想到会出什么事。母"野胡"令人作呕地搂抱我，我拼命叫喊，小马闻声朝我飞奔而来，它才很不情愿地松开了手，恋恋不舍地离去，跳上了对岸，盯着我穿衣服，还挪不开脚步，眼巴巴地嚎叫。

我的主人和他家人都把这件事引为笑谈，我因此极为沮丧：既然母"野胡"把我当成自己的同类，还对我产生了爱情，现在我怎么也无法否认我浑身上下无处不像一只真正的"野胡"了。那畜生的毛发也不是红的（这就不能说它的欲望有点儿不太正常），而是像黑刺李一般黑，面貌也并不像其他"野胡"那样叫人厌恶，我想它的年龄不会超过十一岁。

我在这个国家已经生活了三年，我想读者一定希望我像别的旅行家那样能把当地居民的风俗习惯跟他们说一说，实际上这也是我主要想了解的东西。

因为这些高贵的“慧骃”生来就具有种种美德，他们是理性动物，根本不了解“罪恶”这种概念，所以他们的伟大标准就是培养理性思维能力，一切都由理性支配。至于如何行事是理智的，在他们那儿也没有什么争议，不像在我们的国家，人们会对一个问题的正反方面展开似是而非的辩论。“慧骃”们的理智不受感情和利益的歪曲和蒙蔽，所以会立即就让你信服。我记得当时我是费了九牛二虎之力才让我的主人理解“意见”这个词的意义和为什么一个问题会引起争议。运用理性思考问题，人们就会只针对确知无疑的、完全有把握的事，才选择采取肯定或者否定的态度，反之，人们既不能肯定也不能否定自己所不知道之事。所以辩论、吵闹、争执、对假象深信不疑或命题的不确定性，这些都是“慧骃”闻所未闻的罪过。同样，当我给他解释我们自然哲学的各种体系时，他总要哈哈大笑，他认为一个冒充具有理性思维方式的动物竟然通过别人的智识来衡量自己，就算这些智识被理解和领悟得足够深刻，不结合自身体会也没有什么用处。这方面他完全赞同柏拉图表述的苏格拉底的思想；我提到苏格拉底的思想是出于我对这位哲学之王的最崇高的敬意。从那以后我也常常想，这样的教诲不知要摧毁欧洲图书馆里的多少图书，阻塞学术界不知多少的成名捷径。

友善和仁慈是“慧骃”的两种主要美德，这两种美德不是个别“慧骃”，而是整个“慧骃”族群普遍拥有的。远方陌生来客，或是近旁亲密邻居，不管他走到哪里，主人的款待都会让他们感到宾至如归。他们保持庄重，同时不拘琐碎礼节；他们绝不溺爱小马，以理性准则来教育子女。我就曾经看到，我的主人疼爱邻家的孩子一如爱护自己的孩子。他们遵循大自然的教导，热爱所有的同类。唯依据理性思维水平的不同，“慧骃”被分为不同的层次，有些“慧骃”因此被认为更加优越。

母“慧骃”生下一对子女后，就不再跟自己的丈夫同居了，除非是偶然出事故而失去其中的一个孩子，在那样的情况下他们才再同居，但这样的事很少发生。要么就是别的“慧骃”遭遇了这种不幸而他的妻子又已经不能生育，这种时候，某一对夫妇就会将自己的一个孩子送给他，然后这一对夫妻再同居，一直到母的怀孕为止。有必要采取这种措施，他可以防止国家人口过剩[1]。但是培养来做仆马的下等“慧骃”可不受这种严格的限制，他们每对夫妇可以生三对子女，这些子女日后也到贵族马的家里充当仆马。

在婚姻这件事上，他们非常注意对毛色的选择，这样做是为了避免造成血统混乱。强壮是雄性的衡量标准，而美丽是雌性的衡量标准，这不是为了爱情，而是为了防止种族退化。如果刚好雌性力气过人，就给他找一个漂亮的伴侣。他们对求婚、谈情说爱、送礼、寡妇得到的丈夫遗产、财产赠送等一无所知。他们的语言中也没有可用来表达这些概念的专门术语。年轻夫妇从相识到结合完全由他们的父母和朋友来定夺。这在他们那里是司空见惯的，并认为那是理性动物必要的一种行为。婚姻关系的破裂或

1 与之类似，在《吕库戈斯传》中写到，斯巴达的已婚夫妇很少见面（甚至还会杀死婴儿），为了控制人口。在古典理论中，规模较小的或者至少受控的人口有助于确保国家的统一。

者其他失去贞操的事却从来都没有听说过，夫妻相处，就像他们各自对待其他的所有同类一样，彼此友爱、相互关怀，就这样度过一辈子，从不会嫉妒，从没有溺爱，也不会争吵或者彼此不满[1]。

他们教育男女青年的方法令人敬佩，非常值得我们效仿。孩子们在十八岁以前，除了一些特定的日子，不给他们吃燕麦，还有牛奶也难得喝几次。夏天，他们早晚各放牧两小时，父母同样在一旁监督。不过仆马吃草的时间还不到他们的一半。仆马将大部分青草带回家去，在干活儿的空余时间里再吃。节制、勤劳、运动和清洁是青年男女都必须攻读的课程。我的主人认为我们对女子的教育和对男子不同，只给女性家务管理方面的一些功课，这实在太荒唐了。他说得很对，这样国家的一半人口什么都不做，只会把孩子带到这世界上，居然放心将子女交由一无所长的动物照看，更足以证明我们是多么野蛮与残忍。但是“慧骃”却要训练他们的孩子在陡峭的山坡跑上跑下或者在坚硬的石子地上奔来奔去，当他们跑得汗流浃背时，就命令他们一头扎进池塘或者河中，以此来锻炼孩子们的体力、速度和毅力。一个地区的青年每年有四次机会聚到一起，展示在奔跑、跳跃及其他体力和灵

1 对比斯巴达的生育和教育，吕库戈斯认为，教育伟大高尚的任务始于对婚姻和生育的控制。婚姻虽然受到鼓励，但是决不允许破坏男性的友爱、团队的精神，而社会正是建立在这些因素之上。子女不属于父亲，而是国家的共同财产，并且对他们实行公共抚养。要让公民来自于最好的品种，而不是出于随意结合的配偶。城邦决定每个人何时以及与谁结婚。婚姻只发生在夫妻双方身体发育完善的时候，因为吕库戈斯认为这样才可以确保他们生出健康的孩子，而这正是婚姻的唯一目的。

活度方面的娴熟技能，大家用赞美的歌曲来歌颂男女优胜者[1]。在这样的节日里，仆马们就会赶着一群驮着干草、燕麦和牛奶的“野胡”到表演场地去给“慧骃”设宴，一旦东西送到，那些畜生马上就被赶回去，免得它们在会场上吵闹。

每隔四年，在春分时节，要举行全国代表大会，开会地点在离我主人家大约二十英里的一片平原上，会议要连续开五六天。会上他们会探讨各地区的情况：他们的干草、燕麦、母牛、“野胡”是富足有余呢还是短缺不足，哪里缺少什么（这种情形很少），大家马上会一致同意，踊跃捐献，为物资缺乏地区提供补给。会上，孩子们的抚养家庭调整问题也可以得到解决。例如说，一个“慧骃”有两个男孩子，就可以同有两个女孩子的“慧骃”交换一个；如果有孩子出事故死亡了，而母亲又已过了生育的年龄，大家就来决定哪家再生一个来补偿这一缺损[2]。

1　在斯巴达，孩子一出生就实行纪律严格的培养和教育，这可以解释为系统的身体和伦理训练。斯巴达的身体训练确保健康、耐性、节制以及勇气、服从和爱国心这些德性。斯巴达人随着年纪的成长，身体训练也会增加，他们养成赤足行走的习惯，能够上下山峰和更加轻盈的跑跳。节衣缩食强健了他们的身体，约束了他们的感官欲望。斯巴达式的节衣缩食，教育制度的伦理取向，以及要求儿童进行持续不断的劳动和身体训练，在慧骃国的制度中得到了体现。

2　吕库戈斯为了确保妇女与良好的男士结合，遂使共妻制成为法律。这种共妻制的目的是生育健康的孩子，而且如同人们可能猜到的，斯威夫特在慧骃国将它转化成了子女的公共配给。

第九章

在我离开这个国家三个月之前，他召开了一次全国代表大会，我的主人以我们这个地区代表的身份参加了大会。本次会议再次讨论了一个旧议题，事实上也是该国政务唯一的议题。我的主人回来后把讨论过程的详情告诉了我。

这个议题是，是否有必要把“野胡”从这个国家的土地上消灭干净。一位持肯定态度的代表提出了几个有力且颇具分量的论点。他认为，“野胡”是自然界所创造的最肮脏、最有害、最丑陋的动物，也是最懒惰、最倔强、最诡诈、最恶毒的动物。它们偷吃“慧骃”母牛的奶，杀死并贪婪地吞吃猫，践踏燕麦和青草。如果不对它们实行严密监管，它们还会干出百倍放肆无礼的事来。一个流行的传说引起了我的主人的注意：“野胡”在这个国家并不是向来就有的，而是许多年前一座山上突然出现了一对“野胡”，至于它们是由太阳暴晒黏土所产生的，还是海里的淤泥和泡沫变来的，就不得而知了。后来这一对“野胡”开始繁殖，短时间内它们就数量剧增，以至于泛滥成灾，遍布全国。“慧骃”为除此害，曾举行过一次大型狩猎活动，终于将全伙

“野胡”包围了起来。他们将大的“野胡”杀死，每个“慧骃”只留两只小的养在窝里，驯化这些大自然创造出来的野兽，让它们学会拖拉或者驮运物品的技能。本性如此野蛮的动物能驯服到这地步，已经相当难得了[1]。这一传说颇有道理，这种畜生不可能是“依林赫尼阿姆锡”（意思是当地的土著）。因为如果是本地土生土长的动物，它们也不可能生性邪恶到如此地步，否则早被十分痛恨它们的“慧骃”和这土地上所有其他的动物给消灭了。当地居民还突发奇想，想用“野胡”来为自己服务，结果十分轻率地疏忽了驯养驴族。驴族文雅、温顺、规矩，容易饲养，没有任何难闻的气味，虽然身体不如“野胡”灵活，但力气大，干活绰绰有余。如果说它们的叫声不大好听，可比起“野胡”那恐怖的嚎叫来，总要动听得多。

另外几个代表也发表了相同的意见。这时，我的主人根据事先与我探讨此事受到的启发，想出来一个权宜之计，并在大会提出来。他同意前面那位尊敬的代表的发言，说是有这么一个传说，并且肯定那两只最先被发现的“野胡”确实是漂洋过海来到这里的，他们被同伴遗弃，登陆岸上，后来躲进山里，逐渐退化，随着时间流逝，日久天长，他们就变得远比从前的同类更加野蛮。我的主人之所以如此论断，是因为他现在就有那么一只奇特的“野胡”（他指的就是我），在座大多数代表都听说过并且亲眼见过。他接着向大家叙述最初怎样发现了我，我的全身都用别的动物的毛皮制作的套子罩起来；我有自己的语言，现在也

1 对比斯巴达，斯巴达的治安官授权秘密服役者对希洛人进行系统性屠杀，秘密服役者是由挑选出来的斯巴达人所组成的一个负责内部统一的组织（有点类似于机密组织）。修昔底德和普鲁塔克告诉我们，曾经有一次超过两千名希洛人“被消失”。

学会说“慧骃”话；我也曾告诉他如何机缘巧合地来到了这里；我身上没有遮盖物的时候，是一只彻头彻尾的“野胡”，只不过皮肤略白、毛发较短，爪子也没那么长。他又说，我曾经想努力说服他，使他相信在我的祖国和别的一些国家里，“野胡”是一种理性动物，且占据统治国家的地位，“慧骃”则是被奴役者。他还说，发现我身上有“野胡”的全部特性，不过稍有几分理智罢了，然而这点理智却远不及“慧骃”，就像“慧骃”国的“野胡”远不如我一样。他说我对他讲过我的国家使“慧骃”变得温驯的一种习惯做法，就是在“慧骃”小的时候就把他们阉割，那手术既简单又安全。他说，向禽兽学习智慧并不是什么丢脸的事，蚂蚁教我们勤劳，燕子教我们筑窝（我把它们的鸟“利航赫”这个词译作燕子，尽管它其实比燕子大多了）。因此这种“阉割”法不妨用到小“野胡”身上，这样不仅可以使它们变得较为温顺、驯良，而且不用使用屠杀的极端手段，就能在一代之后灭绝“野胡”。同时还应该鼓励“慧骃”养驴。从整体上来说，驴比别的兽类更有价值，此外它们还有这样一个优点：驴子养到五岁就可以役用了，别的兽类却要养到十二岁。

这就是我的主人当时认为可以告诉我的有关大会的所有情况。可是他却隐瞒了关系到我个人生活的议题。不久以后，我就深受这件事的灾难性的影响，我的不幸从此开始。在下文中的合适时机，我会向读者叙述这件事。

“慧骃”没有自己的文字，所以他们的知识由口耳相传保留下来。因为这个族群十分团结，天生具有各种美德，行为全然受理智支配，同时又切断了跟别的国家的贸易往来，所以几乎没有什么重大事件发生。他们的历史不用耗费大量脑力和记忆力，就能很容易地保存下去。我前面已经说到过，他们不会生病，也用不着医生。可他们用草药调制良药，用来治疗蹄骹或蹄楔上偶尔因尖利的石头割撞造成的伤害，也可以用来治疗身体其他各部位的损伤。

他们根据日月的运转来计算时间，但不再细分到星期。他们对这两个发光体的运行情况了如指掌，也明白日食和月食的道理。这些就是他们对天文学的最高了解。

在诗歌方面，必须承认他们超过了其他全部有生命的动物。他们的诗歌比喻贴切，描写细致而精准，而且很难模仿。他们的韵文富于比喻和描写，内容一般不是写崇高的友谊和仁慈，就是歌颂赛跑和其他体力运动中的优胜者[1]。他们的建筑虽然十分简陋，却还算便利，构造巧妙足以防寒御暑。这里生长一种树木，长到四十岁树根就松动了，在暴风雨天气下会被刮倒。这种树长得笔直，“慧骃”就用尖利的石头把它们削成木桩（他们不知道用铁器），每隔十英寸左右把木桩插在地上，然后在木桩与木桩之间编上燕麦秸，当然，有时也用枝条。屋顶和门也是用同样的方法做成的。

“慧骃”利用前足的蹄骹和蹄子中间的空隙拿东西，就像我们用手一样，起初我没有料到他们的蹄子远比我想象的灵巧很多。我曾经看到过家里的一匹白色母马用那个关节穿针（针线是我故意借给他的）。他们用这种方法挤牛奶，收割燕麦，做一切

1　斯巴达没有书面文学，但有一种非常发达的口头音乐和充满教益的诗歌传统。斯巴达合唱节上唱的歌曲“朴实无华，绝不装腔作势，主题严肃而带有教育意义”，斯巴达人的格言赞颂那些斯巴达式的德性：仁慈、爱国、谦虚、尊重、节制、坚毅、身体健康强壮、谈话简洁等。

需要用手的劳动。他们有一种坚硬的燧石，把它与别的燧石摩擦，就能磨成可以代替楔子、斧子、锤子等的工具。他们同样也用这种工具切割干草、收割燕麦；燕麦是地里天然长出来的，“野胡”把燕麦一捆捆运到家里，接着由仆马在茅屋里把他们踩出的麦粒储存在粮仓里。他们也制造粗糙的陶器和木质容器，陶器是放在阳光下烘晒制成的。

如果他们能避免发生意外伤亡，则只会死于年迈，死后被埋葬在极难找到的阴暗地方。他们的亲友们既不表示欢喜也不表示悲伤。去世前，“慧骃”自己也丝毫不会因为要告别这个世界而感到遗憾，就像只是前来访问的一位邻居，马上就要回家了一样。我记得有一次我的主人约了他的一位朋友与家人前来商量重要的事。到了约定的日子，女客人带着她的两个孩子很晚才赶到。她道了两次歉，首先是代丈夫致歉，说是碰巧她今天早上“西奴思赫”了。这个词在他们的语言中很有表现力，可是不容易把它翻译为英语，她的意思是：“回到她的第一个母亲那儿去了。”接着她又为自己没能早点来致歉，说她丈夫早上离世，那时已经迟了，她和仆马商量了很久，关于何处可以作为安葬丈夫的合适地点。我发现她后来在我们家同其他的马一样愉快，而她也在大约三个月后去世了。

他们一般都活到七十或者七十五岁，但很少有寿命超过八十岁的。死去前几个星期，他们能感到自己渐渐地衰弱下去，可是并没有痛苦。这时候他们的朋友们就会常来拜访，因为他们不能像往常那样安闲自在地外出了。不过在他们死前十天左右（他们很少估算错误），他们会坐在一种由“野胡”拉着的方便、舒服的橇里去回拜那些邻近的曾经看望过自己的亲戚朋友。这种橇不只是在这种场合才坐，当他们上了年纪出远门时，或者由于意外摔断了腿的时候都要用。去世前，“慧骃”回拜他们的朋友的时候，都要向他们郑重道别，好像他们要去这个国家最偏远的地方，并在那儿度过余生似的。

我不知道这是不是值得一提：“慧骃”的语言中鲜有表达罪恶的词汇，仅有几个还是从“野胡”的丑陋形象和恶劣品性那儿借用过来的。因此，当他们要表达仆马的荒唐、小孩的懒散、一块石头划伤了脚、恶劣的天气、既不合时宜又持续很久等令人不愉快的意思时，总要在每一个上面加上“野胡”一词。例如，“赫恩姆·野胡”“呼纳霍尔姆·野胡”“银尔赫姆思德威赫尔玛·野胡”。一幢盖得不好的房子就叫作“银霍尔姆赫恩姆罗赫尔思乌·野胡”。

我还能继续讲述这个优秀民族的习俗和美德，但是我打算不久以后就出版一本专著来谈这个问题，我请读者到时去参考那一本书。现在我还要继续讲我的悲惨灾难。

第十章

我把自己的小日子安排得称心如意。按照他们的习俗，主人在离自家六码远的地方安排了一间房子给我。我在四壁和地板上都涂了一层黏土，并铺上了自己编织的草席。然后，我又将野生的麻料打制成被套，并用几种鸟的羽毛将其填充，这些鸟是用“野胡”毛制成的网捕获的，而鸟肉本身也是一种美味。我接着又做了两把椅子，并让栗色仆马帮我做一些粗重的活儿。当我的衣服穿破后，我就用野兔以及一种被叫作“奴诺赫”的漂亮小动物的皮毛为自己做了一件新的，那个“奴诺赫”身上覆盖着一层舒适的软毛。用这些，我还做了几双合脚的长袜。我又砍下一片木板作为鞋底，并用皮革来做鞋帮；假如鞋帮破了，我就用晒干了的“野胡”皮替代。我经常从空树洞里的蜂巢取一些蜂蜜来，或掺着水喝，或涂在面包上吃。有两句格言，所谓“人的天性是容易满足的”“需求是发明之母”，恐怕没有人比我更有资格为这两句格言做见证了。我拥有了健康的体魄与平和的心境，没有朋友背叛我，也没有被人明攻暗害的顾虑，而我同样也用不着向任何大人物行贿、献媚或为他们拉皮条，借此讨好那些主子和狗腿子；也不必提防被欺诈和逼迫，因为这儿没有医生来损害我的身体，没有律师折腾得让我破产，也没有告密者监视我的言行，更没有人为讨赏钱就诬告我；这儿没有人冷嘲热讽、谴责非难、诬蔑诽谤，没有扒手、盗匪、窃贼、讼棍、鸨母、小丑、赌徒、政客、才子、暴虐强横的人、口若悬河的人、能言善辩者、强奸犯、凶手、强盗以及古董贩子；没有党派首脑和他们的扈从；没有人用坏榜样来诱人堕落；没有地牢、斧钺、绞架、笞刑柱和颈手枷；没有骗人的店家和工匠；没有骄矜、虚荣与虚情假意；没有花花公子、恶霸、酒鬼、野妓或者梅毒患者；没有酷爱吹牛、淫荡奢靡的妇人，也没有妄自尊大却愚昧至极的学究；没有胡搅蛮缠、盛气凌人、粗野好斗、聒噪吵嚷、喧闹吼叫、空虚无聊、自以为是、动辄赌咒的伙伴；没有恶贯满盈却能平步青云的流氓；没有高山景行却一落千丈的贵人；没有地主老爷、琴师、法官和舞姬。

我有幸被一些“慧骃”赞赏，他们前来拜访我的主人或共同用餐。主人特许我从旁伺候，听他们谈话。主人和他的客人经常会问我一些问题，而我总是应答自如。有时，我会很荣幸地陪主人去拜访朋友。除了必要时答话外，我从不随便多嘴。就是回答问题也使我感到懊悔，因为这让我不能抓紧一切时机自我提升，我万分乐意做一个谦逊的听众，倾听他们言简意赅的对话。我曾经说过，最庄重的礼仪是不拘礼仪；说者说得愉快，听者听得也愉快；没人打断别人说话，也没有人喋喋不休不让人说话；没人面红耳赤地争辩，也不因为话不投机，彼此疏远；他们认为聚会时，沉默片刻有益于增进交流。而我也发现这是正确的，因为有了短暂的停顿，新的话题才会出现，而发言更加生动了[1]。他们的话题主要是关于友谊和仁爱，或秩序和经济；有时涉及自然界的现象、活动或者古代的传统；有时谈到如何界定美德。他们还谈论依理性原则行事万无一失，或者讨论应该在下届全国代表大会上做出的决议，以及许多优美的诗篇。我还可以补充一点，但这并不是出于我的虚荣心，我有时也会为这些谈话提供充分的材料，便于我的主人正好借机对朋友们谈起我和我祖国的历史。虽然他们非常喜欢这一话题，但这却对人类并不有利，因此我就不再复述了。有一点请允许我说明，我尊敬的主人对于“野胡”的自然习性非常了解，他发现了我们所有的罪恶和愚蠢，其中有许多是我从没向他提起过的，他是根据对本国的“野胡”本性的了解，设想那些“野胡”如果再多些逻辑思考能力的话，就会干出什么样的事来。于是，他得出了颇具真理性的结论：“这样的一种动物该是多么卑鄙而可怜啊！”

坦白地说，我所拥有的那一点点有价值的知识全部来自我的主人的教诲，以及他与朋友的谈话。我为自己身为一个听众而感到自豪，我能听他们谈话比能听到欧洲最伟大、最聪明的人物谈话还要感到自豪。我赞美这些身体强健、英俊潇洒并且做事雷厉风行的居民，而这些和蔼可亲的马儿有着璀璨的美德，更使我对他们心怀崇高的敬意。事实上，起初我并未明了“野胡”和其他动物为何敬畏他们，然而，我自己也不由自主地日益敬畏他们，而且这种敬畏的增长速度比我想象的要快得多。同时，我对他们的感情中除了敬畏还混合了尊重、热爱和感激的成分，因为他们并不凭借自己对“野胡”的印象就藐视我，反而对我另眼相看，

1 斯巴达人被教导进行短暂、简短和优雅的对话，吕库戈斯教导年轻斯巴达人“保持沉默的一般习惯，因为谈话中的放纵将使得讨论变得空洞乏味”。

认为我在同类中与众不同。

当我在回想起我的家庭、朋友、同胞或者其他的人类时，不论在外形上还是性情上，我认为他们真的就是“野胡”。只不过是他们稍微文明一些，并且会说话而已。与此同时，他们只会利用所谓逻辑思维能力让自己更加堕落、罪恶，相比之下，在这个国家，人类的“野胡”兄弟还只是“性本恶”而已。当我在湖中或泉水中看到自己的倒影，突然感到无比嫌恶，宁愿看一只原始的“野胡”，也不想看见我自己。我饶有趣味地与“慧骃”谈话，并观察他们；我开始模仿他们的步态和姿势，逐渐养成了习惯。因此，我的朋友有时不客气地评论说：“你踱起步来像一匹马。”可我却把这当作恭维话。我也不否认，我说话声音和腔调已经“慧骃”化了，哪怕因此被笑话，我也一点儿不觉得受到了羞辱。

我就这样快乐地生活着，并打算就这样快乐地生活一辈子。然而，一天早晨，比平时更早一些，我的主人叫我过去。我察言观色，预料到主人有为难的事儿，像是不知如何对我开口。沉默片刻后，他说不知道对我坦白如下实情，我会有何感想，事情是这样的：在上次的议会上谈到“野胡”问题时，代表们对他家中养着一只“野胡”（指我），特别是他对待我如同一只“慧骃”而非畜生感到不满。大家都知道他与我频繁对话，仿佛想从我这儿得到什么益处或乐趣似的，而这样前所未有的做法在他们眼中是不理智和反常的，因此，议会要求他要么像役使一只“野胡”那般对待我，要么就应该让我从哪儿来就回哪儿去。然而，前一种建议被那些见过我的“慧骃”完全地否决掉了，他们声称我除了拥有如同那种动物的劣根性还有少许的理性，因此他们担心我会教唆“野胡”逃去林中或者山区，夜里成群结队出来危害“慧骃”的家畜。因为我们这种食肉畜生天生贪婪，并且厌恶劳动。

我的主人还说，由于邻居天天催促他执行议会决议，所以他实在不能再耽搁下去了。他认为让我泅水离开，前去别的国家是不现实的，因此希望我设计某种交通工具，类似我曾经描述过的、在海上执行运输任务的车辆，如果需要，他的仆马和邻居的仆马都可以帮我。他最后表明，自己是非常乐意我能留下来终身为他服务，因为他发现我虽然天性卑劣，却不断学习、模仿，在改变习惯和陶冶性情方面进步非常大。

我应该向读者解释清楚，这个国家的议会决议被称作“赫恩赫老阿银”，我所想到最近似的译法为“郑重劝告”；他们没有强制行动的概念，而是通过建议和忠告施加影响，他们认为有理性的动物不会放弃理性的身份，也就不会坚持违背理性原则采取行动。

听完主人的话后，我深陷在巨大悲痛和绝望之中，甚至难以承受，竟昏倒在地。当我苏醒后，主人告诉我，他当时还以为我已经死去（在这里没有动物这么脆弱）。我用虚弱的声音回答道：“如果真的死去，那是一种莫大的幸福。”我不能谴责议会的决议和他朋友的催促，但是以我不够健全的理性判断，对我宽容一些不能算不够理性吧。我一口气游不过一里格远，离这儿最近的陆地也在一百里格以外了。再说，制造一艘小船，在这个国家几乎找不到足够的材料。出于对主人的敬意和感激，我还是准备试一试，尽管我认为造小船这件事是不可能办到的，此刻我觉得我已经崩溃了。也许此行不能善终已是幸运的了，因为假如我在命运难料的冒险中获救，就将回到“野胡”同胞中去，与它们一起生活，从此恢复我堕落的本性，再也没有引导我走上美德之途的导师。但我十分清楚，那些智慧的“慧骃”是不会因为我这可鄙的“野胡”的争辩而放弃他们理智的决定的。因此，我还是对主人提出的让他的仆马帮我造小船的提议而表达我卑微的感激之情，并且我还请求，给我足够的时间，完成这一艰巨的任务。我告诉他，我会竭力地保全自己卑劣的性命，假如回到英国后，我还对我的同类有所用处，我会向他们赞美那些有声誉的“慧骃”，并希望人类能学习他们的美德。

主人简短而慷慨地回答了我，允许我用两个月的时间制造我的船，而且让栗色小马作为我的伙计（现在我们相隔那么远，就让我冒昧地如此称呼他），并听我使唤。因为我对主人说过，有了栗色小马的帮助就足够了，我知道他跟我还挺亲热的。

小马伙计陪着我做的第一件事，是去那造反的船员曾抛弃我的海岸。我爬上这区域地势最高处，向四周大海远眺，凭直觉判断，东北方有一座小岛。我取出便携袖珍望远镜，辨别并估算出小岛在五里格之外。但栗色小马却认为那是一片蓝色的云，因为它不知道除了本国，世界上还有什么国家存在，所以它不可能正确辨别海上有什么东西，而我则正好相反。

在我发现这个小岛后，就不再多加考虑了，认定那将是我被流放的第一目的地，至于结果就听天由命了。

回到家，我就和栗色小马商讨一番。随后，我们去了不远处的小灌木丛，我用小刀，他用一块“慧骃”制造的有木柄、锋利的燧石，砍了许多差不多手杖粗细或更粗一些的橡树枝条。我不想详尽描述如何造船，恐怕读者听着也不耐烦。简言之，多亏栗色小马卖力的帮忙，我们在六周内制造了一艘印第安式的小艇，只不过尺寸更大一点儿，然后我用自制的大麻绳把几张“野胡”皮缝合，当作船篷。船帆同样是用“野胡”皮做成的，不过是用最小的“野胡”的皮所做，因为年长者的皮太韧太厚。此外，我还做了四个船桨。我还在船上装了一些煮熟了的兔肉和禽肉，带上两个容器：一个盛奶，一个装水。

我在主人家附近的一个大池塘里试验了一下小船的性能，之后又针对缺陷进行改造，用“野胡”油将所有的裂缝黏合，把船修造得足够坚固，能保护我和携带的物品。我尽力造好了船，就让“野胡”在栗色小马和另一匹仆马的监管下轻轻地将船运往海边。

一切准备就绪，行期将至，我告别主人和他的夫人以及其他家人的时候不禁热泪盈眶，心情沉痛。我敬爱的主人一方面出于好奇，一方面为了表示对我的关怀（我这样说并不是因为夸张），决定在他的几个邻居和朋友的陪同下送我到小船上。我不得不花上一个小时等待涨潮，然后幸运地赶上了去小岛方向的顺风，于是我再次向主人告别。当我正要俯身去亲吻他的蹄子时，他格外开恩地将自己的蹄子轻举抬到我的嘴边。我并不是不知道，多少人因为我叙述了这个细节就责难我，诽谤者都自以为是地断定，这样杰出的“慧骃”是不可能如此隆重地对我这样卑劣的动物施礼的。我当然不会忘记一些旅行家曾吹嘘过自己受到了如何特别的恩典。但是，假如那些责难者更深地了解这样一位高贵又谦和的“慧骃”，他们定会改变自己的看法。

我又向主人和他的同伴们致敬后，就登上小船，推船离开了海岸。

第十一章

我于一七一四（或一七一五）年二月十五日早上九点开始了险恶的航行。风向对我很有利，不过起初我还是用桨划船。但考虑这样下去没多久就会疲劳，而且风向随时可能变换，我就扯起了船帆。同时，借助潮水的帮助，我估计我是以一小时一里格半的速度前进。主人和他的朋友继续留在海边，直到我走出了他们的视线，我还不时听见栗色小马（他总是喜爱我的）喊道："赫奴伊·伊拉·尼哈·玛拉赫·野胡（照顾好自己，温顺的'野胡'）。"

我原打算尽可能寻找一座无人的小岛，在那里自给自足地生存下去，就是这样也要比欧洲那些首相大臣的宫廷生活来得幸福。我害怕回到那个在"野胡"政府统治下的社会。我渴望隐居，那样我至少可以沉浸于思想的自由，并兴致盎然地回味"慧骃"无可比拟的美德，避免腐化堕落，再次陷入同类恶行的渊薮之中。

读者可能还记得我曾经叙述过我的船员共谋造反，并将我囚于船舱中，那几个星期我无法确知船会遵循怎么样的路线航行。之后，水手又将我押上岸，发誓赌咒说，他们也不知道这是到了世界的哪一部分，谁知道他们说的是真话还是假话。不过从他们在议论时我偶然听到的只言片语分析，我认为当前位置应该是好望角以南十度左右，或者南纬四十五度线上，在他们原计划前往马达加斯加岛航线的东南方。虽然我的方位推算不比瞎猜更有依据，但我还是决定朝东方行驶，希望能到达新荷兰的西南岸，也许从那里向西，我能觅得理想的隐居小岛。当时风向正西，到了晚上六点，我估计已经往东前进了至少十八里格，发现半里格外有座小岛，不多会儿工夫就航行抵达那里。这个岛只不过是块大岩石，有一个因为暴风雨的冲击而形成的小港湾。我将小船停泊靠港后，就爬上了岩石，这时，我清晰地发现东边有一处陆地，从南一直延伸到北。我在小船上过了一整夜，第二天清晨继续前行，并于七小时后到达新荷兰的东南角。这无疑证实了我一贯的看法，地图和航海图至少将这个国家的真实位置东移了三度。这个想法我早年就和我的好朋友赫尔曼·毛尔[1]先生探讨过，并向他陈述了我的理由，然而他还是相信那些制图者。

在我登陆的地方没看到什么居民，因为手无寸铁，我就不敢贸然深入内陆。我在海岸上找到一些蚌壳，又不敢点火，怕被土著发现，就生着吃了。连续三天，我都吃牡蛎和帽贝，节省了口粮，还幸运地找到了一溪清水，饮水解渴，这使我心中备感欣慰。

第四天早晨，我大胆地向境内深处探索，发现二三十个土著人站在离我不足五百码的高地上。他们不论男女老幼，全都身体赤裸，可能都围坐在火堆周围，因为我看得见烟。有一个土著人发现了我，立即告诉其他人。接着除了女人和孩子外，五个男人

---

1 18世纪著名地图绘制者。

冲我走来。我赶紧拼命往海边逃去，跳上小船离开。那些野蛮人看我要跑，就迅速地追来，当时我的船还没有来得及行驶得足够远，所以我被他们的箭射伤，伤在左膝盖（我怕是要带着这个伤口进坟墓了吧）。我担心这箭带毒，于是我竭力划桨驶出箭射程以外（那天风平浪静），然后赶紧吮吸伤口，将它包扎好。

我不知所措，又不敢再返回原地。于是我硬撑着划桨向北驶去，虽然风很小，却是西北方向的逆风，这严重地阻碍了我。当我正在寻找安全的登陆地点时，看到东北偏北处有一艘帆船驶来，并且越来越近。我迟疑是否停下来等他们经过，与我相遇，但最终对“野胡”的厌恶使我放弃了这一念头。我掉转船头，桨帆并用，朝着南边驶去，回到我早上刚刚驶离的小港湾。我宁可将自己交给野蛮人处置，也不愿和欧洲文明的“野胡”一起生活。我于是将小船紧紧地靠在海岸上，并将自己藏于那个水质很好的小溪旁的石块后。

那艘帆船离小港湾只有半里格了，终于他们靠了岸，放下一条长舢板，我才发现他们还带着容器，特意来这里取水（看起来这水源非常有名），这时我要躲到另一个地方已经来不及了。那些水手一登陆就发现了我的小船，并在里面到处查找，推测船的主人肯定在不远处。四个带着武器的水手将每一个裂缝和洞穴都搜遍了，最终找到平趴在石块后的我。他们好奇地盯着我那身奇怪而粗陋的衣服好一会儿——我的兽皮衣、木底鞋、绒毛长袜——他们看呆了，最终得出结论，我不是当地土著人，因为土著人都是赤裸的。其中一个水手用葡萄牙语问我是什么人。而我对葡萄牙语是非常了解的，所以就站了起来说道，我是一个被“慧骃”流放的可怜的“野胡”，希望他们能放了我。他们在听到我能用葡萄牙语回答后非常好奇，从我的面孔与肤色判断，他们认定我是欧洲人，但对何谓“野胡”和“慧骃”迷惑不解。同时他们听我说话的腔调类似马嘶声而大笑不止。我因为恐惧和厌恶而一直在颤抖着，并且再次希望他们能放我开船起航，同时慢慢地向我的小船走去。但他们很快就拉住了我，想知道我是哪国人，从哪儿来，以及其他许多问题。我告诉他们，我生于英格兰，大约在五年前离开，那时他们的国家和英国非常和睦，因此希望他们不要将我看作是敌人，我对他们不会有任何的伤害，我只不过是个希望找一处杳无人迹的地方过完不幸的此生的可怜“野胡”。

当他们开始说话时，我认为我从没听见过或看见过如此违反常理的事情，这在我看来就像英国的一条狗或一头牛，或者是“慧骃”国里的一只“野胡”开口说话。那些老实的葡萄牙人对我的服饰和腔调非常吃惊，但他们还是能听得懂。他们非常仁慈地同我交谈，他们肯定船长愿意免费载我去里斯本，由此我可以回到英国去。其中两个水手回到船上，向船长通告了他们所看到的，并等他下达命令。同时，除非我庄严地宣誓自己不会逃跑，不然他们就会将我绑起来，于是我只好按他们说的做。他们对我的故事非常好奇，但我总不能让他们满意，因此他们推测我的不幸经历已经使我丧失了理智。两个小时后，那辆送水回大船的舢板小船回来了，他们带着船长的命令要把我带到大船上。我跪下来求他们还我自由，但他们都无动于衷，并将我捆绑了起来扔到船上。接着我又被带到大船上，并被押进船长的舱室。

船长的名字叫作彼德罗·德·蒙德斯，他为人豪迈、讲理。他请我介绍我自己的情况，又问我需要吃点或喝点什么，并让我享受同他一样的待遇。接着，他又说了许多客气的话，一只“野胡”如此礼貌，使我万分惊讶。但我还是保持沉默，他和水手们身上的味道快使我晕过去了。最后，我想吃一些我的小船上的东西，但他却给我一只鸡和一些上好的酒，接着又将我带到一间干净的舱室里睡觉。我不愿脱下衣服就上床，过了半小时，趁着那些水手正在就餐，我想靠近船舷跳入海中逃亡，如此这般就不用再跟那些“野胡”待在一起了。但是一个水手阻止了我，并报告了船长，于是我就被锁在舱室里。

晚餐后，彼德罗先生来看我，并想知道我为什么会不顾一切地试图逃离。他对我保证，他只是想为我做一些力所能及的事，并且说得十分感人，因此最后我将他当作一小部分理智的动物来看待。于是，我简单复述了我的航行经历，关于共谋造反的船员，关于他们将我扔在那儿的那个国家，关于我在那个国家居住了五年的经历。这一切在他看来似乎都只是梦或幻想，我感到非常不满，我确实几乎已经忘记了，说谎是在那些“野胡”所统治的国家中特有的品行，因此他们总是怀疑自己的同类。我问他，说一些无中生有的事是否是他们国家的习俗？我又用肯定的语气对他说，我已经几乎不知道虚假是什么意思了，即使我在“慧骃”国生活一千年，我也不会从任何一个低劣的仆马口中听到谎言。至于他信不信这些事情与我无关。但是为了报答他的恩惠，我将宽容地看待他堕落的天性，并对他的质疑做出应答，此后他自然会发现真相的。

船长是个聪明人，他多次想从我的故事里找到什么纰漏，但最终还是觉得我说的都是实话了。更何况他自己也承认，他也遇到过一位荷兰水手，声称自己曾和另五名水手在新荷兰以南的某个岛或大陆登陆取淡水时，看到过一匹马赶着几只样子跟我描绘的“野胡”一模一样的动物。那水手还说了一些其他详尽的情况，船长说他全记不起来了，因为他当初以为那全是撒谎。不过他还说，既然我声称诚实是那么神圣的，我必须承诺与他同行，不要冒着丧命的危险逃跑，直到航程结束，否则在到达里斯本之前他会一直将我囚禁起来。我只好答应了他的要求，不过同时我还声明，我宁可受最大的苦难也不愿回去和“野胡”一起生活。

我们在航行中没有遇到任何重大事故。为了感谢船长，我有时也接受他热忱的请求和他一起坐坐。我极力隐藏自己对人类的憎恶，尽管有时也会在无意中流露出来，而船长却并没有留意这些。但是，在每天的大部分时间里，我总是躲在自己的舱室里，避免和任何船员相见。船长多次恳求我将那身野蛮人的衣服脱下来，并提议将他自己那套最好的衣服借给我。我是无论如何也不会接受的，因为我讨厌把一只“野胡”曾穿过的任何东西穿到自己的身上。我只希望他能借我两件干净的衬衫，因为他穿过的那些衬衫总是洗过的，所以不会严重地玷污了我。这样我每隔一天换一次衬衫，并且亲自动手将它们洗干净。

一七一五年十一月五日我们到达里斯本。上岸时，船长一定要我把他的外衣穿上，以免被乌合之众围观。他领我到他的家中，在我的恳求之下，他带着我参观后院楼层最高处的一个房间。我求他对任何人都不要透露关于“慧骃”的事，因为只要泄露一点儿风声，就会有许多人来我这里看热闹，而且还会被宗教裁判所定为异教徒，受到关押甚至烧死的惩罚。船长想说服我穿一套新做的衣服，可我不能让裁缝来给我量尺寸。不过，船长先生跟我体形差不多，他的衣服我穿着也合身。他还为我置办了一些全新日用必需品，我得把它们晾晒二十四个小时后才能使用。

船长没有妻子，只有三个仆人，我们吃饭时也不用他们伺候。船长的言行举止十分彬彬有礼，且善解人意，渐渐地，我能忍受和他为伴了。他赢得了我的尊重，而我也有了兴致从后窗向外张望了。一段时间后，我甚至搬到了另一个房间，常把头探出窗外，向大街上瞧一瞧，但总是受到惊吓，忙不迭把头缩回来。一个星期后，他劝我走到门口去，我的恐惧也逐渐减少，可仇恨和鄙视有增无减。最后我能在他的陪同下大胆地走在街上，但我总是用芸香或者烟草将鼻子牢牢捂住。

十天后，船长先生劝说我应该为了名誉和良心回到我的国家和妻儿一起生活，因为我曾经跟他说起我的家事。他还说，在海港上有艘英国船即将起航，并且他还会提供我所有的必要物品。但是我却因此跟他发生了争辩，但这些话太冗长乏味，我就不再重复了。他说道，找一处无人居住的孤岛是不可能的，如果我在自己家中，就可以自己做主了，我完全可以按自己的想法去过隐居生活。

我最后还算遵照了他的意见，因为我也发现这样做的好处。十一月二十四日，我坐上一艘英国商船离开里斯本，但至于船长是谁我没有去问。彼德罗先生一直将我送到船上，并借给了我二十英镑。他亲切地与我告别，并在分别时拥抱我，我尽力忍受着。在最后的航程中，我不与船长以及他的任何船员相往来，我假装有病，将自己关在舱室里。一七一五年十二月五日上午九时，我们在唐兹抛锚。到了下午三点，我已经安全抵达我在瑞德里夫的家中。

我的妻子和家人见到我时惊喜交加，因为他们早认为我已经去世。但是我必须坦白，在看到他们时我心中只充满了仇恨、厌恶和鄙视，而一想到我们之间的亲密关系时，我更是深深地感受到这些。虽然我不幸从“慧骃”国被流放了出来，强忍着同“野胡”相见并和彼德罗·德·蒙德斯先生说话，可在我的记忆和印象中永远都装满了那些崇高的“慧骃”的美德和思想。而当我想到自己曾和一只“野胡”交媾过，并且还是几只“野胡”的父亲时，这带给我极大的耻辱、惶惑和恐惧。

当我一走进家门，妻子就拥抱我、吻我，我已经许多年不习惯接触这种可恶的动物了，因此我立即就昏倒了，并在大概一小时后才苏醒。现在我写这书的时候，已经回到英国五年了。第一年，我都不准妻儿到我跟前来，因为他们身上的气味实在令我难以忍受，更不要说让我跟他们在同一个房间里吃饭。即使今日，还是不准他们碰我的面包，或者用我的杯子喝水，并且我从来都不让他们牵我的手。我所用的第一笔钱是去买了两匹雄种马，并在一个很好的马厩里饲养它们。除它们之外，马夫就是我最喜欢的人了，我一闻到他所携带的那种马厩里来的气味就来劲。我的马能够将我的意思理解得非常好，我每天都要同它们说至少四小时的话。它们从不戴辔头和马鞍，它们和我相处得十分友好，并且它们彼此也建立了友谊。

第十二章

尊敬的读者，我已经将我十六年零七个多月来的旅行经历原原本本、毫无修饰地讲述给你们了。我或可像别人那样讲些荒诞离奇的故事来迎合你们猎奇的心理，但我还是选择用最简朴的风格和文体叙述那些真切的事实，因为我主要的目的是讲述事实而不是供你们消遣、解闷。

像我们这样去过偏远国家访问的人，从遥远且鲜为英国或欧洲人所知的地方回来，写些海上奇遇或者陆地奇珍是小菜一碟。但是，一个旅行家的首要目的，应当是举出当地正、反方面的事例，引人思考，使人变得更智慧、善良。

我衷心希望能颁布这样一项法律——每一位旅行家在出版自己的游记前，必须向大法官宣誓，保证他想要发表的所有东西都是绝对真实的。只有这样，那些为了作品畅销而编造、胡扯的作家才不能欺骗总是显得漫不经心的读者。我年轻时也曾饶有兴趣地仔细阅读过几本游记，但当我走过这地球上大部分地区，并且能够根据自己的观察辨别那些纯属虚构的故事以后，我对此类作品感到无比厌恶，同时对那些毫无顾忌地利用人类信任达到个人目的者的恶习感到愤懑不平。所以，既然熟识的友人都认为我殚精竭虑书写本书或可为国人接受，我就必须告诫自己永远遵守如下信条：忠于事实。事实上，任何诱惑都不能迫使我歪曲事实，因为我心中一直牢记我那高贵的主人和其他优秀的“慧骃”的言行举止，我曾经有幸那么久做他们的听众。

厄运虽使西农蒙受苦难，
却不能逼迫我诳语欺人。[1]

我非常清楚，写这类并不会给人带来什么名誉的作品，既不需要天赋也不需要学问，甚至无须任何其他的才能——除了好的记忆力和精确的记录。我同样还知道，游记作家也同编字典的人一样，将来一定会被历史所湮没，因为他们的后继者在分量和篇幅上肯定都会超过他们。很有可能，日后前去我在作品中描述的那些国家游历的作者，会发现我的错误（假如真的有错误的话），还会增述许多新发现，而我会被淘汰，被他们取而代之，世人也会忘记我曾经是游记作者。如果我为求名而写作，这确实是一种耻辱，然而倘若我写作的唯一目的是为了大众的利益，结果无论怎样也不能彻底使我失望。那些自诩理性的统治我国的人，谁读了我所提到的那些光荣的“慧骃”的种种美德后，不会为自己的罪恶感到羞耻呢？我就更不用说那些由“野胡”统治着的偏远国家了。在那些国家中，堕落程度最轻的是布罗卜丁奈格，他们在道德和政治上还能保持理智，或是我们乐于模仿的吧。但我不如就此打

1 引自维吉尔《埃涅阿斯纪》第二卷第七十九、八十行。西农是希腊传说中欺骗特洛伊人把木马拖入城中的希腊人，特洛伊人中木马计而被希腊人攻下城池。

住，不多议论，将所有一切留给英明的读者自行判断吧。

让我感到欣喜的是，我的作品没有遭到诸多方面责难。对于这样一位作家——朴素地叙述发生在那些遥远国度里的平凡事实，而那些国家与我们既无贸易往来，也无外交关系——人们还能指责我什么呢？我十分谨慎地避免那些经常受到指责的游记作家普遍易犯的错误，此外我也不谈论政事，写作风格既不激动也无偏颇，无意与任何个人或团体作对。我写作的目的是最高尚的，只想表述事实并启迪人心。我认为自己的想法比一般人略胜一筹，而我也并不是不谦虚，那只不过因为我曾长时间同最有德行的“慧骃”在一起交谈过，所以在这方面占有优势。我写作不为名也不图利。我从来都不用那些使人疑心我是在指责谁的词汇，我也尽力避免指责那些最容易疑心被人指责的人，由此，我希望我能够公正地宣告，自己是个无可指责的作者，任何辩论者、思想者、观察者、反思者、检测者、评论者都对我无计可施。

我承认，有人曾暗地里对我说，作为一个英国公民，我有义务在第一时间递交给国务大臣一份报告，因为任何一块被发现了的土地都是属于英王的。但我不确定征服我所描述过的那些国家，会像费迪南多·柯太兹[1]征服那些衣不遮体的美洲土著那么容易。我认为征服小人国所得的利益几乎都不足以抵消派遣一支海陆军队的消耗；对大人国图谋不轨是否明智，我的建议是三思而后行；而假如一座飞岛在英军头顶上盘旋轰鸣，不知道他们会不会感到烦躁不安。“慧骃”看来根本没有为战争做过什么准备，他们对战争这门科学完全不在行——尤其是对大规模的武器。尽

1 1485—1547，西班牙冒险家、殖民者。

管如此，假使我是国务大臣，我是决不会提议去侵略他们的。他们的审慎、团结、无畏以及爱国，足可弥补他们在军事艺术上的所有缺陷。假如——有两万“慧骃”冲进一支欧洲军队，打乱队伍方阵，掀翻车辆，用他们的后蹄将士兵的脸踩得血肉模糊——想象一下那场景。要知道他们完全都有着奥古斯都式的性格：踢来踢去，所向披靡[1]。我不会提议去征服这样一个品格高尚的民族，反而更希望他们能派遣足够多的居民来教化欧洲人，将他们的荣誉、正义、真理、节制、公德心、坚韧、贞洁、友谊、仁爱和忠诚等基本准则传给我们。所有关于美德的名词仍然保留在我们的语言体系中，在古今作家的作品中也还能见到这些词。我虽然学识浅薄，还是说得出这些词汇来的。

我之所以对国王为扩张国土，侵占我曾经发现的这些国家毫无热情，还有一个理由：老实说，我只消想象一下，那些威震四海、弘扬公义的君王，前去改造和教化那些野蛮民族，其行为能有多么“光明正大”。举例说明，一群海盗在暴风雨的驱赶下来到一个陌生的地方，而当一名水手爬上中桅发现陆地后，他们就登陆并准备烧杀抢掠。虽然他们被没有危险且热情好客的当地人款待，他们却给这个国家起了一个新国名，替他们的国王将这陆地占为己有，并竖起一块烂木板或者秃石头作为标记。他们杀死二三十个土著人，并用武力押送几个作为标本，回到自己的国家，向国王请罪并获得赦免。他们就这样通过“神授”的权力开始对新占有的领土进行开发。在第一时间内，许多船只被派到那个地方，那些土著人将被驱赶或者杀戮。君王为了得到黄金拷打

1 见贺拉斯《讽刺诗集》第2卷第1篇第20行。

折磨他们，并纵容那些惨无人道、贪得无厌的罪恶行径，新大陆霎时间变为遍地流淌鲜血的汪洋。那些效命于远征军的杀人不眨眼的凶手，摇身一变，成了代表现代文明、教化那些盲目崇拜偶像的野蛮人的现代殖民者。

但同时我也坦白地说，这段描述跟不列颠民族毫无关系，他们是全世界的楷模，因为其在开拓殖民地时表现出了智慧、审慎和正义。他们那些自由主义者促进了殖民地国家宗教和文化的发展，他们选派虔诚而能干的教士传播基督教；他们谨慎地从王国里挑选出生活正派并善于交谈的人迁移到各殖民地；他们将那些最有才能并且最不容易腐化的官员派遣到各殖民地管理行政，严格维持正义。锦上添花的是，他们将那些最警醒的、最有道德的总督派往殖民地，全心全意地为自己的子民以及他们尊敬的国王陛下服务。

但我描述过的那些国家似乎都不愿意被殖民者征服、奴役、杀害或驱赶；他们那里也并非大量出产黄金、白银、食糖和烟草等物品。所以，据本人愚见，他们并不是我们发挥自己的热情、武力或者兴趣的合宜对象。然而，如果那些自认为与此事有利害关系的人持有异议，我就准备在被法庭传讯时宣誓做证——没有任何欧洲人在我之前去过那些国家。我的意思是说，我们应该相信那儿居民的话，除非争论是关于传说中的那两只许多年前出现在“慧骃”国的一座山上的“野胡”。据说，“野胡”这种生物就是它们的后代，而据我所知，那两只“野胡”可能就是英国人。说实话，从它们的后代的轮廓特征来看，我对此表示怀疑，但是否因此我们就要占领那个地方，恐怕只有交给精通殖民法的人去研究了。

但我从来没有想过，要以国王的名义正式占领那个地方。而即使有，站在当时的情形之下，出于审慎的念头和自卫的本能，我可能将其推迟到有了好机会再说。

作为一个旅行家，我已经对这个唯一可能使我遭遇责难的不同意见做出了答辩，我在此准备向每一位敬爱的读者做最后的告别，而我将要回到我的瑞德里夫的花园中去享受胡思乱想之乐。我要适应着去学习从“慧骃”那儿学来的优秀的道德课程；我还要教导家中的那几只“野胡”，并将他们培养成温驯的动物；我时常看着镜子中的自己，并慢慢地能够忍受人类的相貌；我对自己国家中的“慧骃”还有着野蛮的行为而扼腕痛惜，但看在我高贵的主人、他的家庭、他的朋友以及整个“慧骃”族的分上，我还是对他们表示敬意，虽然我们的“慧骃”的轮廓跟他们几乎一样，但智力上却远不及他们。

我从上个星期开始就允许我妻子与我同桌吃饭了，但我让她坐在一张长桌子最远的一端，并且让她回答（只让她做简要的回答）我的几个问题。但她身上的“野胡”气味还是让我受不了，我总是用芸香、薰衣草或者烟草将鼻子牢牢捂住。虽然让老年人在余生改掉多年以来的习惯是非常不易的，但我也并不是毫无希望，一段时间后，我能够忍受“野胡”邻居与我在一起，而不会再担心他的牙齿和爪子的威胁了。

我与一般的“野胡”相处不会很困难，假如他们的罪恶与愚蠢仅仅是天生的。我不会对律师、扒手、上校、白痴、贵族、赌徒、政客、老鸨、医生、证人、教唆犯、法律代理人、叛国者等大动肝火，这都是合情合理的。但是当我看到一个身心都有疾病的畸形的却又十分骄傲的蠢人，我全部的耐心就在一瞬间消失殆尽。我无法理解怎么会有一种如此深陷罪恶不能自拔的动物呢。智慧和美德兼具的“慧骃”有着理性动物的所有优点，但他们却没有“罪恶”这个名词。在他们的语言中，除了用来描绘“野胡”的可恶品格的词，根本没有可以用来表达罪恶的术语。他们还没有透彻地理解人性，因此他们也不能从“野胡”身上辨别出骄傲，而在“野胡”统治的国家中，骄傲这种特性是稀松平常、司空见惯的。但因为我的经验比较丰富，能够明显地在“慧骃”国的“野胡”身上看到这些。

然而，在理智支配下的“慧骃”却不会因为具有许多优秀的品质而感到骄傲，就像我不会因为手脚齐全而感到骄傲一样。手脚不齐全的人肯定会感到痛苦，但精神正常的人绝不会因为自己手脚健全就趾高气扬。我希望英国的“野胡”不至于让我在与之相处时感到难以忍受，因此我才对这个问题谈了又谈。所以，我在此恳求那些沾染如此荒谬罪恶的人，不要随便地进入我的视线，出现在我面前。

译者后记：坎坷与矛盾催生出的天才

1

1985年，美国《生活》杂志在百万读者中开展评选“人类有史以来的最佳图书”活动，结果英国18世纪作家乔纳森·斯威夫特的《格列佛游记》名列第11名。英国小说家毛姆说：“《格列佛游记》有机智和讽刺，有巧妙的构思，洒脱的幽默，泼辣的讥嘲，痛快淋漓。它的文体精彩绝伦。至今没有人用我们这艰难的文字写得比斯威夫特更简洁、更明快、更自然的。”大批评家威尔逊把斯威夫特称为六位最伟大的英国作家之一，排名仅在莎士比亚和弥尔顿之后。英国著名作家乔治·奥威尔[1]一生中读过《格列佛游记》不下六次，他说：“如果要我开一份书目，列出哪怕其他书都被毁坏时也要保留的六本书，我一定把《格列佛游记》列入其中。”

无疑，《格列佛游记》是一本奇书，为什么这么说呢，因为他是一本测量读者深度的书，一本最给人快乐的书，但也是一本最令人神伤的书，有时甚至可以说这是一本愤怒的书。它可以被简单地阅读，也可以引人进入思想史和政治史的幽暗中。美国当

1 英国著名小说家、记者和社会评论家。代表作有《1984》《动物庄园》。

代思想家布鲁姆在《巨人和侏儒》中对此书有鞭辟入理的分析。他说："它是最优秀的儿童故事，但也是一个颇为讨厌的故事。斯威夫特能够赋予纯真以魔力，对败坏却嬉笑怒骂。"他说的"讨厌"意思是，这本书即使对一个成年读者也是烦难的，也是一种挑战，它是一本真正的源于经典而本身又成为经典的奇书，它"所引发的笑声是荷马和柏拉图的标准所认可的"，它像一个坛子，把它出现以前的人类思想都吸纳进去了。从这个意义上说，斯威夫特是一个巨人，同时代的艾迪生称他是"国民中最伟大的天才人物"，大小说家萨克雷也说他是"一位了不起的天才人物"。他是担当得起这个称誉的。

2

名著《格列佛游记》的作者是英国十八世纪杰出的政论家和讽刺小说家斯威夫特（Jonathan Swift，1667—1745）。斯威夫特出生于爱尔兰都柏林的一个贫苦家庭，他是遗腹子，从小由叔父抚养长大。十五岁时就读于都柏林三一学院，获学士学位，他的学业并不特别顺利，据说他曾因"迟钝和智力不足被终止攻读学位"。但他很快摆脱了困境，并于一六九二年获牛津大学硕士学位，到了一七〇一年，他获三一学院神学博士学位。斯威夫特在大学里的主业是哲学和神学，但他个人更偏爱文学和历史。一六八八年，斯威夫特前往英国，做了穆尔庄园主人威廉·邓波尔爵士的私人秘书，直到一六九九年邓波尔去世。在他担任秘书期间，阅读了大量古典文学名著。斯威夫特跟随邓波尔的这十年，不但让他通晓了人情世故，还磨练了他的文笔。“他写了烧，烧了写，几乎写遍所有题目，用尽所有风格”。一六九九年，斯威夫特回到爱尔兰，在都柏林附近的一个教区担任牧师，但因为教会中的事务常去伦敦，后来卷入了伦敦的辉格党[1]与托利党[2]之争。斯威夫特在爱尔兰的生活既没有耗尽他的精力，也未能满足他的雄心。他由于经常跑到伦敦，频繁出入咖啡馆，所以结识了爱迪生、斯蒂尔、蒲柏和康格里夫等著名人物。跟他们一样，他的同情心在辉格党一边，但同时受到了托利党首领的器重，担任过该党《考察报》主编。一七一四年托利党失势，他回到爱尔兰，任都柏林圣帕特里克教堂的主持牧师，同时着手研究爱尔兰现状。

圣帕特里克教堂

1 英国历史上的一个政党。“辉格”原意指“强盗”，是苏格兰人的责骂语言。该党标榜实行“自由的、开明的原则”，反对君主制，拥护议会制度，辉格党人在宗教观点上多属各种教派的新教徒。19世纪中叶，辉格党与其他资产阶级政党合并，改称自由党。

2 英国历史上的一个政党。产生于17世纪末。19世纪中叶演变为英国保守党。

斯威夫特平素不以爱尔兰人自居，总把自己当成一个“被扔到爱尔兰的英格兰人”，但作为一名“人类自由斗士”，他对英格兰人非法统治的后果极为不满，所以他积极支持并投入争取爱尔兰独立自由的斗争中，但一个个美好的梦想最后都破灭了。

已经独立的爱尔兰共和国发布了印有乔纳森·斯威夫特头像的纸钞（1976—1993），用来纪念他在为爱尔兰人民争取独立和自由的斗争中所做的贡献

晚年的斯威夫特内心十分孤独，只限于和屈指可数的几个朋友交往。他将自己积蓄的三分之一用于各种慈善事业，用另三分之一的收入为弱智者盖了一所圣帕特里克医院。然而，斯威夫特本人也被疾病折磨得不成样子，许多人甚至认为他已完全疯了。他希望死时“尽可能秘密地在午夜十二点”将他埋入斯特拉安葬在圣帕特里克教堂的同一尊棺材里；他要求其黑色大理石墓碑上的拉丁文碑铭“字体要大，雕刻要深，镀金要浓”，以铭记他已从“凶猛的义愤”中解脱出来，不再让它“撕碎自己的心”。一七四五年十月十九日，斯威夫特辞世而去，终年七十八岁，葬于圣帕特里克大教堂。

乔纳森·斯威夫特的墓志铭（拉丁文）
位于圣帕特里克教堂内

斯威夫特已扬帆行至终点，
在那里，野性的愤怒
再也无法伤及他的胸怀。
有种的话，你也去学他的样子，
沉醉于世的旅人啊；
他曾为人类的自由而战。

——乔纳森·斯威夫特自撰

爱尔兰著名诗人叶芝译

斯威夫特的文学才能很早就显露出来，他写过一些诗和文章，但真正使他扬名的是讽刺散文《一只澡盆的故事》（1704），在这篇故事中他讽刺和抨击了英国各教派的虚伪和无耻。这篇寓言是对一切伪善和形形色色宗教骗局的猛烈开火，如此尖刻而犀利的笔墨在英国此类文学中罕有匹敌。此后他又写了《布商的信》（1724—1725，抨击英国政府对爱尔兰的货币政策）、《一个小小的建议》（1729，讽刺英国对爱尔兰人民利益的压榨和情感的欺侮）等等。但是，斯威夫特的代表作是《在世界几个边远国家的旅行》，即通常所说的《格列佛游记》（*Gulliver's Travels*），这部书完成于一七二六年。斯威夫特一生写的大量作品几乎都是不署名出版的，只有《格列佛游记》例外，他出版此书得到的稿酬是两百英镑。

1726年10月28日初版《格列佛游记》

3

《格列佛游记》由四卷组成，在每一卷中格列佛都要面临常人难以想象的特殊情况。

在第一卷中，主人公来到小人国（利立普特）。格列佛与利立普特人的大小比例为十二比一，小人国的人个子仅有六英寸，他置身其中，就像一座“巨人山”。起先他被小人们捆了起来，但后来由于他表现温顺并答应接受某些条件，小人国国王同意恢复他的自由。此时，该国正遭到另一小人国（布莱夫斯库）入侵，格列佛涉过海峡把敌国舰队的大部分船只掳来，迫使敌国遣使求和。尽管格列佛立了大功，但后来因在几件事情上得罪了国王，国王决定刺瞎他的双眼，将他活活饿死。格列佛得知消息，仓皇逃向邻国，修好一只小船，起航回家。

在第二卷里，格列佛又一次出海时，遭遇风暴，船被刮至一片陌生的陆地。这陆地叫布罗卜丁奈格（大人国）。格列佛一到这里，由“巨人山”一下子变成了侏儒，置身大人国，自己仿佛变成了一个利立普特（小人国）人，比例倒了过来，成了一比十二。在大人国的农夫面前，格列佛像鼹鼠般大小，被农夫当作玩物带回家。为了赚钱，农夫竟把他带到市镇，让他要把戏，供人观赏。后来他被王后买去，得以与大人国的国王相处。逐渐地，格列佛思乡之情日益浓烈，在一次随国王巡视边境时佯称有病，去海边呼吸新鲜空气。当他在岸边钻进小木箱睡觉时，一只大鹰将木箱叼走。后来木箱落入大海，被路过的船只发现，里面的格列佛获救，终于又回到英国。

全书第三卷比较松散，铺得较开，写格列佛以勒皮他（飞岛）游历为中心，兼及巴尔尼巴比、拉格奈格、格勒大锥和日本四个地方的游记。格列佛出海后，从中国口岸来的海盗袭击了他们的船。他们靠一只小艇在海上漂流，艇破后漂到一个礁石岛上。一天，他看见一个浮在空中的庞然大物从天空降下来。原来，这是一个叫作勒皮他的飞岛，勒皮他人是悬在空中的人，从生活状态到思想状态都是这样。他们都是学者，他们无所事事，沉浸在抽象、遥远的天文学和数学的天地里。连同国王在内，岛上的人们都心不在焉，甚至他们自己正在进行谈话的要点也要专门雇一些仆人来提醒他们。格列佛考察了那里的大学，看见为改善农业和建筑的成百个想入非非的工程设计正在进行。然后，格列佛还来到巫人岛格勒大锥，后来旅行到日本。

《格列佛游记》的第四卷，写格列佛在"慧骃国"的游历，这是历来最有争议的部分。他签约当上了一条船的船长，中途船员叛乱，把船长关在他的舱房达数月之久，最后，他被抛在一条狭长的小艇上。上岸后他几乎要被一群令人作呕的半人半猿的怪物逮住，但一匹马的走近吓走了怪物们。格列佛明白，他来到了马的国度。在这里，一种被称作"慧骃"的具有理性的马统治着那些被称作"野胡"的非理性类人动物。当格列佛向马主人描绘他的祖国，说出种种的人们普遍的生存状况，但对那些坦率正直的慧骃来说，他所述说的战争与法庭之类是那样的陌生。在"慧骃国"那儿，格列佛遭到智慧且理性的慧骃的放逐，满心怅惘地回到那块生他养他如今却叫他厌恶的故土，愤怒而又无可奈何地与一帮"野胡"在一起度过自己的余年。

《格列佛游记》无疑是斯威夫特的呕心沥血之作。在这本书中，斯威夫特的叙事技巧和讽刺才能得到了淋漓尽致的反映。作品的主人公里梅尔·格列佛是个英国外科医生，在远洋船上任随船医生，后来担任过船长；他受过良好教育，为祖国而自豪，在职业和政治两方面似乎都颇有见识，格列佛是个典型的十八世纪英国人，在他的身上体现了当时人们的基本价值观念，他信任理性，显然是洛克学说的支持者，相信后天经验是知识的源泉。格列佛只是一个普通人，反映了当时一般的观念，格列佛对这个世界的反应是理性和科学的。诚如《牛津简明英国文学史》指出的，我们必须把格列佛与斯威夫特分开看待，“把格列佛与斯威夫特混淆起来将有损于后者作为作家、讽刺文学家和自由战士的形象”。斯威夫特与格列佛正好相反，他认为这种当时典型的价值观对于人类来说是危险的，如果像具有科学头脑的格列佛那样把自己的信念完全寄托于这个崇拜物质的世界，那将是愚蠢的。学者马洛指出，斯威夫特设置这个角色是为了证明潜藏于“启蒙时代”的价值观中的巨大缺陷。格列佛固然是一个平庸的人，而斯威夫特正是利用主人公的这种局限达到了最充分的讽刺效果。

近年来，国外的一些相关研究被介绍进来，其中，我觉得最有启发性的就是国际著名的斯威夫特研究专家希金斯（Ian Higgins）的《斯威夫特与斯巴达：〈格列佛游记〉中的乡愁》一文，从此项研究中我们得知，从《斯威夫特教长的藏书》《斯威夫特教长1715年的藏书目录，以及1742年个人财产清单》等文献看，斯威夫特拥有手抄本的希腊文和拉丁文版本的色诺芬作品，并有他的评注；斯威夫特也有希腊文和拉丁文版本的普鲁塔克《作品集》及《伦语》的复本。在色诺芬和普鲁塔克的作品中——如《古代斯巴达传说》《古代世界的乌托邦》《斯巴达妇女——解放还是放纵？》——都带有激赞斯巴达的倾向。斯威夫特阅读内维尔1695年翻译的马基雅维利作品以及哈林顿的《大洋国》时，做了批注，他还拥有内维尔的《柏拉图重生》这本书。由传统的吕库戈斯立法创建的古代斯巴达政制和社会组织，经由色诺芬、柏拉图、普鲁塔克以及马基雅维利、哈林顿、莫尔、坦普尔、内维尔等人文主义者的阐释，从古代到十八世纪，始终是激发政治和社会建设的一源活水。对吕库戈斯的斯巴达式赞赏，始终构成了人文主义传统的重要一脉，斯威夫特就成长于这个传统之中。斯威夫特在《罗马兴志》中赞颂吕库戈斯体制是"现存体制中最好的"，极其重视作为一种社会和政治范例的古代斯巴达。在斯威夫特时代的政治话语中，吕库戈斯的斯巴达被视为平衡政体和古典德行的范例，这个社会能够抑制强大的腐化力量，实现其稳定。斯巴达作为范例，在斯威夫特本人的政治、社会和道德观念中占据重要位置，读者可以发现：斯巴达政制与《格列佛游记》中政治学和伦理学具有重要而特别的联系。在小人国游记、大人国游记、飞岛游记中，也有斯巴达政制的体现，在慧骃国游记中呈现的政制和社会组织，和吕库戈斯式的斯巴达有高度一致性，本书注解聚焦慧骃国游记的内容、尝试为读者做些阐明，从社会结构、观念习俗、社会关系、教育体制、政治体制以及经济和家庭组织等方面讨论斯巴达政制对于《格列佛游记》中理想社会的深远影响。

本译本以罗伯特·德·玛利亚编辑的"企鹅经典"版为主要依据，此版本收入2012年Penguin English Library启动的"百本英文经典"，这是一个比较接近原版初始面目的版本，因此在一些细节上，我们的译本与以往的译本有所不同。此译本由白马和歌沐译出，毛伟杰先生在校对和注释上，给予了很多帮助，在此表示衷心感谢。

欢迎您从《格列佛游记》走进
读客三个圈经典文库

亲爱的读者，感谢您选择读客三个圈经典文库。

我们的封面统一使用“三个圈”的设计，读者可以凭借封面上形式各异的“三个圈”找到我们，走进经典的世界。

书中附赠的《三个圈独家文学手册》由专业团队精心编写，收录专家学者导读和特色图文解读，拉近读者和经典的距离。

走进读客三个圈经典文库，认识世界，塑造自我，成为更好的人！

《漫长的告别》

《西西弗神话》

《人间失格》

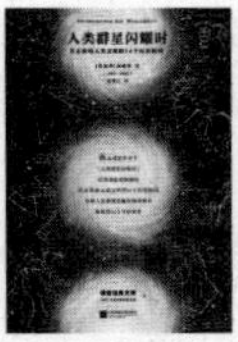

《人类群星闪耀时》

《鼠疫》

《小王子三部曲》

《局外人》

《月亮与六便士》

《基督山伯爵》

《罗生门》

经典就读三个圈　导读解读样样全

- 汇集全球经典文学作品
- 附赠《三个圈独家文学手册》
- 专业团队精选优质译本
- 收录专家导读、图文解读

读客三个圈经典文库

精神成长树

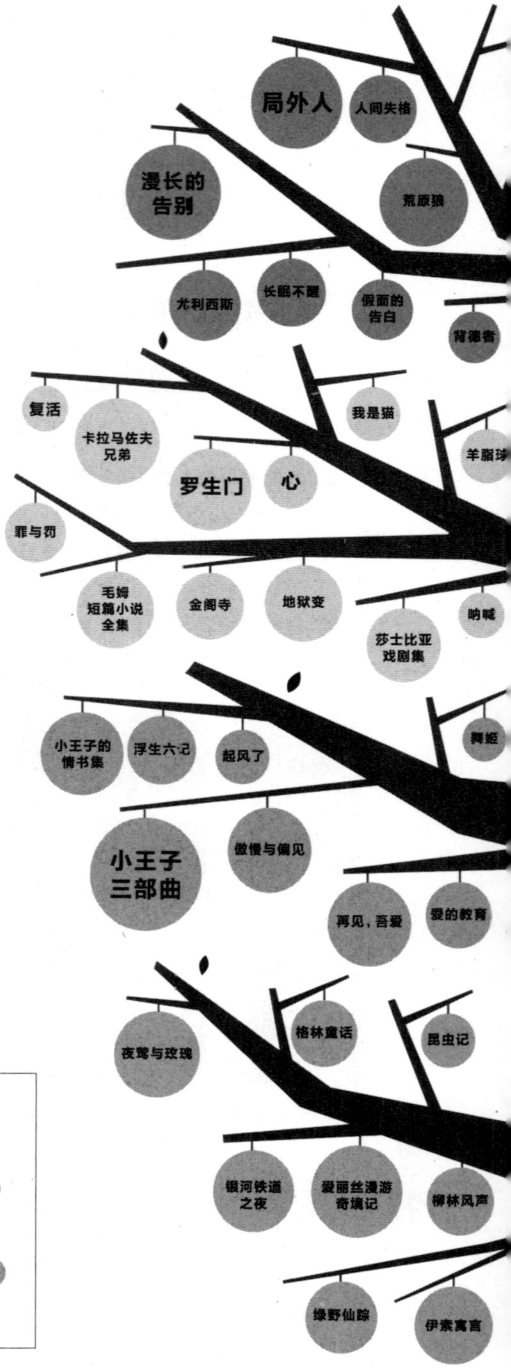

你想成为什么样的人？
对你来说什么是重要的？
这个世界应该是什么样子？

我们在生命中遇到的问题，每个时空的人都经历过，一些伟大的人留下一些伟大作品，流传下来，就成了经典。正是这些经典，共同塑造并丰富着人类的精神世界。

我们重新梳理了浩若烟海的文学经典，为您制作了精神成长树。跟随读客三个圈经典文库，汲取大师与巨匠淬炼的精神力量，完成你自己的精神成长！

树干：

不同的精神成长主题，您可以挑选任意感兴趣的主题进行深入阅读

例如：
寻找人生意义
探索自己的内心
拥有强大意志力
理解复杂的人性
…………

枝丫上的果实：

我们为您精选的经典文学作品

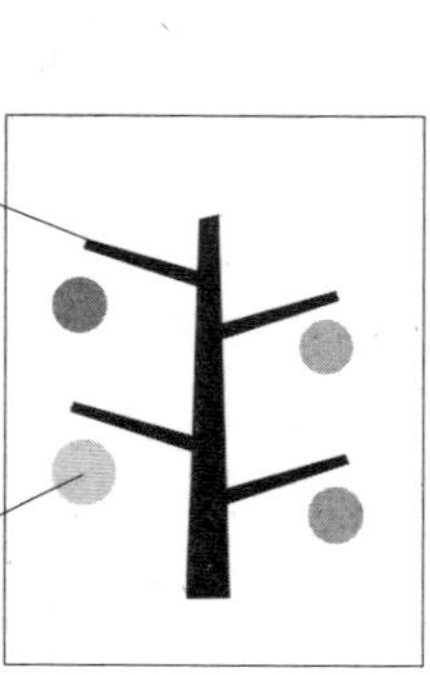

精神成长树示意图

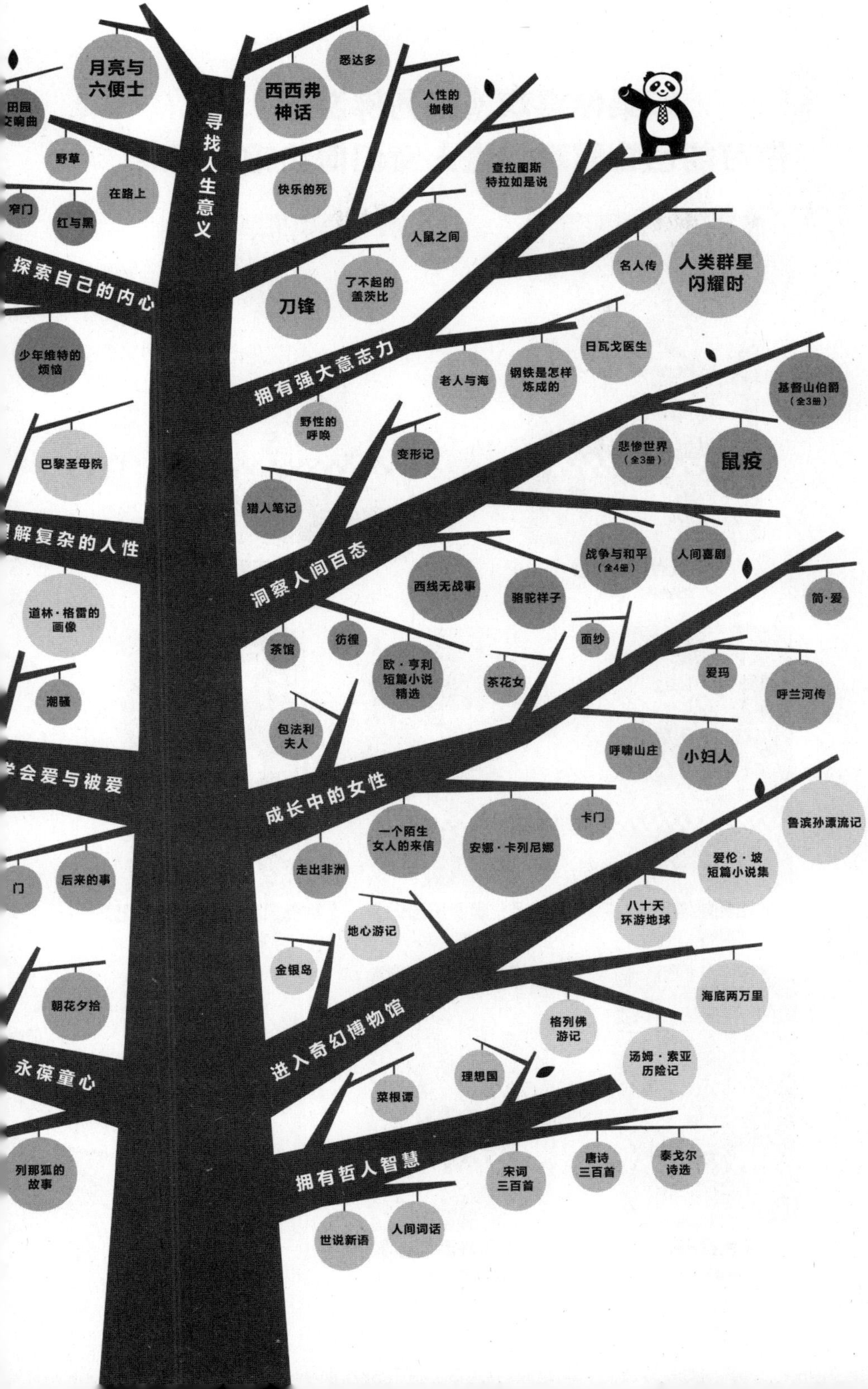

寻找人生意义
月亮与六便士
田园交响曲
野草
在路上
窄门
红与黑
西西弗神话
恶达多
快乐的死
人性的枷锁
查拉图斯特拉如是说
人鼠之间
名人传
人类群星闪耀时
探索自己的内心
少年维特的烦恼
刀锋
了不起的盖茨比
拥有强大意志力
日瓦戈医生
老人与海
钢铁是怎样炼成的
野性的呼唤
变形记
基督山伯爵（全3册）
悲惨世界（全3册）
鼠疫
巴黎圣母院
猎人笔记
理解复杂的人性
洞察人间百态
战争与和平（全4册）
人间喜剧
西线无战事
骆驼祥子
简·爱
道林·格雷的画像
茶馆
彷徨
欧·亨利短篇小说精选
茶花女
面纱
爱玛
呼兰河传
潮骚
包法利夫人
呼啸山庄
小妇人
学会爱与被爱
成长中的女性
卡门
一个陌生女人的来信
安娜·卡列尼娜
走出非洲
鲁滨孙漂流记
门
后来的事
爱伦·坡短篇小说集
八十天环游地球
地心游记
金银岛
朝花夕拾
海底两万里
进入奇幻博物馆
格列佛游记
永葆童心
汤姆·索亚历险记
理想国
菜根谭
列那狐的故事
拥有哲人智慧
宋词三百首
唐诗三百首
泰戈尔诗选
人间词话
世说新语

读客

激发个人成长

多年以来，千千万万有经验的读者，都会定期查看熊猫君家的最新书目，挑选满足自己成长需求的新书。

读客图书以“激发个人成长”为使命，在以下三个方面为您精选优质图书：

1. 精神成长

熊猫君家精彩绝伦的小说文库和人文类图书，帮助你成为永远充满梦想、勇气和爱的人！

2. 知识结构成长

熊猫君家的历史类、社科类图书，帮助你了解从宇宙诞生、文明演变直至今日世界之形成的方方面面。

3. 工作技能成长

熊猫君家的经管类、家教类图书，指引你更好地工作、更有效率地生活，减少人生中的烦恼。

每一本读客图书都轻松好读，精彩绝伦，充满无穷阅读乐趣！

认准读客熊猫

读客所有图书，在书脊、腰封、封底和前后勒口都有“读客熊猫”标志。

两步帮你快速找到读客图书

1. 找读客熊猫

2. 找黑白格子

图书在版编目（CIP）数据

格列佛游记 /（英）乔纳森·斯威夫特（Jonathan Swift）著；白马，歌沐译 . -- 南京：江苏凤凰文艺出版社，2019.5（2025.4 重印）
（读客经典文库）
ISBN 978-7-5594-3247-6

Ⅰ. ①格… Ⅱ. ①乔… ②白… ③歌… Ⅲ. ①长篇小说－英国－近代 Ⅳ. ① I561.44

中国版本图书馆 CIP 数据核字 (2019) 第 015950 号

格列佛游记（修订本）

［英］乔纳森·斯威夫特 著　　白 马　　歌 沐 译

责任编辑　丁小卉
特约编辑　张尊瑜　牟雪莲　从卓如
封面设计　肖 雯
内文插画　谢鑫丽　肖 雯
装帧设计　肖 雯
责任印制　刘 巍
出版发行　江苏凤凰文艺出版社
　　　　　南京市中央路 165 号，邮编：210009
网　　址　http://www.jswenyi.com
印　　刷　三河市龙大印装有限公司
开　　本　890 毫米 ×1270 毫米 1/32
印　　张　11
字　　数　228 千字
版　　次　2019 年 5 月第 1 版
印　　次　2025 年 4 月第 10 次印刷
标准书号　ISBN 978-7-5594-3247-6
定　　价　39.90 元
